王海生作品集

王海生 著

中国文联出版社

图书在版编目（CIP）数据

王海生作品集 / 王海生著. -- 北京：中国文联出版社，2023.4
　　ISBN 978-7-5190-4933-1

　　Ⅰ．①王… Ⅱ．①王… Ⅲ．①小品（戏剧）－剧本－作品集－中国－当代 Ⅳ．① I238.8

中国版本图书馆CIP数据核字（2022）第 131498 号

著　　者	王海生
责任编辑	王　斐
责任校对	胡世勋
装帧设计	管　斌

出版发行	中国文联出版社有限公司
社　　址	北京市朝阳区农展馆南里10号　　邮编　100125
电　　话	010-85923025（发行部）　010-85923091（总编室）
经　　销	全国新华书店等
印　　刷	三河市百福春印刷有限公司

开　　本	710毫米×1000毫米　1/16
印　　张	20.5
字　　数	33千字
版　　次	2023年4月第1版第1次印刷
定　　价	46.00元

版权所有·侵权必究
如有印装质量问题，请与本社发行部联系调换

王海生，1965年生人，甘肃秦安县莲花乡湫果村人。中共党员。现任天水市曲艺家协会主席，甘肃省曲艺家协会副主席。天水市文化馆副馆长。师从陕西独角戏创始人石国庆（王木犊）先生。

王海生1984年参加工作，先后在天水汽车运输总公司、天水市财政局投资担保中心、天水市文化馆工作。会计师职称，国家注册资产评估师协会会员资格。

王海生同志于1986年起利用业余时间从事故事与戏剧小品创作。2007年，独角戏《村长开会》创作完成，演出反响强烈。表演新颖、视角独特、风格诙谐，形成自成一体的表演风格，也是其代表作品之一。

反映改革开放三十多年农村发生的巨大变化的独角戏《村长剪彩》是"村长系列"的第二部。两部作品奠定其现实主义风格。2009年，《村长开会》获"甘肃省纪念建国六十周年农民文艺汇演"一等奖；《村长剪彩》获"甘肃省纪念建国六十周年社区文艺汇演"一等奖。2010年，《村长剪彩》获得"第六届中国曲艺牡丹奖全国曲艺大赛"表演奖提名。这也是迄今为止，甘肃省业余演员在全国专业大赛上获得的最高荣誉。

勤走基层，情系"三农"，为农民发声，为农村代言，是王海生作品另一特点。2017年10月，由国家文化部、福建省人民政府主办的"全国曲艺、木偶剧、皮影戏优秀剧（节）目展演"在福建省晋江市隆重拉开帷幕。《村长开会》是甘肃省唯一入选作品。晋江当地电视媒体对王海生表演的独角戏《村长开会》的评价是，以犀利的思考、独特的视角、精湛的表演、诙谐的语言、形象的动作、淋漓尽致的表演，成功地将大西北独有的农村生活中的一幕幕展现给现场观众，成为本次曲艺展演中的一朵奇葩。为全国曲艺展演的圆满举办，乃至宣传、推介天水做出了不懈努力，也为繁荣甘肃曲艺创作做出了积极的探索。

王海生创作的另一类型的作品是以反映农村生活为题材的系列小品《下洼子村的故事》。其中4部小品参演近几年甘肃电视台春晚语言类节目。

2017年王海生与师弟师妹参加辽宁卫视的《组团儿上春晚》栏目，《有理难辨》《多大点事》登上辽宁卫视《组团儿上春晚》栏目的舞台，并在24个代表队的36个作品中脱颖而出，成功晋级8强。

2019年在甘肃省第五届"群星艺术节"上，王海生创作并表演的小品《没有星光的舞台》获得戏剧类一等奖。

2020年5月获得甘肃省委组织部、甘肃省委宣传部、甘肃省文联颁发的"第五届甘肃省中青年德艺双馨文艺工作者"称号。

序
可爱的"村长"

本书作者王海生是我的徒弟，也是我的挚友。多年前经朋友牵线介绍，我成为了他的师父。

海生并非专业作者和演员，原是财政系统的干部，业余时间喜欢写作和表演，到了痴迷的程度，于是调入了天水市文化馆担任副馆长。这一下好了，爱和喜欢的事情成了自己的职业，从此开始，海生成为了一名专业的文艺工作者了！

海生聪慧，脑袋很大，烦恼丝几乎掉光，秃得有些恓惶，小眼睛笑起来一条缝，自是一张喜剧脸，不用劲儿就有了莫名的幽默。很奇怪，他完全是自学成才，对喜剧有无师自通的悟性。经过多年的实践、探索和积累，海生创作了大量的故事、独角戏，其中最有意义的是他天才地创造了一位可爱的人物——"村长"。

就是这位"村长"，一直很忙，海生安排村长开会、村长剪彩、村长主婚、村长泡澡等等，他的诙谐、幽默的方言土语，夸张、生动的肢体动作，将一位热心为村民办事，却面对村里的一些不正之风忍不住"爆粗口"的村长表现得惟妙惟肖，深受老百姓的欢迎。海生的"村长"火了，获得了不少的荣誉，也让他成为了天水以至甘肃的名人！

海生出生在天水农村，他对农民有着深厚的感情，在他创作的小品和舞台剧以及小说里也透视出无微不至的关爱。小品《没有星光的舞台》对农民工的描述是那样的亲切感人，农民工参与国家的建设充满了自豪，那种对未来美好生活的憧憬激动人心，对夫妻恋爱过程的回忆和当今幸福生活的甜蜜给观众送去了温馨和情意，实在是精彩至极。

海生的创作严肃认真，由于多是喜剧性的结构也让他伤透了脑筋，为一句话、一个包袱经常通宵达旦，作品的初稿通过电脑或手机发来征求意见，和我见面很少家长里短，说起创作眉飞色舞、小眼睛闪闪放光。那种痴醉创作的状态令我深深地感动！

海生出书，他的作品集面世是一次阶段性的小结，也是创作新征程的起点，期盼海生戒骄戒躁，再接再厉，为"村长"写出新行动、新感悟，为农民的新生活点赞鼓舞，为我们热爱的曲艺事业做出更多的奉献！

石国庆（王木犊）

2020年10月15日于西安

目 录

"村长系列"独角戏作品 ... 1
村长开会（独角戏） ... 3
村长剪彩（独角戏） ... 6
村长主婚（独角戏） ... 10
看电视（独角戏） ... 13
南房娃（独角戏） ... 17
我爱119（独角戏） ... 20
如此孝子（独角戏） ... 24
谁犟谁吃亏（独角戏） ... 31
找假牙（独角戏） ... 35
修路总动员（独角戏） ... 40
村长说媒（独角戏） ... 43
多大点事（独角戏） ... 48
静静的山村（独角戏） ... 52
我的大学梦（相声） ... 55
钓鱼（独角戏） ... 63

下洼子村系列故事 ... 67
村里人进城故事二 ... 69
井儿妈的三句客套话 ... 72
大哥二爸三太爷 ... 73
机灵的"包公" ... 74
公社里的新鲜事 ... 75
儿时看戏 ... 76

童年往事（一）长命锁	78
童年往事（二）过家家	79
改菊	82
平凡的英雄	84
比赛	87
"习惯"害死人哪	89
瞧瞧村里这小两口	94
好酒朋友的趣事	96
多嘴的小姑娘	99
民办小学老师	101
郭孟嘉老师	104
近视的贾老师	106
张老师的智慧	108
杨老师的母亲	111
村里的神庙	115
住校（一）	119
住校（二）	122
高考那些事（一）	126
高考那些事（二）	129
高考那些事儿（三）	133
食与药	135
电梯	137
笑着面对生活	139
过年	140
村里人起名	142
马故事	145
耍狮子	148
跑旱船	150
司仪（一）	152

司仪（二） 155
　　司仪（三） 157

戏剧小品篇 161
　　没有星光的舞台 163
　　南房娃脱贫 168
　　南房娃后传 172
　　内部价 178
　　不好混了 185
　　协议离婚 190
　　牛肉面馆 197
　　村长上电视 201
　　两个女人一台戏 208
　　买豆腐 214
　　网上网下 219
　　因小失大 226
　　向老兵，敬礼！ 231
　　红红的窗花 238
　　一个晚上整发财 244
　　夫妻检查站 250
　　背后听真话 255
　　村史馆开张 262

舞台歌舞剧 269
　　美丽的天水我的家园（二人转打神调） 271
　　下洼子村里要改选（秦腔唱段） 276
　　胭脂河畔（眉户（或歌舞）小品） 278

小说篇···289
　　小桃（上）··291
　　小桃（中）··296
　　小桃（下）··302
　　"村长"创作谈···311

"村长系列"独角戏作品

村长开会

（独角戏）

编剧、表演： 王海生
角色： 村长，40多岁。西北农村农民。质朴，诙谐，操方言。

［从观众席上台］

村长：人都来齐了没有？啊，来齐了开会。哎，王冷眼，你媳妇干啥去了？今天我从镇上下车，往回来走的路上，顺便看了一下修路的，其他人都在，你媳妇干啥去了？啊，有病了？真病假病？你个谎虫！是不是你媳妇又怀上了？你说咱们村计划生育任务咋个完成嘛，你媳妇过门两年半就生了三个！呀！真个麻利啊，腿一撒一个！腿一撒一个！呔，你媳妇的肚子是个塑料大棚吗？那就算是一块上好的庄稼地也要歇一茬子嘛，你媳妇自打过门肚子就没有空过！哼。坐好坐好，开会。

这次我作为代表，参加了市上开的农村工作会，啊，这是个总结会，也是个传达贯彻中央一号文件精神的会，啊？还免了些啥？呸！一斤的瓜十六两皮，没瓤！只有个皮厚！现在"皇粮"都给你免了！你两个娃的学费、书本费、学杂费该收的都免了，你还要免啥？！从三皇五帝到如今，哪朝哪代把农民的"皇粮"给免了？！共产党对你娃真个好得很！掌到手里怕摔（ban）了，噙到嘴里怕咽了，只要一开会：村长，中央把啥免了？中央又把啥免了呀？中央把我的村长给免了！来！！你干！！

我讲到哪嗒了？噢，总结村上的事情。你看咱这个村70多户人，有30家人现在都是一砖到底的大厦房，小年轻的出门就是摩托车。正往小康的路上奔着哩！这一次的会议精神，提出要建社会主义的新农村呢，新农村咋建呢？要动弹呢！！村上不通公路，产的洋芋运不出去，产的苜蓿运不出去，村上动员大家把路基整平，看能不能要些钱把路油了，个别人就是叫不动！凉屁股贴到热炕上，粘住了一样嘛。老天爷下纱帽你要把头伸出去咧，都等着嘛？你看看嘛，南房娃家一摊子麻将，小卖部里一摊子麻将！两摊子麻将打得天昏地暗，回到家里两口子打得鸡飞狗叫！我是干部！！把麻将摊摊打着拆散了几回，有人就把我家的一窝猪娃毒死了！我很郁闷啊！谁干的我都知道。啥？村长觉悟高？村长不记仇？！那是谣传！是和谐社会把你娃救了！

第几个问题了？嘿嘿，讲着讲着就跑题了。我还是照着笔记传达！会上讲，（普通话）要建现代农业！什么是现代农业呢？嘿嘿嘿，我也没搞清楚。我只有一条：听乡长的！乡长听县长的，县长听市长的，市长听省长的，省长听中央的！从中央到我这里，那是一竿子插下来的！哈哈。领导讲：要用现代农民建现代农业，关键是提高农民的素质！说到这里，我差点忘了！南房娃！南房娃来了没？你往前站！你头像个蛆串了的一样，还躲到阴暗角角里。市上领导看你娃家里最困难，扶贫了两头牛！你把牛养到哪嗒去了？啊，草那么多啊，牛那么大的！牛没养过两个月，你把牛牵出去卖了，牵了两只羊来了！羊也行啊，好好养着啊，羊没过两个月又卖了，提着两只鸡回来了！一进村口像架鹞子的一样还在手上这么掌着哩！咯咯咯蛋！咯咯咯蛋！宝贝儿下一个给村长瞧！！我很生气。这是政府帮助你，让你发展生产致富的家当，你这么弄对得起人吗？你看你是咋哄我的：

"村长，数字够着哩。还是两头！牛羊繁殖太慢了，影响我致富的进度哩！这鸡是美国进口鸡，高科技的鸡！名字叫B52！"

"B52？名字洋气得很！下蛋不？"

"下！下！专业下蛋！！咱的土鸡下蛋慢，咱的土鸡下蛋的节奏是：一——天——一——个，一——天——一——个！美国的B52是一天一个一天一个！"嗯，突出了一个快字。

把我一下子给蒙住了！我一直走到家里我才清醒过来，除了你嘴上下蛋有快慢，鸡下的蛋一样多！我的娃娃给我说B52是美国的战略轰炸机！天爷爷！连我的人都丢完了！你把咱全村的人丢光了！卖下的钱哪？肯定又打了麻将了！唉，要不是看在去世的老兄弟面子上，我一巴掌把你拍到墙上！叫你铲都铲不下来！哼！

会上讲了，今年还要给农民发低保呢，远的咱不管，咱们村再不能伸手向政府要低保了！头上套袜子呢脸上抹不下来啊！啊，你还想要，你还要啥来？你家里还卧下两架美国的B52着哩，你光等着捡那东西下的蛋都够了，那东西下的蛋一般人还没有吃过，现在看你是蒸哪还是煮哪，只要你娃的牙好！南房娃！天下的农民要都像你一样张着嘴等国家喂去能行不？全市240万农民啊，一个人的嘴按五公分算，240万张嘴连起来：二五得一，四五得二，天爷爷呀，120公里！这么大的一张嘴一下张开，哎，上嘴皮在那啥地方哩。这么一张大嘴，不要说天天要塞肉菜米面哩，拉沙子倒凉水都来不及！不要笑！领会精神。

再说一个事，明天，市上派出的政策宣讲团到村上辅导呢。我想让村里的娃娃给领导演一个小节目哩，好坏不要谈起，全表达一下咱们农民对党对政府的一份心意哩，今天我过去一看，几个儿子女子，把上衣穿到这里，把裤子提到这里，中间白花花的一片，把个肚脐眼露到外边，在那里：嘻唰唰嘻唰唰……停！！过来狗狗娃，站好队，一个把一个的手拉住，不要走丢了，去，到冯大夫那里看病去！！是这！你们几个明天把秦腔场面支起来，唱一段秦腔！唱得好不好都不要紧，表达我们的心意呢！唱啥啊？就那一段嘛，过上好日子的。"听人说边区好难民优待。"你咋不清楚嘛……"因此上我三人来到这边"嘛！唉，（唱秦腔《血泪仇》片段）"老和少到边区不过半载，不愁吃，不愁喝，不愁衣穿。共产党为人民寸步打算，八路军同百姓兄弟一般。好政府好军队真是少见，中国人全靠他收复河山！"哈哈，就这一段嘛！最后提一个要求，领导来了大家要欢迎哩，大家练习一下鼓掌，要整齐！我喊一二三。一、二、三！鼓掌！好！散会！

附记：创作于2007年，时任天水市投资担保有限公司副经理。该作品曾获"甘肃省纪念建国六十周年农民文艺汇演"一等奖。2017年全国曲艺作品调演甘肃唯一入选作品赴福建晋江演出。

村长剪彩

（独角戏）

编剧、表演：王海生

［村长在观众席上，西北农村打扮，操方言，40多岁］

（欢庆锣鼓声中上）

村长：（镇静）吵啥呢吵，不要慌的，稳住！！市上领导正在往村上赶着哩，现在我点名啦（边上台边喊），果汁厂班子成员！锣鼓队！秧歌队！铁炮队！献花队！伙食保障队！八大老人！带上各自的用物往前面站！！呀呀哟，真个把我就操心操死了！王一勺，说你哩，狗狗娃，切菜刀和擀面杖提上干啥呀，上战场去哩吗？！回回剪彩光记着吃嘛（上台），上几次开业剪彩，领导就说了，我们把剪彩办得像结婚的！这一次又乱哄哄的！！咱村里又不是第一次开业嘛！！自打农村开发性扶贫政策给村上修通了机耕路和人畜饮水两个项目后，村里办了大大小小十一个摊摊了啊！月月都有开业的！第一个挂牌的是"七斤半锅盔馍"加工中心，镇长剪彩；"十八货郎"物流服务公司，县长剪的彩；首蓿加工厂，市长剪的彩。节节高嘛！去年八月份十家养猪户联合成立猪业股份，还想请省长剪彩哩！我说你们咋不请中央的首长来剪彩！啊！喂十个猪头脸儿红红地过来说了个啥："村长，中央首长忙着开奥运会着哩！"啊呸！！中央首长忙着哩，我闲着呢！一把剪子装了三个月了！一个彩也没剪上！眼里还有村长吗？不是我发牢骚哩。站好！狗狗娃，你往后面站行不？！你看那脸上的土呀，唉——！长得像地里挖出来的土特产品一样，还抻着抻着往前头站哩！现在自来水到你家里了，你把脸先洗净啊！你是怕市上领导看不到你的乡土气息呢吗？！现在，我，就果汁厂开业的重要意义作个全面的阐述：

我们下洼子村果汁厂，市上的领导非常重视！主动要来给果汁厂剪彩哩！说起这个事，前几年村里有些人跑生意去了，好多地荒下没人种！领导动员大家利用退耕还林的有利条件，栽上些澳洲青苹以后生产果汁，啊，个别人就是叫不动嘛！凉屁股搭着热炕上，像粘住了一样！本来一是太贵二是不懂！政府又是补贴又是派出专家指导。你看看嘛，几年时间，满山满洼的苹果树全挂果了。用洋气的话说，（普通话）"种果树、办工厂、榨果汁！实现了这个……初中产品向高中产品的过渡，哈老实（确实）地扽（dèn）长了现代农业产业链！"

你笑啥哩，你冷笑着干啥呢？你有本事你上来当这个村长嘛！叫你干村长，你不干嘛！给你家里跑光阴时，你沟子（屁股）里夹的旋风，给村里办事你沟子里上夹的磨盘！你现在发财了！洋楼住上了！双排座开上了！猪场办得红火了！你的尾巴翘得比你家的房背还高了："村长，你看我这猪咋个样！正宗美国进口原种猪！头大，腰细，沟子（屁股）圆！性感得很！"嗯，性感得很，比你媳妇儿还性感呢！！狗狗娃，你以为是你的本事好啊？是政策好，你妈把你生到时辰上了！七几年的时候，你爷养了三头猪，拉到黑市上，要偷着卖个好价钱哩，让人家给知道了，猪要没收，人要批斗。那时候有个罪名，叫割资本主义的尾巴！吓得你爷抱着猪像耍狮子的一样！"猪不要拉啊！猪不要拉啊！上头光说是要剪尾巴嘛，没有说要拉猪的话嘛！残汤剩饭喂大的个你为啥着长了资本主义的尾巴啊，要割就把猪的资本主义尾巴割了，把社会主义的猪给我留下！"年轻人，这才是三十年前的事！！你看看现在，只要不违法你想干啥都行哩！那时候就也不让你干！我们村为啥奔上了小康，为啥着能办起了这么多的摊子！的的确确地说，党的支农惠家的政策真个好！放着三十年前，你还办猪场呀？还开业剪彩呀？去剪猪尾巴去吧！！

刚才讲哪嗒了？噢，办厂。村里两个大户承头，家家都用苹果地入股了！家家都是果汁厂的股东。娃娃在果汁厂当工人月月领工资，土地年年能分红！一个萝卜两头切嘛。土地没有闲置，咱的收入还增加了！这叫啥？这就叫土地流转！！十七届三中全会上肯定了的！咱没防住走在政策的前头着哩！

剪彩时间快到了！领导还没有来啊？再强调一个具体问题：出场的各组中，秧歌队的表现最差！秧歌队的，你看你们咋个扭秧歌的（学：开心的锣鼓敲出……）狗狗娃，谁欠下你的钱了吗？啊！脸阴得实实地！现在能免的全免了！各种补贴直接到你的卡上了，村里想扣也扣不了了！给我一点缝缝都没留下啊！！有背后偷着笑着哩，人前不会笑了吗？这样子嘛（比画秧歌）我扭了半辈子的秧歌！没有听说扭秧歌扭出来了个椎间盘突出？！就算扭成椎间盘突出，也有"新农合"报销药费哩！生气了，不说了。

董事长！你再派上几个人去村头看一下！时辰快到了，领导咋还没有来啊。啊，打个电话？嘿嘿，我没记下领导的电话啊！那就再等一会儿。哎，说起打电话啊，我想起一个笑话。你看现在的手机多方便！！那一年，土地还没有划开，一大清早，我牵着驴上山耕地哩，路过大队部，听见老书记在那里打电话。（手摇）公社……公社，直到中午了，我从山上下来时，老汉还在那里打着哩：公社、公社！你答应一声啊，公社！公社！好我的公社，我把你叫一声先人，你答应啊！！哈哈哈。我说："老支书，你的专线电话还赶不上我驴快嘛，你有啥急事我给你传达去。"打了一上午的电话，打得老汉两个手扶着墙出来了！嘿！你看那是个啥？是啥？电线上落下一个麻雀嘛，你猜老汉说了个啥？"哎呀呀，我说咋打都打不通，把那么多的话都憋着那里了嘛。把电线都憋出来这么大的一个包包！"哈哈哈。

谁的手机响着呢！关了！噢，我的手机响啊。嘿嘿，（接电话：喂，我是村长啊，啊，来不了了！！啊，县上有急事，到县上去了！领导啊，我们下洼子村果汁厂从退耕还林、栽树建厂、技术培训，可都是看着办下的！现在开业了，你倒不来了！啊，啊，农民办厂农民剪彩更有意义！啊。（失望）完了完了，你说这咋办哩。领导来不了了。领导说，让我们自己剪哩……这这……这……都说话啊。王冷眼，平常就你话最多，塞都塞不住，这会子嘴让驴给踢了吗？！啊，你提议我剪彩！嘿嘿，不行不行。这是个村里的大事，看大家的意见，大家都不鼓掌嘛，嘿嘿，好！我剪！！开始！锣鼓，敲！铁炮，放！秧歌，扭！（剪彩）下洼子村果汁股份有限公司开业大吉！！哎，她姨，扭欢实一点！边唱边扭！这样……（唱：秦安小曲摆曲调）农村（着）承包永不变；风调（着）雨顺民心安……（边扭边下）

（完）

附记：创作表演于2008年，时任甘肃省天水市投资担保中心副主任。为纪念改革开放30周年而作。该作品曾获"甘肃省纪念建国六十周年社区文艺汇演"一等奖。第六届中国曲艺"牡丹奖"表演奖提名。

村长主婚

（独角戏）

编剧、表演： 王海生

（传统婚庆音乐开场）

村长：（天普话）尊敬的娘家人、各位庄里人！今天，下洼子村农民郭小山与北京的姑娘林妙结为……张老师，你写的这是两个啥字……伉俪？你哄我哩，咱的土炕是火字边儿，噢，变成席梦思了（嘀咕），日子一好过连字都改了。二人伉俪！！我代表全体下洼子村民向郭根拴、夏荣花老两口表示衷心的祝贺！向小两口表示新婚的祝福！鼓掌啊？！

第一项：介绍新郎新娘！

新郎郭小山，男，26……啥？不介绍啦！连他十岁还尿炕你都知道？！你的头是不是让黄蜂给蜇肿了！！人家尽管尿炕，但是，没有求助别人。前半夜尿湿、后半夜暖干！你管得着吗？一样的高中生！人家通过了自学考试，自学电脑，栽苹果，贩苹果，建冷库，当电商，成了领军人才了。你倒是十岁没尿炕，就是五岁还没有断奶呢！不图上进、不好好学习嘛。上个月我还给你说：你看人家小山娶的媳妇：柳叶眉弯又弯，杏核眼睛瞥赞赞，糯米牙尖对尖，棱棱的鼻子正中间嘛。和画儿上的人一样！你说了个啥："嘿，村长，我有自己的理想与追求的类型呢，我爷说的对，咱乡里人嘛娶媳妇要选'腰圆沟子大，养娃才一爬踏'那类型哩。"狗狗娃，现在都啥时代了？知识经济了！还念的是你爷爷的爷爷手里传下来的那一本经啊。多子就一定多福吗？与时俱进都是讲给谁听的？！"腰圆沟子大"就能生娃？！符合科学生育观不？万一长肿瘤呐。我考查过了，杨贵妃为啥没后代，腰粗的缘故！要"改变老观念，争做新农民"哩。还一开口城里人、乡里人！住到城里就是城里人吗？住到乡下就是乡里人吗？城里的有钱人在乡下住着哩！村里的有钱人在城里购房着哩把天水市的房价炒得翻了几个跟头！知道不知道啥叫城乡一体化？！看看你，瞧新娘子的那眼神！色眼瞪得跟包子一样！把嘴闭住！你的涎水不是酱油！流着菜里头大家还吃不吃了。继续介绍！

　　林妙，女，25岁。大学毕业，进出口贸易公司的苹果销售员！小山通过网上把咱村里的苹果销给林妙，林妙转手就销给老外了！哎，你说咱们以前卖苹果咋卖着哩？不管刮风下雨，像根电线杆子一样杵到公路边上，祖传秘方！两个字：死等！！不要说赚外国钱了，一两个月逮着一个老外连话都不会说嘛。呔！老外，过来，苹果，先尝后买，不甜不要钱！（学老外）多……少……钱？One 斤 two 元。One 斤 two 元！翻译急了：好好说话！！一斤两元，一斤两元！哼。

　　第二项：介绍恋爱经过！这俩娃是在网上谈的！两个人从网上发售苹果认识了，从此你恋我、我恋你！互恋网互恋网，先恋苹果后恋人！等着恋瓷实了，这一头一使劲，把那一头的扯过来了。哈哈哈。

　　你笑啥哩，儿子比你强得多！！我们那时谈对像还偷偷摸摸的，郭根拴和夏荣花俩人相上对象了。夏荣花妈根本不同意！夏荣花妈说了："一定要嫁到城里去！首选三大城市：北京、上海、天水市！！最不行也得落户到'新马太'！"啥？出啥国呢！新阳镇、马跑泉、太京镇！反正不嫁山里人。把郭根拴差点急疯了！谢天谢地啊，城里户口不能解决。夏荣花妈没办法了，才勉勉强强点了个头！！害怕夏荣花妈反悔，赶紧结婚！！把柴房当洞房。叫十几个同学帮他收拾洞房哩，我进去一看：嘿嘿嘿，好！好！这个洞房好！！没有窗户只有门！不是个好房，是个好洞！你看看郭小山的洞房：三层楼房落地窗，液晶电视席梦思床，解手就在房间内，抽水马桶咣啷啷！

　　第四项，送礼物！生活好啊，三金四银！

　　老两口儿领结婚证那一天，夏荣花向郭根拴要一颗手表。

　　郭根拴说："有哩。拿来？拿是拿不下来，在天上挂着哩！你看那是八点，这是十二点，这是下午五点！准过火！！！"

"我要手上戴的！""手上戴的？你把手伸过来，把眼睛闭上！"把夏荣花高兴得不得了。嗯，要给我戴表哩。郭根拴照着夏荣花的手腕子，狠狠地一口！啊——！痛得夏荣花哭出来了："你不给就算了，我还是跟你哩，你咬我做啥呀！你是属狗的吗？！""嘿嘿嘿，荣花，你看像个啥？！像不像手表。""呵呵，不圆。""嘿嘿，女式的！女式的！""荣花，等过门后，我再给你咬一颗怀表！！"哈哈哈。

我们十五个同学凑份子给夏荣花买了一颗手表，把个夏荣花高兴得吃了蜜蜂屎一样！！袖子撸到这里，端一碗饭在村头吃着哩，别人问："荣花，腕子上是个啥呀？""手表！！我的根拴给我买下的"。"几点啦？"脖子一扬："八点过九十！！"八点过九十？我凑过去一瞧："棒槌！！表盘是六十个格格子，不是一百！八点过五十！郭根拴给你咬的怀表是一百分钟的吧。"

小山、林妙！我讲的不是笑话，是我们过去的生活。那时穷，我们这一辈没有失去希望，现在富富了不要迷失方向！下洼子的明天就交给你们这些娃娃了！！！

（开场音乐）行大礼：一拜天地，二拜高堂，夫妻对拜！送入洞房！大家举杯！为新人祝福！现在动筷子！

（创作表演于2009年）

看电视

（独角戏）

编剧、表演： 王海生

我的邻居叫田老大，爱看秦腔，是个秦腔迷；他儿媳妇叫丁秀娥，爱看韩剧，是个韩剧迷。老公公儿媳妇常常为争看电视，闹得不可开交。有一天，我听到隔壁又吵起来了，就亲自过去调解。

"秀娥！能天天跟长辈吵架，又为争遥控器吧，太不像话。"

"村长大爸，你看我爸。"

"田老大！你拿过来，两腿把个遥控器夹住像个啥！给我。就说你和娃娃争啥哩嘛，现在家电也下乡了，一台电视也不过是一千块钱嘛，你再买一台不就完了嘛。"

田老大还是个犟人，脖子一梗："这就不是一千块的问题，是家庭的领导权问题！这是我们家的内政！！你管得着吗？我还活着哩，你以为真成《媳妇的全盛时代》了吗？！我爷爷爱秦腔唱秦腔，我爸爱秦腔唱秦腔，我爱秦腔唱秦腔，到孙子这一辈改成韩剧了！我在北山上能睡着了吗？你要有事忙你的去，你要没事我给你找个事，张铁匠家的驴跑了，找去！"

"你看这个老差火！我是给你嘴上抹蜜哩，你还倒把我的手指头咬一口！秀娥！你到我家里看韩剧去，你姨姨也爱看韩剧，我陪你爸看秦腔。"丁秀娥到我家看韩剧去了。

哎，老哥，田家哥嘿嘿，还生气着哩。哎，仁兄呀！

（唱秦腔）见仁兄你衣衫褴褛

——你冠戴

珠泪滚滚

——洒下来

弟奉命领兵

——边关外

征战胡儿

——显将才

胡儿兵勇

——我兵败

为国尽忠

——理应该

无奈了我投降北国

——你名声坏

"哎老哥我先忙去了啊。"

"你不要走啊我的瘾刚上来，唉。"

中午，我刚一进门，就听到屋里有人哭哩，吓我一跳！推门进去一看，丁秀娥正哭着哩。

"狗狗娃！啥事！！你哭得早了一点。再过五十年我才一百！"

"你不值得我流泪！"

"噢，对着电视哭啊，你看的是啥？《卖花姑娘》吗？"

"不是！是韩剧，《天国的阶梯》！真个感人得很。"

"啥？天国……还阶梯？天国，就是你爷和你婆婆一去再没有回来的那个地方？"

"嗯，感人着！"

"你真个是个大孝子狗狗娃，我就夸你是咱们村上最孝顺的娃嘛，你爷和你婆婆都过世十年了，只要一想起来还掉眼泪哩。"

"不是！我不是哭我爷我婆婆，是哭韩静书哩。"

"韩静书？我认不得，哪个村里的？噢，是电视剧的剧中人啊。你娃现在看电视都走火入魔了！！啥都是韩国的好哩！不是说你哩狗狗娃你看你那个身材！结板得啥样，前面挺着，后面撅着，穿个那么瘦的衣服，一弯腰，四个扣子崩掉三个！别人一劝你：'我爱穿个韩版！'这是病啊。看完《大长今》浆水倒掉了学泡菜！看完《蓝色生死恋》就体验跳河的感觉去了，别人把你拉回来我还奇怪哩，这跳河的人怎么水才湿到脚脖子上，我一问，你还说了个啥：'村长，水太凉了！'哼，水热？水热的那叫澡堂子！现在又看上《天国的阶梯》了，看完准备上天去哩吗？要是顺着你那个什么梯子能上到天上，怎么呢国家发射神六神七干嘛哪！不要哭！"

"村长你知道啥，这叫文化！"

"把嘴闭上！在这个地球上，没有人敢在中国人面前谈文化！上下八千年了。到伏羲庙里看一下去，他们家的国旗还是跟着咱的先人画下的。我也不怨你，我们农村文化生活就是比较贫乏，一天到晚也就是能看个电视嘛，电视台也不放我们农村农民能看、爱看的节目，一天到晚就是个韩剧嘛。又长又臭，一放就是几百集。去年正月十五我老婆看着一个韩剧，两个娃娃搞对象的！到去年国庆节了，两个娃娃还在搞哩。我奇怪了：这两个娃娃还没有结婚，我老婆说：呵呵，现在快订婚了！！啥速度吗，难怪他们的人口少！速度太差！这要是放到我们村里，麻利青年一个娃娃已经生下了！秀娥，再不要哭了，这是在我们家里，你这一哭，别人听见了，就传成村长的绯闻了！去，到你家看去，陪上你爸看秦腔去！"

"村长看你小气的，走就走，我回啊。"

秀娥头一抬还唱上了：

回家啦、回家啦、我回家啦

看天空飘着云还有梦

看生命回家路程长漫漫

看今天的岁月越走越远

远方的思念是你的微笑

我家的秦腔

一天到晚唱

吵得我心发慌

啥时听不到

我爸吼秦腔

我心飞翔

村长再见

"嘿——！这娃。秀——娥！明天你到村委会里来啊，我给你盖一个戳戳子！你直接上星光大道！！"

唉！要不是脑子有病倒是村里的人才。

（创作表演于 2010 年）

南房娃

（独角戏）

编剧、表演： 王海生

（上台时村民喊村长）

哟这么多人啊，都吃罢饭了吗？再不要叫村长了！！干不成村长了！当不成了。

今天乡长把我叫去收拾了一顿！叫我写检查，检查不深刻立马免职！！唉。为啥？还不是因为南房娃嘛。南房娃嘛，就是那个把牛换成羊，羊换成鸡……唉！咱村的南房娃嘛，一天到晚头里还装的是麻将嘛！那的头里除了条饼万、就是东南西北中发白嘛！上个月来了一个记者到村里采访，哎，神了！正碰上南房娃了！问他"十二五"规划农民的收入实现翻一番如何落实哩，他一听翻番的事，来了劲了：啊？翻几番？一番啊？！自摸胡是一番，要是带上跑子一抠就是四番！！嘿！你？！唉，问你收入咋个翻番，还假如自摸胡就能翻番，假如点炮哪，还要包庄哩！假如你要是一只鸡，我今天就把你活活捏死了！你不要脸不要紧，我的村长还要当哩！滚！

不是因为这事！听我说嘛。

大前天。县上通知我到县法院学习乡村调解员，我亲自学去了，屁股把凳子还没有暖热，南房娃在外面招手着哩：

"村村……村长，了不得了！"

"咋了？你是到法院告状来了吗？是原告还是被告？"

"不是，找人来了。"

"南房娃！你现在真个——那个话是咋说的？让我肃然起敬！敢到法院

里寻搭子（对手）来！一缺三？还是三缺一？"

"不、不、不是，我媳妇跑了！"

"是不是你打玲玲了！"

"没打人，打麻将了。"

"南房娃！又打麻将了！（欲打）。好事！玲玲娃这一朵花儿一走，就剩下你这一堆好牛粪了！再没人管你了，你娃后半辈子就等着'单吊将'去吧啊。哼，瞅我干啥？还不快找你媳妇去，去迟了别人就'和了！'"你们是没有看见，听我一句话，南房娃跑得比兔子还快！也没心思坐下听课了，风风火火赶回来，村里有人给我报告了：玲玲在邻居家躲着哩，全村就瞒南房娃一个。嘿！我一听玲玲娃在，把南房娃还在到处寻媳妇的事给忘了一干二净。

今天乡派出所打电话找我，我才知道：南房娃听了我一句话，为找玲玲，三天三夜把全乡麻友家给抄了！我很郁闷！

啊？张爸，你说了个啥？我劝南房娃了没？你问南房娃看我给他说过多少好话？劝过他多少回？！南房娃去年开始打麻将赌博上瘾了，我就劝他，南房娃保证得好好的，过了两个月就犯了！今年八月份，村里来了两个车收苹果！他担着两担，玲玲爸的三担。老汉给南房娃说：狗狗娃！我有事，你给我代卖了啊！你去！我会讲价钱！眼一转与两个司机在车底下挖上坑坑了！没有五分钟，五担苹果全给人捐了。玲玲娃为这就和你要离婚哩。又请我劝和哩，你这一次拿指着啥发誓哩，天、地、先人，你全指过了！再编一个新的。嘿，村头跑过来一只狗，南房娃眼珠子一转，指着狗发开誓了："村长，我要是再打麻将赌钱，我就不是人！我就是那狗了？！我变成狗以后，从此以后村里的狗再吃不上屎！我全承包了！"你吃去啊，哼，指望你与狗抢屎啊，你知道狗早晨几点出来的？你几点睡起的啊！我不骂人，现在讲究和谐社会了，我二十几天没骂人了。

苹果快熟前，我看你家果园里有光一闪一闪地。以为有小偷，赶过去一看：天都黑透了，玲玲还一桶一桶地往果树下浇水呢，你妈那么大年纪了，怕天黑水窖边上不安全，给你媳妇做伴儿照亮哩。唉。几年时间！你妈的头白得棉花包包一样了！！养你有啥用啊？！我一看火腾的一下就上去了！赶到小卖部一看，你的麻将打得热火朝天！手里摸着牌，嘴里唱着曲：

　　找点空闲挤点时间——碰！别动！听了！嘿嘿，吊这一张。白板！

　　（唱）朋友兄弟搓上八圈——（白）呸！气死我了，白板！

　　（唱）带上现款不要欠钱——（白）我的天爷爷！又是一张白板！

　　（唱）谁敢不给屁股打烂——（白）赌神爷爷！！你不要光杀一个人行不？！白板！！！我不相信还能摸出第五张！小三！

　　（唱）去我家看看我家看看

　　看我妈是否做好了浆水面！

　　我也不能为家做多大贡献呀，哈哈

　　自摸一把！收入翻番！！

　　"嘿嘿嘿，村长！我……我在娱乐！没赌钱啊。"

　　啊，这压的不是钱是啥？！啊，那一会儿我也没耐心做思想工作了！直接上脚！！麻将摊摊给踢翻了，隔了一天，我家的一窝猪娃让人给毒死了！不是你们几个干的，还能有谁？自打你赌上麻将，勾人打牌，不要说村里的人睡不好觉，黑天半夜地、打扰得狗都睡不了一个囫囵觉！你说你活得哪里有一点点人样子嘛，是人，总要有点志气、有点理想嘛。你说你有啥？有一件事我还真得表扬你！那一天，有人给我报告说，你在上洼子叫人打得不能动弹了。我打发了四个青年抬回来的，一问才知道你欠钱耍赖，让人给打的。玲玲和你妈哭得像河吼的一样，你还吹着哩：不要哭！！只要这三个指头还在！有翻本的机会哩！！不是我吹哩。几个人打，我根本就不求饶！不弯腰！不低头！不服输！真硬气，真本事，真赌徒啊！！出了门，几个抬的青年才给我说：哼！村长，你不要听南房娃胡吹牛。南房娃他还想弯腰！想低头！弯得了嘛，让人绑在树上给揍了一顿！

　　唉，我很郁闷！笑啥哩笑！我现在看见四个人在一起，就怀疑是打麻将的，看见三个人走一起，就怀疑是挖坑坑的，看见两个人在一起？噢，谈对象的！我快成神经病了！大家说，我当村长称职不称职啊？你们说了也不算。回去写检查了！

（创作表演于2012年）

我爱119

（独角戏）

编剧、表演：王海生

一上午转了两个圈圈，就没找着消防队在啥地方。有人说在这里，这里是消防队吗？啊，我有一肚子的话要和领导讲啊。可以啊？

我是下洼子村的村长，今年夏天的时候，我们村里大旱，旱情特别严重。把庄稼地晒得裂开这么宽这么深的口子，人畜饮水困难，全村人都急了。我召集全村的老百姓开会，我说：大家要出主意想办法……想办法哩。刚一说完，四婆拄着拐过来了："大孙子！大孙子！你过来我给你说。"

"啥事情？"

"现在要求雨哩！"

"求雨？哈哈哈，咋求？"

"民国二十几年的时候，天也是这么旱，那时候，晁耿祖他爷爷领了几个不害怕死的，把龙王爷绑到太阳底下晒着，哎哟哟，啧啧啧！"

"有效果没啊？"

"就把龙王爷晒得头上、身上全都起皮皮了！"

"龙王爷起皮皮了？头皮屑吗？"

"不是，这么大的坨坨，一层一层的。"

"去去去，四婆，你老人家啥地方凉快就到什么地方去，还把龙王爷晒得头上身上都起皮皮了！龙王爷就是趴到水底下，身上也长的是皮皮，那叫龙鳞！封建迷信都用上了。谁还有好办法？"王冷眼过来了。"村长，给政府上报，让政府想办法。"让党和政府解决吃水问题，凭啥哩狗狗娃，啊。

"村长大爸你不看书，我儿子的语文书上都写着哩，歌儿都唱着哩：（唱）'党啊党啊，亲爱的党啊，你就像妈妈一样把我抚养大……'儿子喝不上水、不找妈妈找谁去？"

"狗狗娃，不是妈妈不管你，妈妈的娃有十几亿哩！有灾不自救先找妈妈。一边站着去！不要吵！大家都说什么地方有水呢？"

"南房娃！你说。"

"村长，哪里有水我知道！把手机掏出来！"

"手机掏出来？"

"掏出来，拨！119。"

"1……1……几？……9？喂、喂、你是11几？119啊，消防队？打到消防队了！！咋说呢，着火了？着火了！喂，着火了！火势特别大啊，下洼子村南房娃家着火了！赶紧过来、好、好。南房娃你家着火了吗？没有、没有？你刚才不是说着火了吗？没着火你头让驴踢了吗！你这不是骗人呢吗？！"

"村长，我每一次给你出主意，你就让驴踢我，我每一次给你出主意，你就让驴踢我！你不是问我什么地方有水吗？消防队水大得很！这么大的罐子，这么粗的管子，哗——哗——水多得很！"

"那是救火的水狗狗娃，这是违法……我的村长干不干都是小事，会不会把我再抓进去？"

南房娃还安慰我："村长！你放心，你算是舍己救人了！再说了，你老人家年龄也大了，就是进去过几年也就出来了！没啥，你出来我们还继续选你当村长！"

"滚！滚远！站住！滚那么远干啥？赶紧滚回来。叫上几个人，把麦草背上两捆子，放到旁边点着！猪头！离房子远一点！"正说着，就听消防车（学消防车声音）"火啊——火啊——消防车来了。从车上下来了一个领导："刚才谁打电话了？谁报警了？"

"领导……是我……我！嘿嘿。"

"着火点在哪？着火点？！赶紧带我们去找着火点！"

"着火点……着火点……南房娃！着火点！赶紧把领导领上去！"

"来来……领导……着火点……领导！（口吹手扇状）你看还着着呐！"

"这是着火点吗？你不是说房子都着了吗？就这么点火？你这是报假警的行为！你知道吗？这是违法行为知道吗？！"

"你看，指挥员……指战员……指导员……指导员！你听我说嘛，你不是要找着火点吗？你看我这（比画嗓子）着火了！我们全村人嗓子眼儿都在冒烟呢，天旱得受不了，人畜饮水发生了重大困难。我给你说，我孙子，已经两天没有尿一滴尿了！"

"村长，我们消防总队就是救民水火的呀，你要是有什么困难，给我们打电话，我们也会送水！你干这事可是要受治安处罚。这事情……从今天算起，我们每周给你们下洼子村送一车水！"

"太好了，哈哈。早知道你送水的，我就不点那两捆麦草了。"

"但是村长，你必须接受治安处罚！"

"接受！我接受啊。只要有水，领导啊，这个特别感激！"

消防队的同志帮我们建立起来了村民自救小组。还培训我们村民小组防火的意识，我们村里的人都知道，有事就拨119。有一天，我在山上干活呢，我一看，哎，怎么119又进村了。谁拨的？谁拨的119？谁报的119！

王三民的媳妇过来了。"村长，我拨的。"

"你拨119之前没吃药吧，啊，你拨119干什么？"

"村长，我们家的蜜蜂，又分了一窝新蜂！蹿到那个树上去了，在那个柳树上，你看见没有？"

"你们家的蜜蜂分窝了，你找收蜂人啊，你找119干什么？"

"村长，你这个out了。我找收蜂人，人家要我100块钱，你给吗？119免费！"

"那你这……你要是想省钱……你让你男人王三民上去收去啊。"

"我们家三民我不舍得让上！万一上去让蜜蜂把头蜇肿了怎么办呀"。

"你男人你舍不得让上，消防队的那些兄弟你舍得！啊？！消防队的就不怕蜜蜂蜇吗，你有好事情怎么不拨119？！"

"村长，我没什么好事。"

"你没啥好事情。你妹子找对象的时候你怎么不拨119呢？为什么不拨呢！"

"挣的钱太少么！"

"滚远！看见占便宜的就来气！"

"村长，我也就是……那么说了一下……试了一下……谁知道……人家真的上去了。"

"什么叫真的上去了？还用你试，你有资格试吗？老天爷都给出过难题：火灾、水灾、地震、泥石流！都试过！你说那些消防官兵啥时候没上去过！！"

"村长，你不用再说了……我错了，村长，我给您说，蜂蜜产下来，你下次进城的时候，你捎上两罐蜂蜜给消防官兵！我的心意。"

领导，我今天带来了王三民媳妇送来的两罐蜂蜜，我出村口的时候，我们村里小学的张老师说，他在这个锦旗上写了四个字：心系人民！这是我们老百姓的心声！你不敢给我鞠躬，我代表我们老百姓，给你们鞠躬！消防战士，你们辛苦了！

（创作、表演于2012年甘肃省电视台消防晚会）

附：本作品是2012年，应甘肃省电视台与甘肃省消防总队《全民消防　生命至上　橙色光芒》专题晚会创作的一个独角戏。作品中消防车为村民供水、灭马蜂窝、收蜜蜂等情节均采自消防人员亲身经历。直到现在，消防队隶属虽然有变，但消防职责和为民解忧办实事的作风没有变。

如此孝子

（独角戏）

（改编自陕西郭建中老师快板书《五子葬父》）

狗狗娃，咋还没有出去打工去？啊，过几天啊。出门在外，一定要这个，啊，牢记核心价值观！啊，我背一遍？！你是村长还是我是村长！太长记住两个字，忠孝。你是一个打工咋个尽忠咋个尽孝？忠，就是忠于国家，就是……不要给派出所的同志添麻烦！孝，就是孝敬父母，不要让父母操心！

狗狗娃，百善孝为先！哼。

村里的阮铁匠前几天去世了。

阮铁匠有五个儿子。老大出生时，狗叫得凶，别人让赶走，阮铁匠心里美：这是给我儿子送名字来了！嘿嘿，就叫大狗。自从有了大狗，阮铁匠两口子一鼓作气，再添四个狗！大狗今年40整，五狗今年31。尽管五条狗长大后各有大名，但村里人还是叫他们是阮家五狗！

阮铁匠老两口子辛苦一辈子，不停地修房打院娶儿媳，虽说是打铁的身体，但终于给熬倒了，前年老伴走了，阮铁匠也一病不起，一年没熬上，也驾鹤西归去了。

大狗请我来了："村长，我爸去世了，你来主持。"

"我主持？这不是开会也不是剪彩！去，请你舅舅去！"

"村长！你知道的，自打我妈去世后，我舅舅对我们五个有意见哩，请不动！你看这事儿……"

"那行么，去商量一下。"

我过去一看，嗯，不错，五狗都在！四狗过来了："村、村、长，这程序、咋个、办哩？"

"程序？啥程序？"

"我的意思是，我爸去世了，降不降旗、奏不奏乐啊。"

"你想啥着哩，啊！你爸活着的时候，冷一顿、热一顿、饱一顿、饿一顿！现在人死了，降不降旗：奏不奏乐？！还放鸽子哩！！当奥运会开幕式了吧？你爸不是刘备刘皇叔！你们五条狗也不是五虎上将，哪里死哩哪里埋！先说棺材谁做哩？"

二狗说了："村长、各位兄弟，我先发表一点不成熟的意见啊：我们要讲传统！先王驾崩、太子登基嘛！老大是太子，老大办！癞蛤蟆没尾巴——这是祖传！大家同意不？！"

三狗四狗五狗："同意！"

大狗一看，嗯？这几个今天是捉王八哩："老四！你在城里打工这么些年了，咋也这么不懂事嘛。现在的世道，不是按年龄算谁是老大，是谁有钱谁就是老大！！爸爸把手艺传给我了，唉，害死了，不要说铁器！铝锅铝勺都过时了，现在兴不锈钢了！挣不下钱。老二的猪场生意好，还是老二办！"

三狗四狗五狗："一致同意！那对着哩，唐太宗就是老二嘛。"

二狗一听就急了："大哥！各位兄弟！蛇大窟隆也壮啊，肉价涨了，饲料也涨了啊！我的猪现在口细得很。四川进母猪，一顿半斤辣子面啊，伙食标准和爸爸的一样！我困难得很。还是老三办！老三的砖厂赚钱得很！老三，你说！你的钱多还是我的钱多！实话实说！"

三狗把话接过来了："二位老哥、二位老弟！现在要与时俱进哩！城里时兴火化！"

三狗还没说完，四狗急了："阮三狗！你想把咱爸塞到你的砖窑里再给你烧几块砖头啊！你也不想一下，爸爸身上的油全让咱弟兄几个榨干了啊！根本烧不着的——咋个进去，咋个出来！还得白白搭一身衣服。"

"阮四狗！我说要把爸爸塞进砖窑吗？我的意思是，骨灰盒又小，省木料……你们没有办过厂子，不知道成本核算嘛。那你不同意，爸的事，你办！！"

"我是老四，上有三个哥哥，下有一个兄弟！凭啥我办啊，老五办。"

老五开口了:"各位老哥!我发丧老爸爸,那是天经地义的事!不发丧老父者不为人子!我的情况各位老哥很清楚,还没有娶一房媳妇,麻烦各位老哥给兄弟娶一房媳妇!只要媳妇一进门,我,红事白事一起办!!咋个行?!"

"红事白事一搭里办,把你爸放臭了。平均分摊!"

大狗说了:"同意村长的意见,谁也不能少出,谁也不能多出!都是亲儿子嘛。平均摊!!村长,你接着说。"

"那我就开始分板啊:老大棺材盖,老二棺材底,老三老四两侧面,其余是老五的!好,开始办。""哎哎,村长,不对!""咋个不对?"

"给我的多了!"

"多了?!你听啊,老大棺材盖,老二棺材底,老三老四两侧面,你堵这一头。"

"啊,我堵这一头,还有那一头儿谁堵?村长!一个棺材六个面,五个人!空着一头哩!"

"啊?还真个少一块板。阮家五狗!你们看着办,只要你们自己良心能过得去,就把那一头用纸糊上!!!哼,我忙去了,晚上过来再说。"

等到晚上,我过去一看:我的天爷爷!真个把那小头用麻纸给糊上了!!

四狗过来了:"村长,现在能请人了吧?"

"请人?请人做啥呀?"

"村长!我爸去世了,村里人得出份子吧,现在城里人情最少也是一百了!能收几个是几个啊。嘿嘿。"

"头让驴给踢了!请村里人来看看你爸的这个花棺材嘛!还是个用纸糊的花棺材!你们不嫌丢人?趁夜里没人,赶快埋!"

"村长,我们几个人也抬不动啊?"

"村里也没有几个男人。抬不动就放有架子的车上拉!老大抱上相片,老二端上香蜡纸表,老三拉车,老四老五老边推着!准备走。"

"村长,那你闲着干啥哩?"

"我闲?我能闲着吗?手里闲着嘴上也没闲过!我给阮家老哥念

经啊！"

（念经）台下海众俱扬圣号，苦海滔滔尊自招，迷人不信半分毫，时人不把良心念，枉在世上走一遭。今有下洼子村阮君讳铁匠一名，一生操劳，与世无争，和睦乡里，拉扯儿孙，积劳成疾，一命归阴。远观山有色，近听水无声，春去花还在，人来鸟不惊。……改革开放就是好，乡里人都进城了，明天天气不太好，核心价值观要记牢。

"村长，你怕胡念哩。"

"咋了？"

"你经常把中央的政策当经念着哩。核心价值观都出来了。"

"中央的政策，阴阳两界都管着哩。核心价值观咋了？你们要是核心价值观学得好，你爸走得就没有这么凄凉！不要吵！打乱经文！你爸晚上找你来了。齐步——走！"

（唱）（十里亭曲）
送亲人送到这一里亭呀
天上没有一颗星
村里的狗都汪汪地叫
听不见儿子的哭父声
送亲人送到二里亭呀
世上的人儿就细思忖
多子多福谁见了
王祥卧冰是古人……

"等一下，送……"（唱）送战友，踏征程，默默无语两眼泪，耳边……

"到了！下葬，埋了。"

往回走的路上，拉车的老五让绊了一个大跟头。天黑，用手摸："哎，四哥！我摸到一根粗橡子！"老四过来了，"哎，我也摸到一根！来架到车子上！哟，这橡子还是个双叉的！妈呀，不是橡子，是个人！好像是个死人？！"老三过来了："呀，还真是个死人！人死这里都没人管啊，啊！狗日的东西！"老二过来了："你先不要骂，是不是爸爸啊。"老大拿个打火机，打着了，一着："啊——爸爸！我们把你埋了啊，你老人家不好好地在地下躺着，上来干啥来嘛！呜呜！"

"村长！这事现在你看咋个办呀！"。

"咋个办？！扛回去！"

"扛回去干啥呀？"

"干啥？！明天再埋一次。哼。"

（改编表演于 2013 年）

附：陕西郭建中老师《五子葬父》

五里坡有个王老五，他一辈子生了五个光葫芦。五个儿子都叫狗，排行一二三四五。

说有一年，老汉不幸得了癌，一命呜呼没人埋。把老舅气得嘴巴歪，痛骂这五个狗奴才："你们赶快来摊派，集资办丧买棺材。哪个要是敢耍赖，跟我到法院做交代。"大狗一看事不对，就连夜召开五狗会。二狗心中有主张，首先发言开了腔："大哥为大是兄长，领导我们把业创。你就好比太子小皇上，老王晏驾小王葬！"三狗一听心开窍，赶忙举手呼口号。"我拥护大哥当太子，支持大哥埋老子。推选大哥当孝子，歌颂大哥一辈子！"二狗四狗和五狗，跟着三狗齐声吼。

大哥一看有麻达，这明明是四个小狗捉王八，两眼一挤掉泪花，抽抽泣泣把言发："咱爸养了五个娃，弟兄四个没发家。只有老二本事大，个体干得唰唰唰，二弟呀！是这话，咱不换届也不选举，我把太子让给你。做太子不一定是兄长，谁有本事谁来当。电视剧里的唐明皇，当太子时就是李三郎。"二狗一看事不妙，两眼一瞪汪汪叫："三狗在农行有存款，丧事还是由他管！"老二急了推老三，老三的外号死难缠："二哥你在这儿少糊黏，我的挖苦说不完，咱爸生了一河滩，为什么把我夹在最中间？上有哥，下有弟，一提这事就来气！我有个主意不会错，丧事让给老四做！"四狗一听推给他，急忙起来把话发："不要推，不要让，我给大家说端详。前天晚上打麻将，人伢是连胡带炸还有杠。只有我的手气臭，整整一夜没开胡。依我看，咱爸在世最爱老五，五狗应当把水出！"五狗一听不情愿，不慌不忙提条件:"要我办丧并不难,有个条件先要谈。我现在的形势很害怕,既没媳妇又没娃。这样吧,你们先给我成个家,我保证好好埋爸爸。只要新媳妇一下轿,我是红白喜事一齐闹!"

这灵堂上五个儿子齐亮相,来了一场狗咬仗。最后是老大发号令,桌子一拍主意定:"咱舅说谁要胡耍赖,就到法院做交代。埋葬老子尽孝心,谁也不能装龟孙!不准推,不准喊,我现在来分棺材板。咱们每人只做一扇,责任到人甭胡黏,二狗三狗两扇帮,四狗你把棺底装。咱爸最把五狗爱,你就给咱做棺盖。我是老大不挑拣,大头的挡板我包揽。这个方案最完善,你们哪个还有意见?"他的话,刚说完,二狗一旁开了言:"大哥这主意真不错,改革年代的新事物!不过棺材六个面,咱弟兄五个没分完?"三狗说。"对呀!棺材五面都分清,小头还是一个大窟窿!"弟兄五人又嘀咕,这小头挡板该谁出?

大狗二狗不肯干,三狗更是不敢缠。四狗伢还说得谙:"责任制,要完善,谁也不能多一扇!"最后五狗出点点:"我说这事也简单,小头用纸来糊严,又省工来又省钱!虽说这产品属于伪劣和假冒,反正咱爸他不知道。"大家一听都说好,就按五狗的办法搞。二狗找了一个纸烟箱,用剪子剪了一个小挡挡。

这王家五狗巧安排,自家挖墓自家埋。勤俭办丧不对外,连夜晚送灵抬棺材。出北门,下北坡,纸糊的挡板早脱落。五个狗只顾把路赶,棺材底成了溜溜板,前低后高抬不好,老汉就从小头跑!弟兄五人只顾走,觉得越抬越顺手。走一程又一程,棺材越抬越轻。五个狗此时都激动,都把老爸来赞颂。五狗说:"棺材为啥这么轻?咱爸发的是'轻功'。咱爸知道棺材重,怕把孝子累下病。"四狗一听心肠软,面对棺材表遗憾:"咱爸是生娃的专业户,一辈子生了五只狗对。把我们几个都照顾,他又到阴曹去落户。"三狗眼中含泪花,抬着棺材夸爸爸:"你老人家实在傻,老把自己给的札。为治五狗的青光眼,你卖了自己的棺材板。为给四狗把婚定,你六十岁还外出去打工!二狗偷人犯了法,你坚持每月探监看贼娃!"这话伤了二狗的脸,他借题发挥也揭短:"三狗让人打断了腿,你老人家把他往医院里背。手术台上把骨头接,你还为他输过血。谁知他两口子不人道,管饭竟然给你掺鸡饲料。"大狗最后做补充,总结发言有水平:"爸你活着受虐待,都怪四个婆娘心肠坏。你见了阎王要诉苦,千万不要株连你亲生儿子五个狗!"

　　这弟兄五人夸他爸,句句都是心里话。死人在棺材里边发"轻功",活人路上一溜风。说着抬着到了坟边,下葬填土干得欢。弟兄五人齐下手,埋完他爸往回走。下坡路上快步跑,扑通一声齐跌倒。大狗上前用手摸:"啊!原来是个死家伙!蛇有洞,狼有窝,这人咋死在了五里坡?"二狗一听发感叹,慷慨激昂来批判:"人死了为啥不入殓?他娃肯定是个王八蛋!我手中要是有枪杆,先给龟儿子钻个眼,然后送他上法院,再判他徒刑两年半!"三狗一听开口笑:"我建议,咱把尸体拉回发广告,只要他死者家属找上门,先交钱来再抬人。改革开放迈大步,这也是发家致富的一条路!"四狗虽然没说话,心里却在挽疙瘩。五狗觉得不对头,划了根火柴验尸首。"吱"的一声亮光闪,五个狗当时傻了眼!扑通一声齐跪倒,围住他爸哭号啕,一个一个泪盈盈,对着老爸放悲声:"爸呀爸,你细听,俺当你在棺内发'轻功',谁知你放着安宁不安宁,为啥半路上当逃兵?我们集资办丧落了空,造成的经济损失谁担承?!"

　　这事情虽然是笑话,讲出来无非劝大家:尊敬老人爱娃娃,人人遵纪要守法。生要养,死要葬,传统的美德要发扬!生要养,死要葬,我劝大家把父母的养育之恩永远记心上!

　　(刊于1993年第9期《曲艺》,选自全国部分城市职工故事邀请赛获奖作品)

谁犟谁吃亏

（独角戏）

编剧：王海生

村里有一个人，姓巴，逮谁和谁犟，谁也犟不过，得了一个外号：巴爷。巴爷的儿子，比巴爷还犟一倍，年纪不到30岁，村里人送大号：十六爷。

这犟人有一样好，认死理，以前村里苹果树少，都说不好弄，巴爷偏偏就栽苹果树，现在苹果一年收入十五六万，巴爷一出门就驾一辆没顶子的农用三轮车，当地人称三马子！十六爷时尚，花七万多元买一辆雨燕牌的小轿车。

这一天巴爷过五十大寿，村里有家的人全请去过寿。十六爷驾着雨燕到镇上买酒去了，凉菜都上了桌了不见酒。巴爷给十六爷打了一电话，十六爷说车到村头的长坡上过不来，一个外地车不给他让路！

巴爷一听，啥？遇着犟人了！嘿！席先停下全村人都跟我来！看我咋治犟病的，这犟病要犟人治！

呼啦一下跟出去三四十个。瞎了，要惹事啊，我就赶紧跟出去了。出去一看，两个车在长坡上错不开，一辆外地拉苹果的重车要下坡，十六爷的小车要上坡，两个车像羝羊打角一样对峙着哩，谁也不让谁。

巴爷过去一问，大车司机叫苦连天："重车又上坡，想倒也倒不了！"巴爷气消了一半，我说："这样啊，十六爷，你车小，倒到坡下边，让大车过，没啥事。"

十六爷一听："我倒？村长大爸，我是个讲理的人！我本来想倒，这个司机一开口就骂人！！还有没有王法！"骂人？骂了个啥？"一开口就骂我是龟儿子！爸爸，你说，我是龟儿子那你是个啥？这样没素质的人不教训一下能行不！"一听这话，加上周围村里这么多人看着，巴爷的犟病就犯了："堵住，不能让，坚决不让！"

"哎，哎，就骂是骂人了，咱忍了嘛，你这不让，他又让不了，咱的席开不开了？这么多人都等着哩嘛。让一下让一下。"

"你还当村长，帮着外地人欺负村里人，今天我爸的寿宴你别吃了，该球干啥干啥去！爸爸，你把酒扛回去开宴，让我媳妇给我端一碗烩菜来，我这里慢慢看这人的犟病！"

巴爷一听（大拇指一挑）："是我儿子！牛骶不过牛是怂牛。你吃烩菜他吃苹果，给治得了他的犟病吗？狗狗娃，再给你过一招！你别吃烩菜，我回去吃烩菜，吃完烩菜我把铺盖卷带来！睡到车头里，咱父子二人轮流作战！三天三夜，彻底把他的犟根剜了！我拿铺盖去。"

巴爷风风火火赶回去了，村里人一看打架的架势，一哄而散。

唉，还得我劝。把两人都叫下车。"来来，来。哎，你这人跑车的嘛，常年出门在外，一开口咋骂人啊？"大车司机一听："师傅，我确实没得骂他噻，确实没得骂他嗽，我是个四川人，我这龟儿子是个口头禅嘛，我赔情道歉都要得，我是确实没得骂人嘛。"

"哎，十六爷，你听着没？那就是个口头语嘛，都是开车的，让开就完了。"嘿，好话说了几里路，十六爷就是不让。我生气了："你咋比你爸还犟？！"

"犟就对了！说明我是我爸的亲儿子，没转种！咋了？"

正说着哩，只听到后面：咚！咣！两声，扭头一看：大车往前一拱，把十六爷的雨燕压成个饼饼了。十六爷一把就把大车司机的领子薅住了："你赔我的车！赔车！"

"我赔个啥子车哟，你看清楚噻我的车停着，是哪个龟儿子推我的车哟！"

往后一看，嘿，大车的前轮压着雨燕，大车的后屁股塞进去一车三马子。奇怪了，没人！这是谁的车？十六爷："哎，车头像我爸爸的车，没这么扁？"啊呸，再碰得猛些，比这还扁！

"哎，看车厢也像我爸爸的车厢，车上的铺盖像我爸爸的铺盖，这车牌也……是我爸爸的车！爸爸……爸爸！我爸爸哪？村长大爸，我爸爸咋不见了？"

三个人都急了，在三个车底下、坡底下，沟里、草里、石头底下都翻过来找了，就是不见巴爷！手机也打不通。大车司机纳闷了："龟儿子，敢情是个无人驾驶的高科技的三马子哟。"我一下反应过来了："都别找了！巴爷！你太不是个东西了。你下坡下车了，放空车来撞我们啊！"

十六爷一听："姓王的！你再骂一句我爸爸，我几砖头把你的头做得跟三马子的头一样了！不要认为你是村长。"

"十六爷！狗狗娃，你光走力气不走脑子。空车放下来，看似碰大车，大车一动，压得就是你个瓜怂！你还说是你亲爸爸，有亲爸爸给亲儿子下这一招的吗？！你看现在，幸亏我把你叫下车了，要不然，哼，十六爷，你就驾鹤西归了。"

十六爷一想：对呀，三马子碰大车，我的车给大车打一堰……血往头上一涌，爸爸也不叫了：姓巴的！你在坡上等着，我给你拜寿来了！

我让大车司机给交警队打电话。过了一个小时，交警队来了三个人，把现场一看，责任认定书就下了：巴爷的三马子承担全部责任，巴爷的车自己修，十六爷的车巴爷修，大车损坏不大自己修！问三马子的司机哪去了，我说找去了。交警队说了：人找不到，按刑事处理：肇事潜逃！我的天爷爷那就重了。

全村人都来了，大家七手八脚抬车通路。大车司机跟着交警队走了。

全村乱套了，找不到巴爷了！手机关机，生不见人，死不见尸！撒出去人骑上摩托车周围庄子找，我到乡上报告派出所：全乡公告找人。到晚上十点多了回到村上一看，呀呀哟！香蜡供上了，挽联都挂上了，我一看上联：仙踪不见音容在，下联：灵前哭坏未亡人。横批：驾三马子西归。"这是谁写的！？"王冷眼过来了："村长，我毛笔字写得不好。"

"谁说毛笔字了，人还找不着哩，你们就给办事吗。现在只是失联！"

"失联的有几个寻回来的，凑这十桌席，送了完事。"

"要写也是驾鹤西归，咋写个驾三马子西归！啊？"

"村长,要实事求是,巴爷人犟,我怕万一巴爷半夜来跟我讲理……"

正争讲着哪,十六爷手颤抖着捧着手机过来了:"村长…大爸,我爸爸的……电话。"

"你爸爸的电话?!接啊。"

"我害怕……我爸爸叫我去咋办?"

巴爷老婆一听,眼泪一抹:"我接……狗狗娃……我接。你爸爸脾气犟,唉!可怜的伤心的没良心的……犟了一辈子,硬是犟死了!!阎王都见不着就和小鬼打起来了,只有我能伺候住……"

"不要哭啊!都不要哭!我接!活人我都不怕还怕个死人,我就不相信中国移动把那一头的业务也开通了!喂?巴爷……你在苹果箱子里头哩!?"嘿,三马子下坡太快,没刹住碰到大车了,腰里没带子,头上没顶子,直接飞到大车苹果箱子里,一头撞到车厢昏过去了!巴爷,这幸亏是车苹果,要是一车石头,你真个就把犟根剁了。早给你说过:谁犟谁吃亏!

(创作表演于 2015 年)

找假牙

（独角戏）

编剧、表演： 王海生

前天中午，我正在家里吃饭，筷子还没有插到碗里头，我那邻居田老大的儿子田雨顺急忙忙进来了。"村长大爸，不好了！我爸爸不行了！"

"啥？你爸刚才和我刚下完棋，扛着门板棋盘回去了，这才三分钟，咋了呀？"

"我爸爸回家里我妈端了一碗面正吃，我妈炸的洋芋丸子硬了，把我爸的假牙给拔下来了，丸子带着假牙一起卡到这儿了！现在光有出的气，没有进的气了。"

我的天爷爷，还是一个突发事件！赶紧过去。

"田老大？田家哥，你还在世吗？田老大这个架势，这是个啥意思？村里过世的人多了呀，过世之前先数椽的少见啊！"

"大爸，是不是我爸的折子放在椽缝了！"

"呸，人都快过世了，还记折子！赶紧送医院！"

找了一个车，县医院没有去，直接到市上的一家大医院。看到急诊室，我是真急了，左脚抬起：啪！把门给踹开了：大夫——！病人来了！进，进！

"出去！说进就进啊，这是抢救危重病人的。谁让你们进来的？"

"哎，大夫，快不行了，危重病人！"

"什么病？"

"假牙和丸子卡这里了。"

"这个是危重病人吗？啊！这人要死还得七天！"

"这个大夫还兼的阴阳？！"

"兼什么阴阳！七天能饿死知道不，出去，门诊！挂号去。"

"狗狗娃，挂号去！"

"大爸，这挂啥科呀？"

"挂啥科？你说挂个啥科……你说挂个啥科！假牙咬到丸子上，你说挂啥科？！医院没有丸子科，那就是牙科嘛。"

"哎，村长大爸，普通五块、专家十块，挂啥哩？"

"你爸的命还不值十块钱？切，去呀。越贵越好。"

挂了一牙科专家门诊。

一进去，专家（带南方口音）热情得受不住："欢迎病友来到我们牙科啊。拔牙还是镶牙？拔一颗200，给5000块我打一折，满嘴拔光光！呀，没牙了，这是镶牙呀！材质不同价格不同，有金牙银牙生物牙烤瓷牙，最新产品钛合金牙，钛合金知道不？乡下人，钛合金都不知道。抬头！月亮。嫦娥飞船就是钛合金呀，高温250低温250！镶这种牙，你出门都不用带老虎钳！给50万，给你镶一口钛合金牙！"

"大夫，50万，在城里买一套楼房，在乡下打道院！我把两道院镶到嘴里上下这么咬么？！"嘿嘿，大夫听不懂，来几句普通话："（学普通话）大夫，我们乡下人吃五块钱的浆水面，不敢用五十万的牙去咬！！嘿嘿不拔也不镶！就是假牙卡嗓子眼了，你给取出来。

"噢哟哟，挂错科了，去，挂五官科。"

"啊？！弄错了。十块钱就没了？去呀！挂五官科专家门诊。又十块挂一专家。到了五官科，这专家说了："你瞅我做啥呀，把脸转过去，把沟子给我。哎，病人，你咳我给你下边儿使劲啊。"抱着田老大，双膀一较劲！"嘿！嘿！使劲啊！"

田老大咳了半天咳不出来，专家生气了，照着田老大的后脖子就是一掌！啪～嘿！田老大一惊，咽下去了！

"好了，通了，下一位。"

"哎，啥下一位啊。大夫你太猛了，你拍之前先系个绳子啊。你说咋个办吧？"

大夫还没有说，田老大发话了："@@##@#@。"

"你说了个啥呀？"

"@@@# ￥。"

田老大的儿子给我翻译了："村长大爸，我爸爸说这个专家比上一个专家好！上一个十块钱啥都没干，这一个抡圆抽给了一下。"

"站过！抽出来咱们感谢，现在是抽下去了！你爸的气管不是PVC做下的。一豁两半，当时就完了。大夫，你看咋办吧。"

"我们大医院，那都是分科分部位的，知道不？我，就管这一段儿！上面口腔下面消化科啊，这一段儿通了，你，出去！"

挂号去！又挂一消化科专家。

一进去，专家头都没抬，嗤——一张。嗤——一张。

"哎哎哎，大夫，你先慢一点，我看一下：化验血！做心电图！化验尿！化验大便！哎哎大夫就找个假牙，化验大便干啥呀？大便，我们乡里人叫粪么，再说了，这粪是没病时的，今天的粪得到明天早上才出来啊。你不号脉不问病，先撕单子，几张单子，我的几百元没了！你倒是先问什么病啊？"

"现在问也不迟，说什么病？"

"才想起了，假牙咽到胃里了。"

"噢，再做一个胃镜！ 160元。"

"多了一嘴！儿子说在城里500元瞧不好一个感冒，现在才弄清楚，你们这医院就是靠各种检查收费嘛。"

"你们乡下人看病现在都报销了，又不花你们的钱，怕啥呀。"

"大夫，就算是公家的，也不能这么花钱啊！！看我干啥？缴钱去啊！"

缴完了钱。抽血、做心电图、验尿、验粪、去做胃镜。

给田老大嘴上咬了一个环环子，肚子里插了一个管管子，外面露个头头子，大夫单眼吊线往里头看："呀！这都吃的啥呀？""大夫，今天吃的打卤面。"

"这打卤面根本就不正宗嘛！不正宗。我们城里的打卤面一定要配上乌龙头嘛，你这打卤面里没乌龙头。"

"天爷爷，大夫，你是个美食家啊。我们花钱让你找假牙，你翻乌龙头干啥？乡下人胡吃哩，你挑这干啥嘛。"

"你看嘛，这葱段段、蒜瓣瓣、芹菜杆杆、洋芋片片，都找到了，就是找不见假牙么！"

"大夫，那假牙到哪去了？"

"那谁知道，也许大肠也许小肠，也许挂在旮旯儿正打秋千着呢嘛。"

"我的天爷爷，那要找到假牙，还做啥检查？"

"你们去做个数字胃肠。"

"啥？谁比谁长？"

"数字肠胃，就是拍几张片子！"

"气死了，我在村里好歹是个头头嘛，这一到医院，大夫的话是鞭子，我就是个木猴！一鞭子抽得我光转圈圈么。田雨顺，领你爸自己检查去，我出门抽烟。"嘿，一根烟没抽完，爷俩出来了。

"这么快，找到了吗？"

"村长大爸，大夫说了：这数字胃肠拍了两张，还是没找到。不是说拍时像切葱一样吗，咋还没看见？那不是白折腾了吗？"

"村长大爸，我爸的肚子这么宽，只拍两张，可能正好在中间！"

"那咋个办？"

"人家大夫说了，要看清楚得查核磁共振！咱们振不振？"

"啥？谁和谁整？找个假牙咋还和原子弹挂上钩了啊！现在一定要整！整到半中间了，整！"

"村长，我的钱让医院整光了，你给我借上500元，接上整！"

"给你500，去交钱！我亲自陪！"

一进核磁间，就把田老大脱得光剩个裤头。睡到一个床子上，这边一按电门，进一个圈圈里去了。嘿嘿，这里挂着两个电视屏。要说一分钱一分货，太清晰了，哈哈，田老大，这是你的大肠啊，田老大，这是你的小肠啊！哈哈哈，田老大这一次我把你的屎肠头子都给看清楚啦。

我正高兴着哩，前面有两个女的，一边做检查一边还说话："大姐，昨天晚上我和我男朋友看电影去了。外星人的阿凡达。可好看了……呀,大姐,你快过来看啊!我发现一外星人哎!"大夫,我们乡下人长得是不标致,但还不是外星人!

"哎,你是……村长,大姐,你们看啊,这个54岁的老男人,他的肛门附近为什么长出了一副新牙哪!"

正说着,田老大做胃镜就喝的发泡汤,做数字肠胃又是一碗!肚子全是泡泡,这一凉,顺着身体的中下部一阵子运动:咚——!假牙出来了。

我不知道啊,吓坏了。"大夫,这动静太大了,肯定把你的收钱的家当冲坏了,我们乡下人赔不起啊!"

田老大一咕噜从床子里下来了!¥##!#!#!&……&……#!&,慢一点,你说的啥呀?%¥#¥¥%¥%#@。你能不能说人话!田老大急了,一把从裤头里把假牙拿出来,到水龙头底下一冲,嘴一张套上了:"我说!一下午时间,四五个科室、六七个专家,花了我1800块钱,从根本上说不顶我一个屁管用!退钱!"

"哎,田老大,田老大……满嘴喷粪啊!把衣服穿上!"

(追下)

(创作表演于2016年)

修路总动员

（独角戏）

报幕员：全体村民注意了！村长正在往村里赶的路上，电话通知全体村民村头集合！村长给我们带来了特大喜讯！！

（村长上）

哈哈，告诉大家一个特大喜讯啊：我们村要修路了！（惊讶）咋没人鼓掌啊？"哎，王冷眼，你是村里鼓掌带头人，咋了？手冻住了吗？！""村长！村里修路修得还少啊！20年间大修两次，1990年修，修了一半，让沟口村里挡了！2000年修，修了一半，没钱了！中修年年搞，小修没断头！啥时修好过？晴天一身土，雨天两脚泥。还特大喜讯！你是不是又没烟钱了？还鼓掌！你把路修好，给立个碑都成！"（沉）这一次是真的！区委区政府启动了"村村通"，一拃厚的水泥路，还全部政府出钱，不再集资了！图纸我都带来了！瓜怂！！！依我看，"村村通"和土改、土地承包都能画上一个等号！大事！不要吵闹，我四婆要发言："谢天谢地谢神仙！我供的铁拐李显灵了！"去去去，你老人家，你用着啥就信啥！供送子娘娘、供财神、供孙悟空！听人说悟空的领导是如来，又供如来！四婆，咱们出行难，铁拐李腿有毛病但出行不难！是神仙都不走路，在天上飞着哩！修路的事不要靠神仙，要靠党靠政府哩！

啊，明天！修路的工程队从沟口村往上来修，咱们怎么办？告诉大家，高家庄有一个李林生，自己出了100万！修了几公里还加一座桥！咱们要有力出力，有钱出钱！出不起那么多钱，也得表示表示嘛。咋办哩？"给工程队送水？送鸡蛋？天气热送红糖？！"呸，工程队是修路的，又不是坐月子！红糖鸡蛋把工程队人的奶催下来，你喝来吗？我决定啊：全村动员！出力！啊？没有壮劳力？老人女人一齐上！不为出多少力，主要是监工哩。我可是听说了，修路偷工减料哩。万一修成豆腐渣哪。政府的心白费了。选！选几个监理员！开始选！谁？丁四虎？！同意丁四虎的举手？！嘿——！民主有时候也不好！咋能选丁四虎嘛！不行不行。再选。

"哎，村长大爸！为啥我丁四虎就不能当监理？""为啥？前几天你到镇上，镇上车多狗多，一个外地车把一条狗给轧死了。司机下车问：这是谁家的狗噢，我赔钱！你窜过去了：你好好看！这是狗吗？方圆百里，就我们家养了一只金钱豹！你把我们家的金钱豹轧死了！！！来来来，一只金钱豹给1000元！死缠硬要！要了1000元？！狗主人给了100，你装了900！你说，这是不是泼皮牛二干的事？批评你几句，还跟我讲理了！""村长大爸，跟你探讨啊，为啥他们都不敢惹我哪？"我说了：哎，四虎，你看我的新鞋了没有？看见了。你说，我这新鞋舍得往狗屎里踩不？当然舍不得啊，这要谁踩谁是脑子进水！对啊，现在和谐社会，谁踩你干啥哩！让你当个监理，修路轧死的蚂蚁呀、虫虫子，你都得说是你家养大的！

哎——！村长大爸，我讲几句啊。乡亲们，我是下洼子的大龄青年！为啥？找媳妇难啊。山下的人都说了：有女莫嫁下洼村，山高路险吓死人。去年好不容易找一对象，丈母娘一开口就是5万元！在山下修一套院！我说，不要彩礼了啊。人家说了：山下有路，不要，山上没路的地方，全要！唉，村长大爸骂我骂得对！我是个浑人，但政府"村村通"工程，我是坚决支持，双手赞成！！全村动员，把好事办好！我以我的名义起誓：义务出工！当不好监理，改名丁四虫！政府出了全款，谁敢偷工减料，我让他80岁下哩。"嘿嘿，村长大爸，给我看一下图纸。公路占了谁家的地了？占了谁家的院了。""四虎！全村拆的院里，有你呢狗狗娃。""啊？！真个有我家的啊。我拆！为了村村通路，祖坟都挪地方！"

"好！我也支持你当监理！"哎，给大家说一个事，搞笑得很。我拿图纸出门时，交通局的工程师老梁把我叫住了："下洼子的路，是我亲自设计的！绝对安全！嗯？20年前，我吃过大亏啊。那一年，我和老张骑自行车到上洼子！回去时路过你们村。老张在前，我在后边。到了你们下洼子村前的大长坡,我就觉得不对了,自行车越来越快了!一捏闸,几块闸皮全飞了!完了,完了。正没办法哪,就看见一个农民在路边,我就喊啊:老哥,快撬啊!撬倒车五块钱!!五块钱!那农民也真不含糊!操起扁担!啪。给撬倒了。过来就问:'你人好着没有?''一扁担刹住了!人好着哩啊。给!给你五块钱。''不不不,错了老哥,你救了我,我给你五块钱。''没有错啊,这是给你找的钱,你给个十块的。''呀,老哥,你撬得麻利,掏钱也快!''嗯,刚才撬倒了一个!也是喊五块的,钱没装进去,你就下来了!'"哈哈哈。老梁还说了,老张没有赶上,他赶上了,终于在退休前给下洼子人设计了一条正正规规的公路!!我感动啊!

现在发布总动员令!

村长说媒

（独角戏）

编剧、表演： 王海生

"好好练！唱不好，让你们几个光屁股坐到冰上去哩。哼！

"你们大家说说，村里人强烈要求今年村里办《下洼子春节联欢晚会》。今天一彩排，杨酸菜的儿子叫杨刚刚领着八个青年上去了。男声小合唱：（好汉歌调）

大河向东流

村里光棍排队走

七个、八个

排队走

看见姑娘一声吼哇

看上我就跟我走

风风火火～闯九州哇

"下去！唱的这是啥？啊！不能唱一些正能量的吗？唱一些在外打工想你爸你妈的也行啊，一开口，村里的光棍排队走！小村子里要有两个光棍，鸡乱飞狗乱咬了，七个八个排队一走，和谐社会哪嗒去了。说，为啥唱这类歌？！"

"村长大爸，嘿嘿，毛30了，还打着光棍，嘿嘿，急，嘿嘿，看到别人结婚吧我这心里……晚上睡觉这边上没个人吧……"

"你抱个狗呀，单身狗嘛。一个个就这点出息！说过多少遍了：你们是什么？你们是下洼子的未来，是下洼子村的希望！是大西北的汉子。男人是山，是山！"

"嘿嘿村长大爸，你说得对！男人是山，女人是水，有山有水好家园。

现在的问题是，山，在乡里端端站着哩，水全淌到城里去了！城里变成水上公园了。咱的家园咋个建哪。"

"哎，你在城里工着哩，找一个城里的。"

"找城里的买不起房。"

"找一个乡下的呀。"

"怕见丈母娘。"

"有多丑？吓人得很？"

"不是，见面就要彩礼啊。"

"彩礼这个问题要正确理解，男婚女嫁，先人手里定下的，三五万元嘛，这叫……叫公序良俗！再说了，人家把女子养大成人不容易，花得比这多，表达一个心意嘛。"

"三五万？村长大爸，你还在哪块石头后面睡觉着哩。20万！"

"20万？"

"村长大爸，咱下洼子20万，上洼子都到30万了。我研究过了，这个东西和海拔挂上钩了，海拔越高，彩礼越高！"

"20万！这是买卖婚姻，要抵制！坚决抵制。回去抵制去。"

"村长，你站着说话腰不疼！你如果30岁了还抡着一根光棍，不抵制都快到光棍堆里了，一抵制直接弄成老光棍了！嘿嘿，村长大爸，听说你找媳妇的时候，看见你丈人家的大门都说是双眼皮的，现在叫我抵制哩。我想抵制我爸我妈不同意，老两口子天天求神问卦的。"

"还求神……神给你说了个啥？"

"神说……"

"……神说啥了你懂呀？"

"狗狗娃，中国的神都打了几千年的光棍了！封建迷信都来了。"

"哎，你不是和李山娃家的李小妹好得很嘛。咋了？李小妹不同意？还是李山娃不同意？说话！"

"小妹要跟我，就是我李爸，我李爸……要20万的彩礼。"

"这样，我去说媒！我要质问李山娃去。你们好好给我练节目！"

到了李山娃家。李山娃！李山娃没出来，儿子李强强出来了。

"村长……大……爸，进……进来……"

"你爸哪？"

"我爸……我爸……借……我……我……"

"借钱去了？你的对象咋办了呀？"

"我……我……"

这娃啥都好，手巧脑子灵，做的皮鞋那么好，就是舌头不灵活，搞对象要靠舌头哩。不要急！唱着说。

"（唱）请你帮帮忙，帮我找对象，那个让我等的人不知嫁何方，请你帮帮忙，帮我找对象，别让我的心发慌，一觉到天亮……"

停！这娃把我唱恓惶了。我给你……李三娃来了。

"山娃，哎，我问你，你爷娶婆，是半袋小米；你爸娶你妈，是半袋小麦；你娶媳妇，也就半头牛！现在娃娃娶媳妇，要的是杨酸菜的半条命么。都是一个村里的，你和杨酸菜好得很，良心啊！哼。"

"村长老哥啊，你冤死我了嘛。我啥时想靠女子发财。不是我要的！你看小妹哥哥小强，27了。在外面打工认得一个陕西女子。那娃娃还到咱家里来过，愿意得很，是她家里要这么多嘛，我没办法。我和杨酸菜，弟兄一样！在地里刨了半辈子，谁也没有刨出个狗头金。给小强娶不进门一个媳妇，我想死都不敢死啊。村长哥哥，只要想办法让小强娶个媳妇，小妹的彩礼我一分不要！！"

唉——！小强。"（唱）请你帮帮忙，帮我找对象，那个让我等的人不知嫁何方……"

"我帮！你给你那个女子叫啥？甜甜啊。打电话，就说我过去亲自说媒！叫上王冷眼，给我当参谋兼司机。"

第二天到了甘肃和陕西交界的一个小镇上，专业媒人接待，找一个饭馆。我和王冷眼，女方一个亲戚，一个专业媒人，李强强和甜甜。

我急脾气，直截了当："彩礼多少钱？"

甜甜亲戚没说话，媒人说了："哎哎，村长，俗了嘛。当着俩娃，咱不提钱！不沾钱！！行不。这样，按乡俗来，我这里的乡俗：五斤。咋样？"

五金？哈哈，没提钱的事！五金就是金耳环、金项链、金戒指、金手镯、金脚链。

王冷眼说："村长，咱们回一个三金！"

"好！！三金！"

亲戚说了："这样，我做主！四斤！"

"好！一言为定！来，亲戚，喝酒！！"

媒人出去了，一会儿拿一个饭馆的台秤进来，砰！往桌子上一放："来，甘肃亲戚，往上放，用秤称：四斤！"

"放……放……啥呀？"

"说好的，不提那个字！放这个！"从怀里掏出一张一百元的，"就这个，四斤！"

"啊？！噢。是一斤的斤不是金银的金。嘿……比我们村里先进……"

"这没有二十万能称够四斤？！二十张也打不起一个旺秤。回！"

"村长大爸！别走啊。"

"王冷眼、强强、甜甜！这事儿……这日子……没弄好……也弄不成……唉……"

甜甜说话了："村长叔，你咋走啊，我俩的事……"

"不是你村长大爸不帮忙，送你们一句名人名言：当婚姻都撂在秤盘子上称的时候，给爱情只留下一条路！"

"那就是私奔！！"

"村长，我们俩能干那事嘛。你看我爸在路边提着哩。箱子里装的是20万，刚从银行取来的。你快给送进去。他们说啥你都替我和小强哥应下！记住了没？"

"哎——！我再顺一下：你爸从银行借20万给我，我给媒人，媒人再给你爸，你爸再还银行！这不是脱了裤子……"

"村长叔，我们村也有这个不良的风俗哩。我不要彩礼，人笑话我有病哩。日子，是我俩过，拉下那么多的债图一时风光，以后都得我俩还！

以后日子咋过呀。叔，我爸我妈站在那里给你招手哩！"

"哎——！亲戚！好人啊！！"

有钱我腰硬了："王冷眼，进！！亲戚！彩礼来了！"

（下）

（2018年创作演出）

多大点事

（独角戏）

编剧、演出： 王海生

全体村民大家好！

年关将近开大会，辛苦一年论成败，首先宣布三件事，有没有掌声无所谓！

第一件大事：我们下洼子整村脱贫，迈入小康，大家高兴不高兴！

第二件好事：驻村苗华同志还要参加我们村的乡村振兴工作，大家欢迎不欢迎！

第三件小事：我的村长可能当不成了，大家难过不难过？！

我很郁闷啊。

前几天，苗华给我说："村长你说为啥我们村休闲旅游的人来得少？外面的游客不知道，网络宣传不够啊！现在有一家旅游网！'游不腻旅游网'西北地区业务主管周总来天水考察，洽谈'引客游天水'合作的事。"

这个好！让客人吃农家饭——绿色环保无污染，住农家院——宽房大院心情舒畅，睡农家炕……反正计划生育政策放宽了！顺便销售水果和手工编织工艺等。

"上洼子、罗家梁，都在和咱们村竞争！今天我和周总电话联系好了，文案策划、实施方案我做好了，咱俩去见周总面谈。"

一进宾馆，苗华让我在大堂等着，他上去给周总送资料，把周总请下来咱们谈。

我在椅子上坐，进来了一个女的，手里提着一袋清水柿子边走边打电话呢："哎，是我是我。你好！是这样的，我们先行过来考察一下然后再给政府汇报……嗯……"

把手里东西往我前面的茶几上一放。转到墙后面去了。苗华从电梯出来了："村长，敲门不开，电话占线。我饿了。哎哟这家宾馆接待不错！我先用柿子垫一下！"

一个就塞到嘴里了！"嗬！舒服！"皮一扔，走了。

"嘿，不是我买的。狗狗娃，没吃过亏！说不是我的……还把皮皮……做完坏事还敢留痕迹！你留痕留惯了？"

我刚拾起柿子皮，头一抬，那个女人从后面过来瞅着我。

"师傅，我刚买的，甜不？"

"……晓不得……"

"吃太快了没尝出来？再尝一个。"

"我不吃。"

"老师傅你别客气，不值多少钱，给，再吃一个。"

"我不爱吃柿子。"

"不爱吃刚才不是吃了一个，没关系。"

"吃了一个……不是我吃的。"

"一个柿子吃就吃了，还不好意思承认！没劲。"

"有劲没劲和我有啥关系！给你再说一次，不是我吃的！"

"来劲了是吧。这里除了你没有别人，不是你吃的是谁吃的！"

"是……是一个……我认不得的人吃的。"

"那人长啥样？老的小的？"

我怕女人认得苗华，就编一个："老汉！白白胖胖的，眼睛细细的。"

"是不是头发还稀稀的呀？"

"对对对，你见过？"

"把帽子摘了，不就你吗？！"

"嘿！不是我吃的是别人吃的。冤枉好人。"

"我咋冤枉你了，这里没别人，柿子皮在这里，解释一下。"

"这样，我给你演一遍！刚才，你打电话去了。一个老男人，'敲门不开，电话占线。我饿了。哎哟这家宾馆不错！我先垫一下，嗬，舒服！'

吃了一个。看明白了吗？"

"叽里咕噜一句没听懂！我的柿子又少一个。"

"没听懂？！再来一遍，普通话版的！刚才嘛你不是去到那个绿墙后面去了，过来了一个老男人：敲门不开电话占线我饿了，哎哟这家宾馆不错，我先吃一个：嗬，舒服！扔下皮皮就走了！这回看明白了吧哈哈哈。"

"那个男人饿了？！"

"啊。"

"你饱了吗"

"饱了！……你还是怀疑我吃了！给你说了不是我吃的，和我无关！咋就是听不懂哪。"

"今天我就跟你较个真儿！来，数皮儿，这个皮，谁吃的！"

"那个老男人吃的。"

"那这两个皮儿谁吃的！"

"这……这个不是我给你演了一个回放再加一个普通话版的嘛。"

"谁让你演的，你不去演戏太可惜了！"

我……我……（唱）"我比窦娥还冤……"

"村长！你在这里吼什么吼。"

"你先别说话！刚刚一个我不认识的男人吃了一个柿子，她怀疑我吃了……"

"原来因为这个。大姐，对不起，刚才是我吃的柿子。不知道是你的，这样，我赔你钱行吗？"

"你看看，不是我吃的！我不认识他！"

"你不是说一个老男人吃的吗？我……这个小伙子就是活雷锋，替你顶缸了！"

"他吃的柿子是做好事……我给你说，柿子就是他吃的！"

"不就一个柿子，多大点事儿。看着：'大姐，我有点饿，能吃您一个柿子吗'？"

那个女的唰一下，一个柿子塞过来了。

"我媳妇儿特别爱吃柿子……"

那个女的把一兜子全塞给苗华了！我的天爷爷呀。

"大姐谢谢你，我是演一遍给我村长叔看，看懂了吗村长叔？真诚的人一路绿灯！"

"你们认识？"

"我是下洼子村的驻村干部叫苗华，他是下洼子村的王村长！"

"你……你就是下洼子的苗华，给我打电话的苗华？！"

"大姐你是……你是'游不腻'旅游公司的周总？！"

"我是苗华。我上去找你你不在，请周总审查我们村的旅游方案。"

"不用了。多好的方案你们村都会搞砸了！"

"噢，周总，生村长叔吃柿子的气。"

"我不是生气，是失望！他连一个柿子都担不起，推卸责任，没有担当，我们的项目能够成功吗？苗华，小伙子！可惜啦再见！"

"大姐！这个项目我负责。村长！唉！大姐……再谈谈。"

"周总！你的柿子！"

（完）

（表演于2020年秦州区春晚）

静静的山村

（独角戏）

（村长上）

郭根拴、夏荣花，你们走，我就送到这里。飞机快！到北京了给我打电话！根拴，城里文明，过马路看红绿灯，就是那个绿人人出来才能走！每天晚上洗脚！放屁的时候把腿抬起！偷着放，响屁城里罚钱哩！我就回去了啊。

又走了两个！老保姆！

郭根拴一走，想听个笑话都没人了。那一天问我谁家有奶羊，我问干嘛，说他孙子没奶吃，一罐奶粉七八百。我开玩笑说你儿媳那还叫没奶啊？哼，现代女性！奶子光哄我儿子，不哄我孙子！让儿媳堵着门骂了半个月！哈哈哈，这一回去，媳妇子把他的毛就剪了。不笑话人，我也想孙子，我的儿媳妇一句话就把我弄蔫儿了：阿家要，阿公不要！我还不去，请都不去，你们都走，走，都走。

一个村子七十多户人家，现在看不到人！娃娃进城读书，女人租房陪读；青壮年城里打工，农活全部交给老人；本来就没剩多少人，山下建了新农村；不用号召呼啦搬空，山上就剩二十几个老男人！不是光棍打着光棍，名字叫得怪好听：空巢老人！

我这村长当得越来越没意思了。

老婆子——！老婆子！（狗叫声）你乱跑啥嘛乱跑，走，跟我视察一下全村！哎，你这个毛病得改，知道不，太不卫生！见个树就后腿一抬一泡尿！你的前列腺也出毛病了吗？走。（狗叫声）你到坡坡上那三家去巡视一下，我，今天喝多了。哎，老婆子！别往人家门前拉狗屎，听见没？！哎，我这打火机放哪儿了，这么大一村子，一个人都看不见。这就完了？腿比我的麻利。（狗叫声）也没有人说话，叫个啥嘛，你看今天的表现！一到人家里你就乱叫，汪汪汪，给你先吃！汪汪汪，给你先喝，哎，你以为你是谁？那是看在我的面子上！知道不，要不是我在后面给你撑腰，你个东西就是老百姓桌子上的一道下酒菜！上面有规定要严格约束领导身边的人！嘿嘿嘿（狗叫声）过来，趴下，狗儿子，就爱个你！我刚当上村长那一年，抱了一条小狗，那狗太漂亮了！我给小狗起一名：香港！这狗是个瞎怂！咬娘家人！这是什么狗？转种了。直接给狗贩子了！那时，村里热闹啊，白天下地干活，晚上唱戏。你看看现在这农村，那么多地荒了、没人种了。中央下决心要实施乡村振兴战略！下地干活的全是老年人，干不动呀。

  明年，这村这地不再荒了，都流转给杨大傻儿子的农业公司了，去年他儿子回来，问我："叔叔，这个地里长的红杆杆、绿叶叶的这个叫什么？好像我们加拿大的国旗噢！"喂叫个你妈的皮！你爸大傻你二傻！连荞麦都认不得流转土地干啥？！你也是下洼子农民的后代！"哎村长大爸你不要生气，我爸爸说他离不开咱的黄土地，离不开乡亲们。"大傻回来流转土地，我倒成打工的了。唉。到家了，老婆子进去。哎哎哎！咋又上炕了，我们不是商量好的嘛，后半夜你才能上炕，睡我腿上，给我暖腿的嘛。下来下来，（接电话）张乡长，是，对着哩，杨大傻那边肯定打资金。嗯，不用做思想工作，山下啥方便，啥都便宜，连彩礼都便宜，山上得十万，山下才三万。哈哈。啊？我家里？好着呢都好着呢，我老婆子干啥着哩？这会儿让我从炕上赶下来在地下趴着呢，着凉？不会，它皮糙肉厚毛暖，没病！就是这家伙的生活作风有问题！啊，离婚？谁离婚？对对对，按领导的指示办：以批评教育为主！好，挂了。呀，好像弄岔了啊，我和乡长说的不是一回事么，乡长说的我媳妇，我说的是狗啊。解释一下，算了。都是你！（狗叫声）老婆子！过来！乡长让我批评教育你，（狗叫声）（狗叫声）咋？你还不服气？我给上头都是给你轻处理汇报的！村里的小母狗，你见一个爱一个！你以为你是导演吗？！今年三月份，在村里苜蓿地里，光天化日之下，与三个母狗……啊，行苟且之事！呀，我都脸红！以后再这样，给你改名叫陈××！（狗叫声）咋？你比他们好？

也对哦，你是狗，一直是狗，他们都不是人了！（狗叫声）瞎怂！！来，上来啊，给我暖腿。（接电话）喂，你哥。好着哩，好着哩，我身体好，都好，你妈要讲话。喂老婆子！（狗叫声）你身体好着么（狗叫声）啊啊，孙子好就好。我，没事，在炕上呢，我的腿老婆子给暖着。啥？你够不着，有老婆子暖着，没找女人！不是，是……我又找啥老婆子！是咱家的狗我给改的名嘛，真的，就是咱家大黑狗，让它给你说：大黑，你给你妈答应一声，答应啊？这是关键时刻，你倒是叫啊。老婆子！（狗叫声）它适应现在的名了，你不信我按现在名叫它：老—婆—子！（狗叫声）（狗叫声）嘿嘿嘿，你们两个都答应了。你不要生气嘛，不是我把你的专用名称给它用，是……你听我解释嘛，（吼）你听我说行不行！！你进城照顾孙子去了，我心里空荡荡的，白天吃不上饭，晚上没人陪着说话。家里，就我和狗，我把给你说的话跟狗说，一开口就是老婆子！！老婆子！狗听惯了，以为我给它改名了！根娃他妈你不要生气啊，过年一定回来啊！带上一家人来，你也和其他女人一样到村文化广场跳小苹果去！不要哭啊，我给你唱一段：你是我的小呀小苹果……哈哈，挂了。我把你妈哄高兴了。哎，狗哪，老婆子！老婆子！！狗吃醋了？老婆子——！呀，哈哈，老婆子！（狗叫声）来过来亲一个。你是我的小呀小苹果……（群狗加入，歌词"火火火火"用狗的"汪汪汪汪"）呀，院里来了这么一群，还有三只小狗。这，这，老婆子，这是你家属来了。我，我今天睡沙发，你们全家上炕啊，唉，你们全家团圆吧。

（躺沙发上唱：初一到十五，十五的月儿高，那春风吹动杨呀么杨柳梢……鼾声起）

（剧终）

我的大学梦

（相声）

（乙上。打板。

甲上，看。

乙纳闷。）

甲：说话儿啊。

乙：哎，打起竹板未开口，台上蹿上一老头！你谁呀？

甲：说。

乙：你这冷不丁上来一人，我说啥呀？

甲：该说啥说啥。

乙：我这刚要说快板儿，好家伙，后边蹿上来了。我咋说？

甲：你一上来，一句话不说，噼里啪啦光打板子了。指这个挣钱？

乙：啊。你也会？

甲：这个谁不会啊！

乙：你来来。

甲：你先把门关了。

乙：干嘛？

甲：跑了算你的！

甲：（接过来，打，不会，扇几下，扔）

乙：哎，哎。砸场子的？

甲：今天是什么日子？

乙：今天是元旦啊。

甲：一元复始万象更新哪。回忆一下过去，看看现在，展望一下将来！懂不？

乙：哟，领导！

甲：宣传正能量，弘扬主旋律。

乙：是是是。

甲：讲知识。一年为啥分四季，二十四个节气都该干啥，猫三狗四从何说起，烟暖房屁暖床包含什么科学道理，π 为啥是 3.1415926？

乙：是是是。

甲：谁家男人能挣钱，谁家女人会做饭，谁家锅灶后头有几个碗。谁家老婆是腿一撒一个娃！为啥？

乙：这，这我哪知道啊，领导，你都知道？

甲：当然！

乙：那您是？

甲：下洼子村村长！

乙：嘻。你怎么到这里来了？

甲：我来有什么奇怪，你知道今天在座的哪位是政界的领导，哪位是商界的奇才，哪位是大学生，哪位是老教授，哪位是马云的干爹，哪位是王思聪的暗恋女友？

乙：嘻，一套一套的，村长你这文化程度高啊。

甲：那不是吹的，光一年级我念了三年。

乙：啊？留级啊。一年级毕业啦？

甲：等我升到三年级了，你猜怎么着？

乙：学校开除了。

甲：开除？我当着五年级的班长！

乙：我的个妈呀？老师不训你？

甲：敢！敢！新来的老师要打听学校的事，那都得问我！

乙：是是是，你资格比他老！校长总能管你吧？

甲：校长，关牛棚里反省去了。

乙：啊？啥时候的事儿啊。

甲：我小时候啊，七几年吧。

乙：哟，那学生学了些啥知识啊？

甲：学得再好也没有用啊。

乙：考大学啊。

甲：美死你，美死你。

乙：咋的，那时候没大学？不会吧？

甲：那时候推荐上大学，叫工农兵大学生！第一条，领导审查。

乙：咋审查？

甲：拿出一张推荐表，革委会头头拿出大印，两膀子一较劲！啪！走！

乙：一个工农兵大学生走了。

甲：他们家的孩子走了。

乙：啊？他家的孩子上大学啦。那别人家的呢？

甲：该上山的上山，该下乡的下乡。我回乡。

乙：当个农民也行啊。

甲：胡说，我怀揣一个梦啊。

乙：啥梦？

甲：当干部的梦啊。

乙：你这小学水平当什么干部？！

甲：老支书水平比我还差，我唬唬他呀。

乙：咋唬，你能干啥呀？

甲：能干啥？说出来吓死你。亚里啥多德说过：给我一根棍子，我能捅破地球！

乙：不对，那是给我一个支点，我能撬动地球，亚里士多德。

甲：对对对，你也知道？

乙：谁不知道啊。

甲：我估计老支书他不知道啊。报告老支书！给我一个支点我能撬动地球。

乙：老支书答不上来了。

甲：来，给你一把铁锹，你先去修理地球！

乙：哈哈哈，好！

甲：我，我说的是撬动地球。你不用再撬了。

乙：为啥不让撬了呀

甲：那个亚里士多德撬过了。

乙：得！老老实实当农民吧。

甲：哈哈哈，过了几年啊，我的机会可就来了。

乙：啥机会？

甲：国家恢复高考了！我要考大学，我要圆一个大学梦！

乙：就你这水平考大学？！谁让你去的？

甲：村里的媒婆！

乙：等等，谁？

甲：媒婆啊。媒婆可说了：村里的知识青年可听好了！都去考大学啊，考上中专，彩礼一半，考上大学，彩礼倒贴！

乙：这是有大奖啊，你报名去了吗？

甲：在肾上腺激素的刺激下，全村的青年全去了！哈哈哈哈！

乙：你乐啥呀，好好复习准备下考场啊！

甲：准备，刮一光头，左手握三支钢笔，右手提一个闹钟！昂首阔步下考场。

乙：等等。你还用削发？

甲：那时，我有头发！有头发！

乙：噢，对不起啊。那提闹钟干嘛呀？

甲：看时间啊。

乙：手表哪？

甲：我能买得起啊。切，老支书看好我！偏心眼儿，知道不？

乙：对对对，提个闹钟进考场，好么，监考老师让你进？

甲：跟他讲理！准考证上没有写不准提闹钟啊。

乙：哎，还真没写。

甲：哼，桌子上放一小闹钟。考！

乙：考啊，这一场考得肯定好！

甲：一个字都没写。

乙：为啥？

甲：跟人置气了。

乙：谁呀？

甲：整个考场静悄悄，就听我的闹钟：嘀嗒，嘀嗒，嘀嗒！前面站起一个女生！老师啊，我受不了啊。

乙：你这就是影响别人了，你也受不了吧？

甲：老师把小闹钟放到讲台上了。

乙：没收了。

甲：敢告我的状。哎，这个女生长得，大脸盘子挺秀气，两根辫子到腰里，好看。嘿嘿。

乙：你到底是考试去了还是找对象去了啊，好好答题啊。

甲：废话，我要会答还用你说啊。大冬天的，头上全是汗珠啊。

乙：这是撂烤箱里了。

甲：正出汗哪，就听得嘀铃铃……

乙：时间到了，交卷啊。

甲：哈哈哈，他们都不知道，我闹钟提前十分钟响。

乙：啊？！为啥提前十分钟哪？

甲：我不得检查一下卷面啊？

乙：你这叫影响别人知道吗？

甲：全场当时就乱了啊，长辫子女生当时就哇的一声，哭了。

乙：那能不哭吗？

甲：监考老师大吼一声：都安静！拎起我的小闹钟，隔着门就扔到院儿里了。

乙：该！

甲：你赔我们村的闹钟！啊啊啊！

乙：你哭什么呀，至于吗？

甲：十几个学生围着你打，你不哭啊？

乙：为啥揍你呀？

甲：我敢问哪？

「村长系列」独角戏作品

乙：第一门课就这么考完的，第二门数学？

甲：一道不会。

乙：这成绩肯定不错！

甲：你听清了吗，一道不会！

乙：一道不会，其他全会啊。

甲：一道题都不会！！

乙：嘻！交个白卷上去吧。

甲：能交白卷吗，写点。

乙：你能写什么呀？

甲：乘法口诀！

乙：也对，数学就写乘法口诀，化学写什么呀？

甲：化学也写了一个配方。

乙：配方？啥配方啊？

甲：熟牛皮的配方。

乙：能得分吗？

甲：你不要管能不能得分，大学老师不一定知道这个秘方！

乙：地理课？

甲：考你一道题。

乙：什么题啊？

甲：山西省的简称是什么？

乙：山西省的简称是"晋"，这谁不知道啊。

甲：我不知道啊。

乙：那你答了吗？

甲：答了。

乙：山西省的简称你写的是？

甲：醋。

乙：那是山西的特产！就这还考大学。

甲：这不是我的一个梦想吗，那个时代就那样，怨我呀。

乙：最后一门儿历史总得写写吧？

甲：这一门儿写得最满意。

乙：哼，都答了什么？

甲：一首诗。

乙：唐诗、宋词、元曲？

甲：打油诗。

乙：你就说顺口溜完了呗。读来听听。

甲：本无真学才，家长逼着来。

乙：不是媒婆了。

甲：白卷交上去，鸡蛋滚下来。

乙：实话。

甲：恢复高考好，明年我再来！怎么样？

乙：不怎么样。就这水平，第二年敢去吗？

甲：小看人！连考三年！

乙：有收获吗？

甲：有！有啊！

乙：三筐鸡蛋？

甲：爱情！

乙：连考三年还收获了爱情，这个好好说说。

甲：还记得第一次高考让我的小闹钟整哭的姑娘否？

乙：你就别转文言了！说说怎么收获这份爱情的。

甲：第一年哭而相识，因同样的际遇我们相互同情；第二年笑，我们相互鼓励、相互交流，我们不放弃梦想；第三年当我们走出考场，春风从耳边轻轻吹过，喜气挂在了脸上，天边的彩霞披在身上，秀丽的青纱织就成衣裳，不再失望、不再彷徨、目标坚定、脚步铿锵！两颗年轻的心在黄土地上激荡，共同携手走进了……

乙：大学的课堂！好，好！

甲：共同携手走进了婚礼的殿堂。

乙：没有考上，结婚啦。

甲：要致富要脱贫并不是只有考大学一条路可走！人生处处是考场，

人生处处是战场，聪明虽然离我们很远，但力气就在我们身上，我们跑货郎披星戴月，我们栽果树挥汗两行，下四川走西藏，贩皮货翻过乌梢岭，成立合作社告别了单帮。生活有了大改善，一年和一年不一样，小货车替代了三马子，三层楼替换了小平房。带领大伙共同奔小康，村里人人见面叫一声：村长！

乙：好！你们俩啊，虽然没有圆了大学梦，带领乡亲共同致富也实现了梦想。能说说你那时想考哪所大学啊？

甲：我的梦想是清华，我老婆的梦想是北大。

乙：把目标定得太高，考北大清华多难啊。你俩的这个梦想这辈子实现不了喽。

甲：实现了。

乙：咋实现的呀？

甲：考北大清华是难，生北大清华不难。

乙：什么意思？

甲：我们生了两个孩子，一个起名叫北大，一个起名叫清华！不是吹牛，北大清华现在管我叫爸爸，气人不？！

乙：呸呸！

甲：跟你开个玩笑。我们老两口儿现在真的在上大学。

乙：你们俩这岁数考上了大学，什么大学？

甲：老年大学。

乙：嘻！

钓 鱼

(独角戏)

世上的事往往有些阴差阳错，有人想成名成不了名，有人不想成名却偏偏成了名。我就是这样，我没想到这辈子还能上报纸，可偏偏在报上登了这么大一片片，哈哈。

啊？咋回事？那我就给你说，是这么回事。啊呀，这三言两语还说不清楚。我是个司机，人送雅号"捞一把"。有人说百家姓上就查不出这个姓，这有啥关系嘛，咱是实惠主义者，只要能捞就行，这今天捞一把，明天捞一把，"捞一把来！""捞一把去！"这到底我是姓张还是姓王，连我也弄不清楚呢。

这天轮我跑长途的班次，我们那个乘务员啊，这几天跟女朋友约会去咧，我就把我那个儿子——小把领来给我当乘务员呢，有人就说：这个碎娃能当乘务员吗？那你就是个大外行，我这跑车经常地钓几条"黄鱼"，有个乘务员就得来个二一添作五，我把我娃领上，就来个独吞，还能给我娃教一社会知识呢。

我一上车就吆喝上了："都坐好了！坐好了！这边长凳子上三人，这边短凳子二人，这后边是六人，都往后靠，往后靠，哎，那个戴草帽的你往后靠，脊背挨肚子，别不好意思。那一位晕车你就挨近窗口，脖子一伸吐外边，你吐到我这车厢里，我可就教你吞回去！"咱走了，嘀嘀！

啊呀！我差点把事情忘咧！那个饭馆的老关系户还让我给捎些便宜的东西呢。我把车一停就给走了，我这一走，这车厢里可就乱了。

"哎，这么长时间了，咋还不见司机啊，真把人急死了！"

"这哈嘛是上茅子里去了！"

"哎！姨姨，你们看！他在那儿吃凉粉哩。"

"哎呀呀，我活了这么大年纪，还没见过这样的司机，他吃凉粉，把曹给晾凉粉！"

"太不像话！"

"嘘！别吵了，别吵了，我看司机提个包回来了！"

我一上车，就觉得这气氛不对，车上的乘客都瞪着卫生球眼睛看我呢："嘿！嘿嘿，大家先别激动，我这三十几分钟嘛，急啥呢，咱走了！走咧。"

（唱）"捞一把，出车啦，眼睛瞪个包子大，要问我，高兴啥，脸上笑开花！方向盘，手中拿，财源滚滚到我家，见啥人，说啥话，机智灵活没麻达……"

哎呀生意来了，我一看前边有几个鸡贩子，我就赶紧把车停下了。"你们几个去啥地方？啊？噢，顺路，我把门打开，上来都上来，哎！这鸡笼子咋能上车嘛，一股鸡粪味儿，不行，不行！"

这时那个鸡贩子过来了："哎，师傅，你先抽烟，遮遮味儿，我知道，你师傅心肠儿好，贵姓？"

"你一边儿凉快去！你们几个都贩鸡，那就好说，来，过来坐这引擎盖子上。啊呀，这今年的收成不错嘛，你看这鸡一个个都肥得……啧啧！这鸡粪都带着一股鸡肉味！我说哥们儿是这，你的鸡咋个卖啊？"

听我一说，这些鸡贩子都怪精灵的，一个个都打哈哈："哈哈，哈哈哈，看师傅说的，卖啥呢嘛，这三个大母鸡就算我们哥儿几个的一点儿意思，往后你跑这条线，给咱哥几个行个方便！"

"哎呀！这个嘿嘿，我咋好意思收你的鸡嘛，可话又说回来了，不收也不好意思，小把儿，你把你这几位鸡叔叔的鸡给收下。"

这时我儿子开腔了："爸，上回你拿的鸡，叫爷爷把你狠狠地批了一通，说你那是个不正之风，这回你又得挨一下。"

"看你这娃呀，真是越活越回去咧！一斤的瓜十六两的皮，把得实实地。这鸡咱和你妈三个人吃，不让你爷爷吃，他咋个知道嘛。"

哎，你看生意又来了。路边站着个几个老乡："哎，上，上来。都往后站，你们是四个人，好办，是这，你们一个人是一元四，四个人五块六，你们给五块咋样？啊，还要票！不识抬举！再拿六毛，给票！"

把一些平时收集的废票塞过去了，那几个一看日子不对头，又咋呼起来了。

"哎，师傅，这日子不对头啊？"

"这日子咋能……噢，这日子是有点不……那是写错了！我知道，现在的人都怕老婆，你拿回家是给老婆报账呢，那没麻达……站过！"生意来了，路边上站着一个人，手里拿一张"大团结"站那里晃啊。

"师傅，你看我今天有点急事，挡了几次都不停，你看……"我一把就把那张"大团结"给提过来了！"上来！是这啊，我的车有点儿超员，你这十块，就权当是监理站的罚款，罚款听清了没有？！"

心里一高兴，聊上了："小把儿，你把那个座位让开，让你叔叔坐着。咋弄的嘛，一个车都挡不住。"

"我就站在路边上招手。"

"嘿，那咋行吗，给你说，就你刚才那姿势才对嘛。给你说个实话，公司最近新调来了一位经理，新官上任嘛，查出一个开除一个！猛得很！"

"你那还钓'黄鱼'？"

"你这人也是不开窍，上边他有条条，咱底下就有道道儿嘛！"

"我说你这位同志，手把方向盘，眼睛向钱看，你可要小心翻车哟。"

"哎，看不出啊，你这个人还有水水啊，那没麻达，能翻车就不叫捞一把！"

（唱）"捞一把，笑哈哈，捞的黄鱼装不下，要问我捞的啥，听我给你夸，又捞鸡，又捞鸭，捞来螃蟹满地爬，捞地毯，捞沙发，捞来钞票供我花！"到站了！都下车！！

正在车上数钱呐，站长过来了："捞一把，数钱哪？"

"哟，站长啊，嘿嘿，票款。"

"别数了，严经理请你去！"

"你胡说啥呀，经理叫我就叫我，还请我！！啥地方又来了一个严经理？"

"我还以为你们认识，就刚才坐助手位子上的那个人啊。"

啊？！瞎了！我咋把经理给钓上了嘛！！

（完）

（创作于1987年，获甘肃省文化厅、甘肃省总工会颁发的甘肃省厂矿企业职工文艺调演丰收奖）

下洼子村系列故事

村里人进城故事二

20世纪50年代，是一个充满希望的年代，整个社会充满勃勃生机，人们虽然穷，但人们的精神世界与道德水平却很富足。每当听到父辈讲起来，我总是听得津津有味，长大后，面对如此复杂的人与社会，越发心向往之。

我们村离县城一百华里，那时进一回城可是了不得的事。准备过程相当复杂，首先得准备干粮，就是弄些大饼，我们这里的干馍很好吃，香而且有嚼头。比哈尔滨的"秋林大饼"还要大，还要厚些。女人们还要为男人和小孩准备衣服，虽然是土布的衣服，但洗得很干净的，因为这可是大事，怕出去让县城里的人瞧着笑话。

去前一晚上，全村里的人会来送别，那些去过的人，在这时间里可是最耀眼的了，他们得很郑重地告诉你，县城里的人怎么样，县城的房子什么样，哪里最热闹，住在哪个店里，老板姓啥叫啥，千万不能说粗话，解放了文明了，说出粗话会让人赶出县城的。还有哪里有厕所，要准备好揩屁股的纸，"不要丢人，城里人不用土疙瘩擦屁股的"。女人们笑得前仰后合，男人们可笑不出来，听得很认真，因为，他们知道，去县城里可比第一次当姑爷问题大多了！这一晚上，他们都没有睡着。

到了月亮偏西后，往县城里去的人该动身了。乡下人，不怕走路，到太阳偏西时，他们进城了。

一、她的故事

百货公司真大啊！她一进门就眼晕了，眼睛根本不够用了。她太爱那洋布了，各色的花布，还有娃娃的衣服、鞋子。她进门已经小半天了，手里攥的钱已经湿透了，她下不了决心，因为，她只有这些钱，她拿不定主意，同村的人已经催了两回，她看上了一双球鞋，白球鞋，给她的娃娃的。她在柜台上看了又看，终于，她下定决心了。她伸手指着那双白球鞋时，却又犹疑起来，她想起了村里人的警告：不能说粗话。她明明听见有人叫那是白球鞋，可这个"球"字却在她嘴里说不出来。看她急的样子，售货员也急了："到底要买啥呀？"她脸蛋憋得通红，吱唔半天："同志，我……我要买一双'白牛牛鞋！'"。

二、文书的手电筒

　　文书从县上回来了。他和那些婆娘不同，不爱那个花花绿绿的布和书包，也没有买农具或者烟斗之类的东西，他买的东西秘而不宣，他要给同村的人一个惊喜！其实，他在去县上之前就已经有目标了，他要买的是一支手电筒！上个月，县里来了一个大干部到乡里开会，到了晚上，会散了。忽然一道强光，像闪电一样划破了夜空！那是他从来没有见过的强光，所有开会的各村的村长文书一下子全呆住了。这是什么呀？从哪里来的？等县上的干部炫耀了一圈之后，他们才惊奇地发现，那束强光来自大干部的手里，是手里的一个玩意！呼啦一下子，全都围上去了，他们不敢摸，只是口里啧啧称奇！有一个村长要摸一下，县上来的干部不让摸，说有电，小心让电电着。他们也不知道啥是个电，只好作罢。县上来的干部要的就是这个效果，临了，他听那干部说叫手电筒。他记住了！心里想一定要置办一个，不管花多少钱。他要让全村的人都服他，让他女人更加服他，尽管她已经很服他了。因为在她眼里，自己的男人是公家的人！

　　在县上的百货公司里，他想甩开他们单独去买，其实不等他甩，人们已四散开去了。他花了半天时间让售货员讲解用法，注意的事项。花了多少钱他从来没有向人提起，在他看来，有了这个装备，他已经很满意了。他悄悄地揣着这个洋东西，踏上了返乡的路程。

　　从县上回来的人和没有去过县上的人，在吃完晚饭后全部集合在了村头的打谷场上，男人们坐在碌碡上抽旱烟聊听来的新闻。女人们围在一起看她们从县上购来的洋货。孩子们闹着，女人们笑着，天很快就全黑了。忽然，一道村民们从来没有见过的闪光刺了过来！全村的人们全惊呆了！所有的闹声、笑声、说话声，全停滞了，这道光东划西划，划到了一个还在吃奶的娃娃眼上，娃娃可不懂得什么叫高科技，哇——哭了！他这才不紧不慢地说:"哭啥哩,没有见过吧。"嘿嘿。他永远也忘不了,人们死鱼般的眼神。那是惊奇的眼神!转而是欢愉的眼神,那里全是对他的敬佩。他,成功了。从来没有过的满足感从脚下一直向上升腾。人们呼啦一下子全围在了他的身边。和那个大干部一样:"只准看,不许摸!"

她也不知道他买了这个东西。她从来不问他的事,因为,他是公家的人。当人们围住她的男人,欢呼雀跃时,她和一帮女人在最外层。她也弄不清是个什么东西,但她清楚,那是她男人买的,是她家的东西,而她家的这件东西别人家都没有!她完全是在晕晕乎乎中接受了同村女人的祝贺,晕晕乎乎地回到家。直到他的男人回到屋里,她直扑过去,给了她男人整整一夜的最高奖励。

此后的两个晚上,他总是随身带着手电筒到村里转。第三天晚上,他去到村里开会。她偷偷地把手电拿了出来,爱不释手,摸这摸那。突然,不知道摸到哪个地方,亮了。她高兴极了,可一会儿她又犯愁了,因为不知道怎么弄灭它。用口使劲地吹气,不灭;用被子捂,不灭;这会子真急了,赶快地塞进水桶中,一看还是亮着。她害怕了,从水桶中捞出来,赶紧用棉花包住,塞到抽屉中。她心惊胆战地过了一夜。

第四天晚上,他拿出手电筒时,已经坏了。他狠狠地揍了她一顿。

过了很长时间后,人们才知道了这件事。问起她时,她害羞地说:"我不怪他打我。"

井儿妈的三句客套话

60年代干部下乡后的饭食是家家轮流来做。这一天中午，五个干部到了井儿家。井儿妈见干部进门，热情招呼干部坐在了炕上。井儿妈客气地说："你们都歇息到炕上，哎，俺家里不整洁啊，像一个猪窝！你们不嫌就坐下啊。"干部们一听，不能有官架子啊，猪窝里就坐。

乡下人没有香烟，全是自己卷烟来抽。井儿妈拿过烟叶盒子。送上第二句客套话："这个烟叶是俺家井边上种的，劲儿大是大，就是没有切细啊，像给驴铡的草一样！不要客气，来来来，吃吧（俺们那地儿管抽烟称吃烟）"。干部们哭笑不得，吃吧，不能脱离群众啊。

等吃完了饭，干部要离开了，主人总得去问候一声啊。井儿妈关切地问干部："你们吃饱了吗？""吃饱啦！""浆水面香着没有？"一个干部夸赞说："嗯，香着哩。"井儿妈的客套话又来了："嘿嘿，我的饭做得不好哩，性子也急，做饭像给猪拌食一样，唉，农民人，手里整天挖屎倒尿的，不干不净，你们怕是吃了个屁！"五个干部出门再没有回头。

从此，井儿家里再没有来过干部。

大哥二爸三太爷

解放前村里有一户冯姓三兄弟。老大在家务农,村民称呼:冯大哥。老二在乡里办事,村民抬举呼为:冯二爸。老三在县里当差,村民尊称:三太爷。虽是弟兄,因地位不同而称谓各异,但因为老二老三常不在家,村里人也没有考虑称呼是否妥当。

一天,一村民有事求老三,进场院门就看见老大在忙活计。想都没想,开口就问:"大哥,听说三太爷回来啦"。老大头也没有抬:"回来了。""在屋里吗?""在屋里躺倒了!""噢,是不是病啦?"村民关切地询问。老大眼皮翻了一翻:"可不是嘛,舔腚的人多啊,舔来舔去,把腚给舔破皮了,这不是在炕头上晾腚着呢嘛!"

机灵的"包公"

每年正月十二是村里的庙会，周围村庄的人都赶来看戏。老宋是村里戏班的大腕儿，唱大净，这天唱的是秦腔《铡美案》，老宋扮包公。

包公出场还要一段时间，老宋在后台和其他人一块儿抽烟聊天。等锣鼓家伙一响，随从出场亮相，然后王朝马汉分左右两边站立，老宋才扔掉烟卷，一撩幕帘出场亮相。上步、提袍、甩袖、理髯。动作还没有完，台下一阵起哄，老宋不知发生了什么事，看看左右，左右也面面相觑。

有台下观众喊："包爷没有胡子！哈哈哈，快看啦，包爷没来啊……让儿子来啦！嗷……喝个彩啊！"原来老宋抽完烟卷忘记戴髯口就出场了！

台下的观众个个笑翻了天，老宋到底是大腕儿，照样做动作。一点不乱，一字一句念完定场诗后，"唉！"台上的人就是一愣，这是在叫板啊，得，要唱，伴奏的人赶紧手里的家伙拉着过门儿，笑得眼泪都出来了，心里说：老宋今天要砸场子了，这里也没有唱段啊。都在看着这出戏到底要怎么唱下去！原来老宋唱出了下面的词儿："各位观众莫要笑，包拯做事有计较，陈州放粮公事紧，将胡子忘在后帐中。""叫王朝！"王朝一声答应，老宋一歪脖子："去！把爷的胡子呈上来！"

台下掌声雷动！老宋玩的这一手，专业叫"现挂"。

公社里的新鲜事

（一）喇叭

那一年，公社里新添了一个新鲜玩意儿——广播站。经常是中午十二点开始广播。

一天中午，广播站又开始了广播。

只听一个清脆的女高声开始了广播："乡广播站，现在开始广播！"

刚说到这里，广播里传出来一个男人气哼哼的声音："你快一点！！广播个屁！娃把屎屙下了！"

广播站里住家，家就在广播站。

（二）天气预报

自从乡里家家户户装了广播，公社里设了广播站之后。公社的头头为了更好指导农业生产，聘了两位据说有气象经验的人做预报员，每天预报第二天的天气情况。

预报员的待遇：每月18元钱和30个满工分。

没有卫星，没有气象资料可供分析。即便有，也看不懂。

方法是祖传的：晚看霞色，早摸羊皮！

早摸羊皮的方法现介绍如下：在屋里扫净一小块地，然后放一张羊皮。第二天一早手到羊皮下面摸！摸着湿漉漉的！嗯，阴天有雨。要是摸着羊皮还是干的，一口断定：晴天，无雨，可以晾晒粮食。

有一天早上，预报员将手又塞进羊皮里，只听一声惨叫！没想到下面卧着一只蝎子！这一针扎扎实实给蜇上了。

预报员举着肿得像胡萝卜一样的手指到革委会主任那里申请工伤，迎来的是主任一口浓痰："嘴从来没准过，把手肿了有个屁用！滚！"

之后，公社再没有预报过天气。

儿时看戏

　　小的时候，乡下没有文化活动的，一年唱一回大戏，就是正月初四以后到十五，择日唱戏。那时的戏班叫"毛泽东思想宣传队"，唱的戏文全国统一，"样板戏！"只是宣传队员全是本村农民，不会唱京剧，是移植秦腔。我们小孩子也不懂内容，只管人多热闹罢了。现在想起来，也有趣。

　　村里没有一个固定的戏台。戏台是临时搭的，用各式各样的布缝在一起，拿木椽撑起来，风吹过来，花花绿绿，煞是好看。台上台下，是用木板隔开来，台前也是用布围起来的，台上是演员们演出的天地，台下就是我们玩儿的地方。开戏后，我们的主活儿就是顺着板缝去找演员的地儿，男演员我们是不敢欺负的，怕挨打。我们主要找女演员，女演员也是村里的女中学生。

　　有一回，比我们大的一帮子男孩子，要欺负一个女学生，他们早早地占了我们的地盘，等待时机。

　　这天演的是《红灯记》，村里的一个女学生演铁梅，铁梅可不是一般人能演的，得是村里最好看的姑娘。虽说演戏是大事，得严肃，但因为全是业余的，也是同村人，演戏过程中，忘词儿、笑场，那是家常事儿，用专业一点的话讲，就是进入不了角色。

　　其实，人们一遍遍地看，主要看点也不在于故事，看今年谁唱得好，谁闹出了什么样的笑话。我们娱乐主要工具就是小竹棍儿，拿小竹棍儿捅演员，希望他（她）忘词儿或者笑场！但是演员老在台上走来走去，一直不能固定。

　　演戏演到了《痛说革命家史》时，机会终于来了，铁梅跪下了！不知谁先发现的，"在这儿！在这儿"，比我们大的那些坏小子可找到机会了！一个个伸出小竹棍儿顺着板缝往上捅铁梅的膝盖，一顿乱捅！台上的铁梅又气又急又不能乱动，小竹棍儿捅得膝盖都流血了，她真哭了！台上老奶奶正在痛说革命家史哪，铁梅这一哭，台下的观众哪里知道她是让这帮坏小子捅哭的呀，一齐拍手喝彩，"好！好！铁梅今天演活了！"等铁梅和其他演员下来找我们的麻烦时，我们早跑得没影儿了。

像这样的恶作剧我们干得太多了。

干得最多也最为实用的还是顺着板缝往台下捅花炮，演员正在台上作戏哪，一声炮响，得！炸得后面的词儿全忘得一干二净了，然后是笑声，骂声，让人逮着了，揍一通，逮不着的，找个没人的地儿，庆祝一番。

年复一年，年年如此。不知不觉中，现任村长从一个小顽童长到一小学生。

村里的戏还是年年开唱，戏文基本没有变化，只有马灯改成了汽灯，戏台从临时的木板台改成了土台，三面土围墙，一片沙土地，这里就是我们娱乐的地方。

台上的演员换了一茬又一茬，台下的观众一辈接一辈。

1977年，村里来了县上宣传队！了不得的大事！有三四十个人，有的拿着琴，现在才知道那是小提琴，还有好多的铜管乐器，那时我只能把形状描述一下：长管子的，圆盘子的，两根儿的，一根儿的，大个儿的鼓，小个儿的鼓！那好像是秋天，我们的戏台小，施展不开这大队的人马，就在割完了苜蓿的地里演。

没有演样板戏，一个长得非常好看的小姑娘出来报幕，什么大合唱，小合唱，什么独奏，齐奏，我们全晕了，从来没有听过那么好听的声儿！全村人都说。最后，是那个报幕的小姑娘和一个男的演的一出戏，我一生也忘不了：渡口！说的是小姑娘捉反革命的事。内容我一点儿没有记住，只想着一件事，这个小姑娘真好看！一颦一笑，一举手一投足，全是那样好看。

她，触动了一个小小少年的心。

若干年过去了，现任村长也写剧本了，也在台上演出了，可那个小姑娘又在哪里？她还好吗？她还记得三十年前在一个小小村落的苜蓿地演出的事吗？她能知道她的表演曾经让一个山村的小小少年一生不忘吗？

童年往事（一）
长命锁

  孩子是没有忧愁的。每天早上吃过早饭，太阳已到东梁上了，孩子们三五成群、光着屁股、呼啸着向生产队的打谷场上集中。我们是这个世界上最无忧无虑的人了，尽管家里没有粮食，大人们吃不饱，但只要有一口粮食，那肯定是留给我们的！我们不知道什么是短缺，脚下没有鞋，身上没有衣，头上没有帽，大家都一样啊，全光着哪，你看看我，我看看你，全无介意。稍有区别的是，小女孩每人都有一个肚兜兜，肚兜兜用一根绳子吊在脖子上，后背是光着的（村长写到这里，忽然想起当代的时装展的天桥来了，那些天桥上的女模特也是后背光着的，前面的服装还不如那肚兜兜好看哪！遮得也没有肚兜兜遮得多啊，只是她们比那些个小女孩多了一小裤衩啊。哎呀，扯远了！罪过罪过），中间是一个小小的口袋，里边装的大多是圆圆的石子或是光光的杏核，那就是她们的玩具了。

  我的脖项上也有个东西，是一根用黄丝线结成的长命锁，在黄丝线的上面还有一串黄铜打的小铃铛，一跑起来叮当乱响。那是我远房姥姥在我"过百岁"时送给我的，因为，我家里弟兄少，人口单，怕我不好养活才系的，我一直戴到十二岁。

  那年我儿子出生了，两个多月的时候抱着到乡下去，妈妈忽然不知从什么地方找出来这根长命锁！说一定要给戴上，我说城里早都不时兴戴这个了，不要给戴了。她老人家絮絮叨叨地说这怎么行哪，这是上古留下来的规矩啊，一直送我们到巷子口的总门，还给那些婆娘媳妇们说："唉，城里人了，不戴这个了。"

童年往事（二）
过家家

在村的西头有一座山神庙。我能记事时，山神庙早被作为"四旧"给拆了，四周和围墙中间全是野草，只剩下了一段土墙和一大堆破砖。村民很迷信，断砖没有拉去砌墙，因为那是山神庙的砖，有神气，不敢用，怕惹上说不清的病。

记得我二年级时，有一天放学回来的路上，在雪地里有一堆红红的东西，跑过去一看，是一床棉被，白里子大红的面子，我高兴极了，赶紧地抱回家里来。妈妈一看到，脸都吓变色了，爸爸二话没说，一把抓住我，在我的屁股上就是一通巴掌！我号哭的声音招来了好多的邻居，邻居们劝息了父亲后，大家又众星捧月般抬着那床破被子往大庙里去供上了。妈妈把家里的一只大红公鸡赶紧提到庙里杀了，祷告了好半天才回来。后来大人告诫我：那是庙里神像上盖的！冻死饿死也不能拿庙里的东西，会遭殃的！在大人的眼中：破落的殿堂依然是庙，倒塌的塑像依然是神！

没有大人到来的山神庙倒成了我们小伙伴们聚会的好地方。小伙伴们在这里学大人修房子，当然不是真的房子，四块砖头垒起的那种，一只脚也塞不进去的，垒好房子后再圈个院子，这就是想象中的家了。

有了房子和院子的男孩子们可以娶媳妇了，媳妇是现成的，不用说媒，不用表达什么"爱"的，就是那些跟在我们屁股后面，也光着腚的小女孩了。每次圈院修房，老三总是在最中央，我们全得围在他的周围，他俨然一个"土皇帝"，我们的媳妇全是由他指派的。

老三大名叫根生，我们一帮子王姓的孩子中，他是头儿。没有吃过饱饭的他长得比我们高一个头！胆子大得出奇。还有一帮根字辈的如根良、根正、根仓、根稳……全是跟班的。还有一帮"学字辈"的比我们长一辈，虽是长一辈的"叔"，但年纪都差不多的。村里的还有其他如郭姓、车姓、赵姓的十几个孩子全都跟着我们玩儿。

老三在指派媳妇时也是划分几个"阶级"的。他选的"妃子"当然得是"贫下中农"，地主富农的子女就只能和那个阶级的子女成小家。经常指派给我的媳妇是小桃。其实小桃她们家是富农，后来又不知道为啥成了坏分子。我那时也不知道这些问题有什么严重性质！就看小桃没有伴儿，就让根生指派给我，和我一块玩儿。

如果从远处看，一群光着屁股的泥娃娃，天天在这里吵吵闹闹，忙来忙去的，不知在捣鼓什么玩意儿。他们也懒得管我们，白天要去上工，晚上要开会，不是学习就是斗人，天天如此折腾着，根本没有心思去管我们。

玩过家家，"小两口"是有分工的。女孩子要去捡柴火和羊粪回来，放在那房子里，一回一回的，捡得差不多了，男孩子就钻进生产队的玉米地或者高粱地里，夏秋两季，地里什么熟了就偷什么。有时偷摘小菜瓜，有时偷地里的黄豆角，有时去掰玉米棒子。偷回来后的东西就放在那房子上面。搭的房子虽然不是挡风遮雨的，但里面撂上柴火和羊粪，倒是一个好炉子！把偷来的洋芋、玉米、黄豆角往上一放，一会儿就熟了。

每当浓烟冒起，伙伴们一片欢腾，男孩子们撅着腚，小脸儿憋得通红，往那火堆上吹气儿。每次看到这里冒烟，大人们在山上就知道我们又在偷吃东西了。但那时家里没有什么可吃的东西，家家都有小孩子。女人们看见冒烟就偷偷地抹眼泪，男人们看见也装作看不见，低下头继续干活，生产队长最为负责，总要站在山上喝骂一通的。我们听到队长的骂声，知道他很快会下来收拾我们，赶紧地刨开灰，去找食物，忙不迭地往小嘴里塞，经过火烧过的东西，有的半生，有的烧焦。吃完了，每人一泡尿浇灭余火，勾肩搭背又到别处去玩儿了。

有一回，老三要给他的"两位妃子"表现一番，要去村里的苹果园里偷苹果。结果刚一进苹果园就让队长赶上去堵在园子里了。这个果园是村里唯一的经济来源，在村子北面的半山坡上，一面是陡坡，三面是悬崖，中间一条小路。老三是从陡坡上滚下去的。

刚摘了几个苹果，队长就出现在他的背后了。队长大声地喊着："我把你个碎狗吃的，天天反得没王法了，看我把你抓住不把你的皮给剥了！"老三是真急了，就顺着那悬崖边边跑，队长一看不好，大声喊："不要跑了，过来！"老三害怕给抓到他爸那里，一纵身从悬崖上就下去了！队长一看，吓坏了，急急忙忙地跑到崖下，老三把脚崴了。队长把老三抱在怀里，一口气跑到村医务所里，冯先生给上了药，又背到家里，给老三的爸妈说："唉，这娃娃性子太烈，长大后怕是给家里惹事啊。我只是吓唬娃啊，哪能真是打他呀，村里就那几棵苹果树，大伙儿可全都盯着哪。唉！"

从那时起，我们知道，队长也是个好人。

老三好了后，召集了一次小伙伴大会，把根仓打了一顿，我才知道，老三那次让抓住，是根仓告的密。根仓后来说，是老三把他的媳妇划拉给老四了！

改 菊

1977年，村里来了一个省上的大干部，跟随着五六个人到村里调查研究，了解群众生活情况。看见有一户人家大门没关，就进去了，问了一声有没有人，听见上房屋里有人答应，就进去了。

进去一看一个十六七岁的大姑娘在炕上坐着呢，腿上盖一床破被子。

省上的领导问："你们家的生活好不好？"那女子不吭声。领导接着问："你们家几口人哪？"不吭声！"你们家几口人啊？"还是不吭声！领导耐住性子又问："你们家大人哪？"女子开口了："下地去了。"

大家一听，噢，会说话啊，以为是个哑巴哪。

领导后面跟的一个干部生气了："这是省里来的领导！问你话啊，你站起来回答嘛，咋一点儿礼貌都没有啊！"那女子还是头低下不说话。

就在这尴尬的时候，村里的老支书急匆匆地进来了："首长，这个女子不能站。"

"噢，是腿脚有病吗？没有去治啊？"

"没病！"

"那为啥站不起来啊？"老支书抓耳挠腮，吱吱唔唔。

大首长发火了："你倒是说话呀！"

老支书急了："首长啊，这娃没穿裤子！四口人就三条裤子，谁出门干活谁穿啊！"

那个大领导一听，当时眼泪就下来了，直到离开村子再一句都没有说啊！那个女子叫改菊。

前天我在路边上修水渠着哪，嘎！一个小汽车停在我屁股后面了！吓我一大跳，扭头要骂人啊，改菊在小汽车上冲我打招呼着哪："嘿！村长！进城不？"

我一看，天爷爷，五个指头戴三个戒指！

"哟嚄！是大妹子啊！又到乡里来避暑啊，开车的是你儿媳妇吧！啧啧！是不一样了啊，比光着屁股坐土炕时风光多了啊！"

"村长！你就不要在小辈和娃娃们面前提这事儿啦！嘿嘿，羞人答答的！走啦，哎，这个给你！"

"是啥？个十百千万十万百万这么多钱！给我的还是给村里的？"

"是我的QQ号哪，加我啊！想我了就扣我啊！再见村长！"

汽车屁股后面一阵青烟，绝尘而去！

呸呸呸！抠你！怎么抠？到哪儿抠你去呀！唉，人家坐车，村长修路！

真是：当年光腚坐土炕，放屁吹得尘土扬，如今坐在大奔上，三十年间成沧桑！

平凡的英雄

前天从电视新闻中得知魏巍去世了。

我不知道现在的中学语文教材中是否收录了魏巍的《谁是最可爱的人》这篇文章，但这篇文章影响了好几代中国人，人们记住了哪些壮烈牺牲的英雄，记住了他们的英勇事迹，记住了松骨峰、上甘岭……也记住了这位战地作家。

魏巍走了，无数抗美援朝的英雄都已到暮年，一个一个地离开了这个世界。在此，我想讲一位邻村的抗美援朝的英雄和他的事迹。他的不平凡之处在于他把自己的生命看得是那么的平凡！而他荣立战功，成为英雄，不是因为他像黄继光、像邱少云那样的事迹感人，却因为他的缺陷——夜盲症。你可能会摇头，请你静下心来，听我讲这个父辈讲给我听过的故事。

在解放战争的后期，胡宗南为了扩大兵源，一改先前"五丁抽一"的做法，强行"三丁抽一"甚至"两丁抽一"。"两丁抽一"就是家里有两个儿子，必须有一人服兵役。他是抽去参军的，他参军首先参的是国民党军。

不到半年，就被解放军俘虏了。

将无战心，兵无斗志，除了当炮灰，被俘就是最好的下场了。

被俘后，可以遣返也可以作为解放军战士入伍。他给解放军部队的首长讲，家里的父母有老大照顾，自己也没有娶亲，就跟着解放军干吧。这样又参加了解放军，没有半年，朝鲜战争爆发，部队动员参加志愿军入朝作战。

当兵一年多了，他没有打过一场什么像样的仗，更没有立过功，但血气方刚的他，想都没有想就报名了。就这么着，他又当了一名志愿军战士，来到了朝鲜战场上。

那时的朝鲜战场上，一直进行着残酷的拉锯战，战场犬牙交错，呈现出胶着状态。志愿军的军需供应一直是个大问题，有了军需供给部队就攻过去，没有军需供给，部队又退回来。

有一次，部队冲得很勇猛，几天以后，供应完全中断，部队奉命回撤，因为白天美军的飞机封锁很严，必须在晚上撤退，大白天就地隐蔽起来，躲开美军飞机的轰炸。

部队要在晚上行军，这可把他难住了！因为，他是个夜盲症（当地人称鸡目眼），到了天一黑下来，两眼什么也看不见。

头一个晚上，在战友的搀扶下，跌跌撞撞地走了一个晚上，既影响了部队的行进，也给战友添了大麻烦。

第二天，他就下了决心，绝不能让自己成为部队和战友的累赘！就在战友们隐蔽休息时，他东瞅瞅、西望望，他发现了在公路边的悬崖上，有一洞，洞口离地有两人多高，离公路几丈远，洞口能容一个人。

第三天，他想，自己已经不能走了，要死就死在这里，天然一墓穴，尸首也不会被狼吃啊。

第四天，他爬到团首长跟前，讲了他不走的原因。最后，为了得到首长的同意，他说："团长，部队白天不能走，我，晚上不能走，这样吧，今晚上部队走，我就留下，明天天亮了，部队隐蔽后，我再赶部队吧，一个人目标小，美国人舍不得为我扔一颗炸弹！"

第五天，团首长一想也没有更好的办法，千叮咛万嘱咐，又给他留下了十几颗手榴弹和两支冲锋枪。

第六天，他也给战友讲了家里的地址，说：万一回不来了，给他家里捎个口信，也好知道他光荣在哪儿了。

第七天，交代完，就一个人爬到那个小山洞里去了。

天刚擦黑，部队就向后方开拔了。部队过去后，他一个人抱着枪枕着手榴弹就睡着了。

忽然他被一阵阵的汽车马达声惊醒了！他睁大眼睛还是什么也看不见（嘿嘿，睁不睁眼一样）。

他知道了，自己看不见，肯定是半夜里，下面的人肯定不是自己人，因为志愿军没有汽车和自动火器！一想到这里，他倒乐了，嘿嘿，平时还没有这么好的机会，现在，你在下面，老子在上面，先让你尝尝我的厉害！他摸索着拧开手榴弹的盖儿，劈头盖脸地往下就砸。一支冲锋枪扫光了，换另一支。

等子弹全部打光了，手榴弹全部扔光了，往后一仰，等死吧！奇怪的是，直到天光大亮，他眼前能看见东西了，从悬崖上滚下来一看。

乐了，除了两辆炸毁的汽车和十几个死人，没有敌人了。

赶紧地拣了些吃的，又扛了几样美式的轻型武器，大步流星地朝着部队撤退的方向就赶来了。

直到第二天的傍晚他才赶上了部队。

部队的首长正在纳闷儿，敌人怎么不追过来哪？看见他回来了，就问他："你见到敌人的追兵了吗？"

他连比带画地说了前天晚上遭遇的战斗。

团首长一看他肩上扛的美式家伙，就明白了，是眼前这个患夜盲症的小伙子一个人的一通乱打，让敌人以为有埋伏，再没有追过来！

一场一个人的战斗，让他荣立一等功！

回国后，他一直在东北的部队里服役。有一年，他回乡探亲时，已是团长了。人们问及此事时，他就笑着给乡亲们讲了以上的事。

村长想，什么是英雄？英雄也是平平常常的人！也许是你，也许是他，也许就是那胡同口每天吃喝的买卖人，也许就是在单位里与你闹别扭的小伙子……你不信吗？看看汶川大地震时，那些让人流泪的人和事，他们不都是平平常常的人吗？那些把学生护在身下的老师，那些不放弃生命而在黑暗中等待救援的人们，那些从高空中跳出机舱的战士，那些累倒在挖掘现场的志愿者，那些手持着感谢牌子的孩子们……英雄，就是在适当的地点、适当的时间、用自己的生命之火点亮人们心里的希望之灯的那些人！

比　赛

　　乡里前几天举办了一场比赛，设了两个项目，男子拔河与女子跳棋。

　　村长正好大病一场，不能亲自抓训练，让他们各自作了备战，前天要比赛了，村长抱病给队员打气壮行。

　　刚刚连咳带喘地讲了几句，全体队员们早都按捺不住啦，纷纷表态："知道啦，村长放心吧，我们男子拔河队，哼，就算是拿不了第一，进前三名是一定的！""嘻嘻，村长你忘啦，我嫂子的跳棋拿过全年级第一哪！"一个叫艳儿的姑娘笑着说。

　　村长一看，好家伙，一人参赛，全家出动了！村长也受到了这种赛前气氛的感染！"乡里可是好多年没有办村与村之间的比赛哪！任务艰巨，责任重大！尽管我知道我村获胜机会非常大，但不能轻敌啊！不要先说硬话，拉一泡硬屎出来！！出发！"

　　一声令下，四十多位男男女女跨上摩托车，绝尘而去！

　　去得快，来得更快，不到一个小时，男子拔河队和家属啦啦队偃旗息鼓地回来了。

　　"咋啦？这么快就回来啦！是不是别的村弃权哪？得第几？！"

　　"不是，村长啊，咱村第一轮就比输啦！"别人全不吭声儿，还是快嘴的二楞媳妇报告了这一消息！

　　"啥？第一轮就比输啦！！"

　　"说好是三局两胜嘛，第一局开始后，我喊加油来着，刚喊了五声加油，咱村就不行了，一下子让人家拉过去啦！第二局交换场地，更不行了，也不知中啥邪了，我才喊了三声加油，不到十秒钟吧，就哗——！倒了。"

　　村长一听，气就上来了，病也好了一大半："我一次次告诫你们不要轻敌，不要轻敌！就是不听！现在咋样，把人丢到乡里啦！啊！狂啊，再狂啊！没上场前个个像是吹足了气的猪尿泡！又轻又膘，挨了一锥子吧，看看你们现在还有气儿吗？十秒钟！！十秒钟就让人拉趴下啦！你们还是村里的十个男子汉啊，早知这样，俺在绳子那头绑上十头猪！它也不能在十秒钟让拉趴下！滚！"

众人刚散开，村长又叫住了二楞媳妇："哎，那女子跳棋比得咋样啦？"

"俺一看俺男人输了，也没心思看了，就回来了，正比哩，你打电话问艳儿吧，我回去了。"

村长心里七上八下地拨通了艳儿的电话。

"报告村长！俺嫂子第一轮得胜！嘻嘻，不是对手！我嫂子边哄孩子边跟她们下的！"

"好！有实力，随时报告进展！"

"知道啦！"

接着，不断传来，第二轮胜，第三轮胜！进入决赛啦！哈哈哈，肯定第二名是跑不了了！即便是输了，成绩也很不错啦！

过了一个钟点了，还没有报告消息，村长有些坐不住了。

打电话过去："艳儿，你嫂子比得咋个样啦？"电话那头的艳儿传来了哭腔："村长！本来我嫂子领先着十几步哪，可后来……"

"后来输了吗？不要紧啊，也是第二啊，创造了村里的一个纪录啊！回来吧，我们在村口放鞭炮欢迎你们啊！哈哈哈。"

"不是的，我嫂子跳完，对方还要十几步哪，可是，可是……我嫂子跳完了，还空一格子哪，看半天才发现少了一颗跳棋子儿！"

"什么？还有这事儿，开始没有发现吗？"

"开始真的在哪，都说在哪。""找啊，找啊，是不是掉桌子下面啦！"

"找不着，能找的地儿全找啦，死活找不着了！裁判宣布我嫂子耍赖！取消名次了！唵——"

晕了！！这赛比的！

第二天中午，艳儿和她嫂子来找村长了。她们告诉村长那颗棋子找着了，她光注意比赛了，没想着怀里的孩子小手抓了一颗当樱桃给吃了！刚刚拉出来了。

"习惯"害死人哪

刚刚收完麦子,村长接到了通知:去北京国家会计学院学习!

村长的耳边轰——一个炸雷!呀——俺在大白天看见了满天的星星!幸福地晕倒在了打谷场里。

开玩笑吧?国家会计学院!那是一般二般的地方吗?那是一般二般的人能进去的吗?当年的小算盘也最远去了个西安,"文革"期间老支书也只是去了个大寨!走的时候,全村男女老少激动地送到村口,千叮咛万嘱咐,一定要把"大寨精神"学回来!当然这精神能用不能用,能不能落到咱村这黄土地里,发个芽芽,长个苗苗,开个花花,结个果果另当别论,但这个光荣使命可不是一般人能得到的!尽管离北京十万八千里啦,那也是荣誉!80年代,上一任村班子三个成员,主任、文书和当村会计的我,去特区参观了一回,切,啥也没学来,还把老少爷们的脸面都丢特区了。

三人从火车站一下来,那眼睛就不够用了,左看看,右瞧瞧,那商品、那洋气、那场面!啧啧!不是说是小渔村吗?这村子比我们下洼子可大多了。

三人紧紧捂住口袋里那几百大毛,一个大子儿都舍不得花呀。让我管钱,那才叫人尽其财哪,那钱就算长在俺身上了,要花一个铜钱,得拿老虎钳往下拽!拽下来你再瞧,每个钢镚儿上都带着血丝儿哪。

天,那叫个热,汗,那叫个流,三人的嘴,那叫个渴啊!要不要打个出租车啊,我们三人开了一个小会:咱们是来学习来的,离宾馆还远,但我们不能花村里这点钱粮,走!对,走着去!这算啥呀。于是乎三个村领导,一个拉着一个的后衣襟,往宾馆大踏步前进!

走了约五公里,走在前面的主任动作有点变形,我忙问怎么回事啊,主任说,不好了,快找个茅厕,憋不住了。

小文书一听主任都说出来了，也羞羞答答地表达了想痛痛快快拉一泡的强烈意向。

我说，这里全是高楼和人啊，也没有茅厕啊，要不再向前面挪挪，看看有没有茅厕。

走了几步，村长和文书就不能再动了。我一看，也没有办法了，到处一看，眼珠一转，说你们看见那边的花草了吗，比村里玉米高多了吧，嘿嘿，再走几步，从那里翻过去，你们蹲下去，这边路上看不见。看到人了别管，看到狗就跑啊，狗不讲理！

到了边上，主任和小文书从冬青树缝里钻了进去，看出是个单位，但好在没人，再说也实在是憋不住了。解完大手，刚刚提起裤子，就过来了俩保安，保安以为是小偷。

追过来一瞧，好！今天狗有吃的了。

保安问："这是不是你们干的？"主任回答："不知道，我刚路过，看见有树，想进来歇个凉。"

保安又转过身问小文书，小文书一看，主任跟没事人一样，心想：这可咋办，我一个人也兜不下两堆粪啊。嘴里一吱唔，俩保安说："不用强辩了，那证据还冒着热气哩，这样，罚款20元！"

我一看俩同伴让抓住了，过来瞧怎么处理，一听要罚款，隔着花墙递过来20元，保安说："一堆20，两堆40！"几个人争争讲讲，俩保安说什么也不再减钱。

主任急了，一把提住一个保安的衣领："你也是农村来的吧，啊，你爷爷也是和我一样的农民吧啊，一泡屎就能值那么多钱吗？要钱不要脸了吧啊。明着给你说，这屎是我拉的，怎么啦，钱就这么多了，你今天再骂，我这老羊皮换你羔子毛！信不信！"

俩保安一看主任那俩拳头也不敢再说了，收了20元，我三人这才脱身而去。唉！开水泡馍吃了三天，没花一分钱，一泡屎拉去20。

这回村会计出身的咱，要去国家会计学院学习啦，心中既是期待又是紧张啊。

一路奔波，简短截说。怀着忐忑不安的心情赶到了国家会计学院。

不想太过激动，早来了一天，一进校门，门口一大石上刻着校训：诚信为本，操守为重，坚持准则，不做假账。主教学楼是椭圆形的，像一艘航空母舰。

门口的西侧是接待大厅，茶色的玻璃，宽敞明亮，大厅里有三位接待人员，一见我进去，齐刷刷站立起来。

嘿嘿，这就算是到家啦，都是会计嘛。

原想要填表什么的，结果小伙子问清了我的大名儿，给了一袋资料，是书和本儿。边儿上站着的女娃给了一张卡，告诉我，到学员楼2号住宿。

从报到处出来，我拎着仨包儿，一幢挨一幢地找2号楼，走了一里地才到了2号楼下。

楼不高，三层儿，透过门口的玻璃门，看到一层有一服务台，但没有一个人。推了推门，不动。再加一把劲推，还是没有开。

再瞧了瞧，这里也没有可以插卡的地儿啊。拍门叫人，一点动静都没有。

上午十一点的学院里，空寂寂无有一人。哼，这里也有偷懒的！

无可奈何的我，只好一步一步再往报到处挪，找到了给卡的女娃。

女娃问："你还有什么事儿吗？"

我说："不是要东西，是进不了门儿。"

"进不了门儿？"她问，"是卡刷了不管用吗？你没有叫服务生吗？"

我只好老老实实告诉她，大门儿还没有进去，门是锁着的，里面没有人上班儿。

她说："不会吧，这样，我领着你去吧。"

怀着感激的心情跟着女娃又往学员楼。到了楼下，我说："你看啊，楼下服务处没有人！对吧。"

女娃说："门肯定不会锁啊。"

我说："那你推啊，我推了半天，就是推不开嘛。"

女娃转过了身，说："你一直是在推吗？"我说："是啊，我有劲儿，瞧见没有，这胳膊肘儿都这么粗，都没有推开！"

女娃以一种奇怪的表情看着我说:"大叔,你就没有试着拉一下吗?这门儿是拉的呀,你瞧!"她一把就把门儿拉开了。

我的天!这门儿竟然是拉的!

羞死我了。

在漂亮女人面前出丑,是最让村长无法容忍的。再看看那女娃偷笑着跑了,肯定给那两个传达国家会计学院来了一"外星人"的消息去了。

太让人不可理解了!村儿里盖房子,没有这么盖的。

凡是进门,肯定是推,出门了,才是拉。这是从老祖宗那儿传下来的。

晚上一人坐在这里,想了很久。

"拉门事件"与"一泡屎事件"一样,都是生活习惯。生活习惯成了定式,就麻木了,属习惯性麻木症。轻度患者对此熟视无睹,重症患者以为天经地义!村里有一人,从小放屁要抬腿,也不知是祖上传下来的,还是后天发明的,还是为了故意让屁放得快点,反正放屁要抬腿的。有一回肩上担着一百多斤的麦草,在田埂上走,要放屁了,照样抬腿!那么重的担子,一条腿哪能支得住啊,轰!栽到地里了,人不要紧可压坏了几十棵玉米苗子。

"拉门事件"既有生活习惯,也有职业习惯。单向思维是长时间从事会计职业而形成的通病,是职业会计人员的惯性思维方式,能跳出这个单向思维的会计,就是会计界的精英。从这个意义上讲,嘿嘿嘿,本村长来这里学习,也是名至实归啊。

说到这里,想起一笑话儿,是前年听世界银行一位经济学家讲的。

一大公司里两个人是好朋友,一位是CEO,一位是CFO。就是大经理和大会计。两人周日约好去森林探险。车到森林边儿停下,收拾好行装和探险装备,什么帐篷啊、水壶、雨具、登山鞋之类吧。打了两个大包背好就进了森林。走到太阳快落山时,两人猛然发现,前面一只狼两眼死死盯着他们。两人拔腿就跑,跑到跑不动了,回头一看,狼离开只有几步!

大会计绝望地坐下,要留遗嘱了。

回头一看大经理,大经理正气喘吁吁地脱衣服和登山鞋哪,他看着这位即将一同去见上帝的同伴在那里忙乎,就以镇静的口吻对他说:"亲爱的朋友,你难道以为你比这只狼还跑得快吗?"大经理边脱长裤边说:"不,我不需要比狼跑得快,只要比你跑得快就成了!"

可怜的大会计只知道直线思维。

可中国人不傻,领导不傻。

第二天,国家会计学院培训班在十分钟的开班式后,第一堂课是:思维拓展训练。

瞧瞧村里这小两口

村里南房娃和邻村的玲玲是两口子。

南房娃好打麻将，爱赌博；玲玲爱看韩剧，爱唱歌。

家里热闹啊！白天玲玲看连续剧，唱卡拉OK；晚上南房娃召集搭子（麻友）战斗！

别说全村的人不得安宁了，全村的狗都睡不了一个囫囵觉！

村里曾来了个记者，人家问他实现收入翻一番的办法，南房娃说了个啥：自摸！

上个月，县上法院要培训乡村调解员，我一听，不就是学断案的呢吗？我亲自学去了，没听几天课，南房娃寻我来了：

"村村……村长，了不得了！"

"咋了？到法院告状来了？是原告还是被告？"

"不是！寻人来了！！"

"寻人来了？啊，一缺三？还是三缺一？敢到法院里寻（对手）来，我很佩服啊！"

"不、不、不是，我媳妇跑了！"

"是不是你打玲玲了！"

"没打人，打麻将了。"

"你打麻将也不是一天两天了！鸡不飞狗不叫，你家里很和谐啊。这次赢了还是输了？"

"输大了！一万二！"

"啊，是真钱吧，你不是经常给人输假钱吗？这次自己都没有认清楚吧。哼！南房娃！村里面最你家不行了！两口子搭配得好！一个围着色子转，一个围着电视转！现在媳妇走了，你继续打去嘛，你娃后半辈子就等着'单吊将'去吧啊。哼，瞅我干啥？还不快找你媳妇去，去迟了别人就'和了！'"

嘿！南房娃像疯了一样，把全乡麻将搭子家都翻找了三天三夜，加吓带累快脱相了！我赶回来才有人偷着报告我：玲玲在邻居家躲着哩！

我进去一看玲玲正看电视着哩。哭得鼻涕眼泪的！

"玲玲娃，看的啥啊？哭成这样了啊，《卖花姑娘》吗？咋不像？"

"韩剧《天国的阶梯》。"

"天国，还阶梯！这个女子是谁呀？"

"韩静书。真个感人哩。"

"啥！还净输？啊，是个人名啊！你声音小一点！让你家南房娃听着了，以为你咒他哩。先关了，关了！我刚学完调解，给你们调解一下。啊，这个首先要认识自己的错误哩。你有啥错？你娃现在像个梦游的一样！看完《大长今》，浆水倒了学泡菜！看完《蓝色生死恋》你就学跳河去了！别人拉回来我还奇怪：那么深的水，咋光湿到大腿啊，你说了个啥：村长，水太凉啦！切，水热了叫澡堂子！现在又迷上《天国的阶梯》！看完上天去吗狗狗娃？！大家都建设和谐社会着哩，就你们家里打得鸡飞狗叫！说，还打不打了？啥时回家？"玲玲头抬起时，歌声就响起来了！

——（大长今主题曲）

不打啦，不打啦，我不想打……看天空飘的云还有梦
看生命回家路路长漫漫
看明天的岁月越走越远
远方的回忆的你的微笑
我家的麻将一天到晚响
吵得我脑袋胀
麻将不再响我就回家里
谢谢村长

好酒朋友的趣事

中午我主持婚礼，一下台来，就有一个好朋友过来给我敬酒。

朋友很是惊奇，大概也不知道俺也敢主持婚礼吧，向着左邻右舍一通猛吹，无非是"此声只能天上有，人间能得几回闻"之类的溢美之词罢了，捧我，捧我们俩的关系！末了，一大杯酒送到嘴边儿："来，一气干了！让他们都瞧瞧！我们俩那是什么关系！"

我的天，我咽炎刚好了一点，还在喝中药哪，赶紧地解释：这个那个，那个这个，反正是不能喝。

朋友生气了！直眉瞪眼地瞧着我："你小子怎么回事？啊，就主持个婚礼，就认不得朋友啦？！你那叫主持吗？切，见过婚礼主持吗？扯淡！就你那一口醋溜普通话！哼！给你敬酒那是瞧得上你！知道嘛？！就说一句话：喝不喝？不喝这后半辈子再没有关系！"

我知道此君极是好酒！有场子必喝，每喝必醉！他的工作单位在市上一个监管机关，家住得比较远，在城边儿上。别人都劝他买一摩托车，他说什么也不买！理由有两条：一是经常喝酒，不敢骑摩托；二是经常喝高，容易丢。就这样，自行车也不是新的。所以，天天就蹬一个破车往家里晃悠，只要有人招呼：走，有饭局！他立马跟着就走了。

今年正伏天，天天在单位附近几个朋友家里喝酒，喝到十二点再回单位推自行车，然后晃晃悠悠往家里走。

在单位看门的，是一个老头儿，睡得比较早。几天连着让他给从梦中叫醒！老头儿特别不高兴，提过不少意见，让他把车推走，我朋友说："不行！我喝高了丢了怎么办啊？好歹是一物件儿！"老头儿也犟，说："下回再叫，不开门儿！你能把我开除了吗？！"

要是换个别人，也许会把破车推走，他不！照旧！这天晚上又出去喝酒了，到了半夜一点钟才回单位推车。

到了单位门口，那么晚了，门早锁了，老头也睡了。

他推门、砸门。怎么打，老头儿就是不开！没办法了，带着一股酒劲儿，从单位大门上翻进去了！那门是两米多高的铁栅栏门，真是有力气。

到了车棚子推车再出来，一想，坏了！现在推个车子啊，怎么翻出去哪，再叫老头儿吧，怕招骂！思来想去，唉，扛着车子翻吧。

好家伙，一个胖男人，肩上再扛一车子，你想想那个艰难！用了吃奶的劲儿，竟真让他给从门上扛着车子翻过来了！！累得呼哧带喘的，脚一着地，人就瘫坐在门上了。

刚一靠门框，那门竟然吱吱呀呀地开了！！他哪里知道，就是他去车棚里推车时，老头儿也起来了，把门锁打开了！但他不知道啊，再加上也喝了酒，又没有灯，压根儿就没想到这时的门是开的！！哈哈哈。

因为好喝酒，他们两口子经常吵架。前年儿子考上大学走了，更加无所顾忌了。

我一瞧今天这场面，想走不能走了，只好找一个地儿坐下，喝！

举过三杯，再行拳，六个满盅，轮流坐庄，打通关！我朋友还算照顾我，我，只应关，不打关。

就这样，从十二点开始，一直喝到快三点时，只剩了我们四个人，我实在是不行了，但看那几位，没有收场的意思。心想，不行！得想办法！可想什么办法哪？装醉吧。就装醉趴在沙发上了，那几位继续划拳喝酒，又干了两瓶之后，扭脸一看，哟，这儿还趴着一位哪。

那三位是真喝高了。

仨人商量着要给我弄回去，我心想，还真够义气。一个问一个："你喝得不行了吧，哈哈哈，这醉了的，还得我弄回去！"另两位不服："再喝一瓶也……没事儿！"仨人谁也不服醉，一齐动手来捣鼓我了！

一看几位醉鬼过来要动手了，我赶紧睁开眼睛，说你们先回吧，我没事的，歇一会儿就好了。我心里可盼着他们快走，他们走了，我爬起来就回家了。

嘿！三个醉鬼谁也不听，一个抱腰两个抬腿！三个真醉的抬着一位装醉的，踉踉跄跄地往外面走，还没有到路边儿，哇！嘿！后面的那位就喷出来了，这一口！一点儿没有糟践！全倒到我身上了，后面那位手一松！砰！给我扔地上了，前面那两位一扭脸儿，看到我身上的面条儿了："呀，不得……了……了，你怎……么抬……抬的！说好……不能松……松手的！这可咋……办？肠子都……都摔出……出来了吧！"

唉，让我说什么呢？抖落身上的面条，扬长回家了。

多嘴的小姑娘

村长前几天与小武到兰州办事,住了一家宾馆,好!好在哪哩?住宿费里包三顿饭!省啊。

小武是村里的村民。

高中毕业后在镇上开了一个修理摩托车的铺子,生意还不错。

小武有几个优点:一是不抽烟不喝酒,二是老实,三是勤快。

缺点和优点一样突出,一是毛毛躁躁,沉不住气;二是肚子太小存不住话儿,看见什么当时就嚷嚷开去了;三一条最烦:声儿大,隔着一条沟,他那声儿听得真真切切的!不光白天如此,晚上那呼噜打的!震天震地的。吵得村长晚上没办法入睡,不过看在他对村长的忠心分儿了,带着他了。

进城之前,与小武约法三章了,看见穿得少的,裤子开衩高的大姑娘小媳妇,不准大惊小怪!更别下死眼盯着看;不准高声大嗓地说话儿,轻言轻语才显得斯文,更像个城里人;做错了什么,千万别嚷嚷!回到房间里再说。总之,要看村长的脸色再行事!记住了吗?小武点头称是。

进城。入住。吃晚饭。

一切顺顺当当。只出了一点点小小的纰漏:吃晚饭的时间有一点晚了,不过赶上了。

凑十个人开一桌,不错,饭不错。

第二天一早起床,洗漱完毕,马上奔食堂。

还是十人一桌,我和小武对面坐着一家三口,两口子领着一个小姑娘,大约七八岁,梳一对小辫子,两个眼睛透着那么灵光,很讨人喜欢。

早饭是份儿饭,每人一个盘子。我的一个鸡蛋还没有剥完,小武那盘子已经空了!我狠狠地瞪了他一眼,德行!肯定还没有塞饱。村长很绅士地叫服务员再加一盘儿花卷给他，小武咧开大嘴一笑，算是对村长的体贴表示了谢意。

食堂里大家都不言语，只有对面的一家子一直在说话，尤其那个小姑娘，不停地说这说那。

突然那小姑娘说起了昨天晚上的饭了。

她说："妈妈，晚天晚上的包子可香了，比家里包的还香哪。"她妈妈问："那你吃了几个啊？""吃了两个哪，哎，对了，那包子底下还有一层纸哪！这么厚，这么大，圆圆的！"小姑娘用小手比画着，"妈妈，你包包子为啥不垫一层纸哪？为啥要垫纸哪？"

小姑娘的妈妈还没有回答，村长心里咯噔一下，小武一口噎下半个花卷，瞪大了一对牛眼，死死地看着我："呀！村长！咱们没有发现有纸啊！我吃了六个，你吃了五个，咱们都没有剥下那纸啊！"

就这一嗓子！不光是桌上的人全喷出来了，连端盘子的服务员也个个笑得前仰后合的。

我在桌子下边狠狠地踩了他两脚！小武想起了村长的约法三章，左右瞧瞧，不言语了。

回到房间，我还没有开骂，他倒先来了："村长，你瞧见包子下面的纸了吗？这城里人真怪！包子下面还垫一层纸干嘛呀？！"看见村长不搭讪，一人悻悻地叨叨："吃了纸会不会拉不出来啊。"

直到坐大客车往回返，小武还在想这事儿。只是看我不理，才低头不说了。

这个多嘴的小姑娘！村长想。

民办小学老师

老师也许并不完美，也许并不博学，也许有性格上的缺陷，但他（她）是第一个让你认识小世界之外的大世界的人，是为你人生的旅程铺设第一块砖石的人，是一个永远值得记住的人！

村里的学校办得很早，那时叫"耕读小学"，只设有三个年级一个班。我进小学读书时，已经扩大到了五个年级了，每级也只有一个班。学校里有四位老师，全是民办教师，公社设有一名教育专干，负责全公社的学校工作。虽然有人管理，但学校的老师是不拿工资也没有补贴的，说白了，也就是一个在黑板上挣工分的农民！现在的小年轻或者城里人不知道农村那时的核算制度，这里我想多说几句关于工分制的。

工分制是当时农业合作社的一种核算制度，其实现在看也就一种统计方法。一个完全劳动力，20岁以上，40岁以下的成年男子，劳动一天，就计为1个工！工下面又分为十个分，一个妇女劳动一天就是5分，未成年的劳动一天在3—5分。教师、医生、工匠们每天按9分工来计算。把全村所有人在一年之内的全部工分累加起来，就是全村的总工分。

村里全年的可分配粮食＝全村一年的粮食总量－留给下年的种子－上缴公购粮－村级提留（主要是干部下乡留粮）。

按以上可分配粮食的不同种类，如小麦多少斤，玉米多少斤等等，乘以国家粮食收购价，就是村里的总收入。村里没有其他副业收入，因为政策不允许农民外出包工或者经营其他。这样，每个工的工值＝村里可分配总收入／全村总工分。

我记忆中最高一年的每个工值是1角8分。1976年，村里的粮食由于三个月的大雨而基本绝收，那年的工值只有4分钱。那时国家给小麦的收购价好像是2角5分。换句话说，一个成年男子干一天活是换不来半斤粮食的！村里的情形是年年吃国家的返销粮，就是救济粮啊。村里学校的老师们口粮与农民一样，年均缺粮两个月左右。老师比其他村民多出的只有一点：村民的尊重！

村民对老师是发自内心的尊重。每每在路上，在田间地头，只要是碰到老师，都是要问个好，打个招呼的。村里但凡有事，如谁家去世大人啦，谁家娶儿媳妇啦，村里要唱戏啦，大人们总要请老师上座！毕恭毕敬的。大人们是尊重，我们没有上学的小孩子是怕老师，尽管没有上学，只要村里的老师过来了，小朋友们立即作鸟兽散。

小时候，我最爱识字。没有上学时，我经常去学校里玩，在同龄的小伙伴中，我算是个另类了。别人在上课时，我就坐在大一点的同学边儿上，听老师讲课。老师也不赶我走，他们很喜欢我。村里小学里有四位老师，两位姓车，其中一位还腿有残疾，一位姓冯，按辈分我还要叫舅爸，还有一位就是我的堂叔。学校里只开有两门课程：语文和算术。我那时太小，只爱写字并不喜欢算术，到了入学的年龄时，我已经学会了一百多个字，这让老师和村民们很是惊诧。

小学三年级以前，语文课的重要一节就是每天在操场或者地上画字。用一根废旧电池的碳棒在地上画，老师每天蹲在地上，教学生们笔画顺序。在大人的心目中，学校就是一个识字的地方，所以，老师教识字是很认真的。布置完了每天的功课之后，全部要到操场上占地画字，要会背会写。

到了每天要放学的时候，考验小学生们的时刻到了。老师一个一个叫过来，先是背书，然后开始画字。那时的语文书很简单，一年级的第一课只有五个字：毛主席万岁！第二课：中国共产党万岁！后来，字数慢慢地多了起来，小同学中，背不下书的人慢慢地多了起来，写不会字的也多了起来，这样，中午不让回家，在操场上留下画字的也多了起来。

经过中午的背诵和默写之后，大多数小同学都能在下午散学时顺利通过。但还是有个别的小同学写不上字，这时，我们全都被老师叫过来看，老师这时非常严厉了，要小同学们伸出手掌来，用一根两指宽的板子打手掌，写不上几个字就打几下！刚上学时，小同学还会哭哭啼啼，后来，再没有人哭了。有的同学因为老师打了板子，回家去告诉家里的大人，原本想告老师的状，但后果更惨！家里的大人不但不同情，接着再来一顿！家里大人见了老师，还一个劲儿地叮嘱，孩子不能惯，一定要严格要求，大人把孩子交给老师，就是要老师来管的！从那以后，再没有学生去家长那里告状了。小同学们明白了两点：一、老师揍你天经地义；二、让老师揍了不丢人！老师们也没有认为这样有啥不对，家里的大人更是认为就应该如此。

我在三年级以前没有挨过板子，每次在地上画字都能让老师满意。我们那个时候没有作业本子，只有两本书，因为纸太贵了，只有在考试时，老师才发一张纸，用铅笔在纸上写（嘿嘿，村长的字儿写得不好，就是因为这个啊）。到了一学年满了，奖品就是一个老师买的纸订的作业本。车老师的毛笔字写得很好，然后写上奖给某某某同学。这就是最高的奖励了！

学校的教室是村里的一座大庙，在庙堂里上课，也没有正经的桌椅。三年级以上的同学有桌椅了，桌子和椅子就是两条木板，用土坯和泥支起来，一高一低，这就是桌椅了。三年级以下的小同学，全在没有木板的泥桌泥台台上坐着哪。你可能会问，那不怕把裤子磨破了吗？不用担心啊，三年级以下的小同学，在夏天就从来没有穿过裤子！清一色的光身子，泥桌泥台泥娃娃！

我们那时上课想想可有意思了！老师在上课，学生们可以随时进进出出，也不用打报告的。一是老师压根儿就没有要求过，二是学生太小，也憋不住尿，加上学生们吃的饭少、喝的汤多，就怕哪个学生一泡尿冲坏了桌椅板凳哪。

郭孟嘉老师

四年级时，学校里来了一位正式的老师，第一位公办老师，郭孟嘉老师。郭老师个子很高，四十来岁，为人非常和善可亲。家离我们村有六七公里，因为学校里没有宿舍，他早上来，晚上回。

郭老师有一辆自行车，这在我们这个公社也是不多见的。有时，郭老师也把学生们轮流带在自行车上，在操场上骑着，让我们感受一下自行车。

郭老师的到来，一下使我们这个山村小学有了现代的气息。郭老师不知道从哪里弄来了好多好多的书，有连环画小人书，还有好多的故事书，小说，诗歌集。

同学们天天一下课就围在郭老师的办公室里，叽叽喳喳吵个不停，但郭老师总是一脸笑容，不停地给学生们推荐哪本书要看、哪本暂时别看。

我爱读小说，就是从那时开始的。

郭老师和其他老师们给学校修成了第一个乒乓球案，土台子上覆了一层水泥面儿，球拍球网是新买的。学校第一次正式开了音乐课，跟小学生们讲乐理是不行的，只教唱歌，全是那时的流行歌曲——革命歌曲。一年里，我们会唱好些歌了。如《东方红》《大海航行靠舵手》《下定决心》《不获全胜决不收兵》，还有五首陕甘宁边区歌。

只是有一样儿，不会普通话，一张口就是土语了，而且还带着零碎！举一例子啊，一唱《东方红》，成这样了："东方（儿）红，太阳（儿）升……"（嘿嘿）

郭老师策划办了学校第一次文艺节目表演。还请了周围两个小学的学生和老师一同到我们村小学参加演出。那时的节目有独唱，合唱，还有表演唱，对口词，快板书等等吧。

只有一个节目到现在印象深刻，四个小学生扮成老汉演《阿佤人民唱新歌》。学校联欢的气氛达到了高潮，学校操场成了一个欢乐的海洋。

学校要升格为中学了，在小学的对面开始盖中学的校舍了。郭老师更忙了，他不再带课带班了，一门心思扑到新中学的事务中去了。

郭老师还有一个任务，全村的所有标语全让他来写。他的毛笔字写得漂亮极了，后来我们才知道，他是书法家协会的会员！所有上墙的标语全是他的手笔。

他和老支书领着村民，不分白天黑夜在赶着建中学。村民们也很高兴，因为孩子们就不用跑那么远到镇上或者其他村里去上中学了。

四年级下半学期，算术课中有了算盘的课程。我最不爱学了，学习成绩也一落千丈。一是家里没有算盘，二是我要随妈妈出门去讨饭。四、五年级两年中，断断续续随妈妈出去讨了四五次饭，学业完全地荒废了。说起算盘课，我真的挺佩服车老师，农户人家没有算盘，他就把学生领到操场上，在地下画一算盘的样子，然后要学生捡些羊粪当算盘珠，嘿嘿，计算过程一样！上面的羊粪一个当五，下面的羊粪一个顶一。全是因陋就简的应急办法，一刮大风，得！几十个羊粪全刮到一堆了！

新学校建的速度很快，马鞍架的平房，半年就盖好了。

转过年，我们搬进了新学校了。老师也多了起来，进修的民办老师也回来了。

中学通过"三结合"进了好几个村干部也作为教员，又招了几名民办老师。但自打进了"三结合"的老师，学校就出现了许许多多的事儿。

学校宽畅多了，也正规得多了。每个老师都有一间房子，学生们的课桌也全部配齐了。

五年级我就基本上没有好好上过学。家里也困难点，半天帮家里拔猪草，半天上学。到了我六年级时，郭老师调到别的学校去了。

我们村里人说，郭老师是让一帮不是老师的"老师"给挤走了，村里人都说，郭老师是个好人！

从那以后，我再也没有见过郭孟嘉老师。前年，我听同学说，郭老师走了。

近视的贾老师

我进校时,学校里唯一一名女老师,40多岁,个头不高,身体单薄,最显眼的是戴着深度近视镜。

那时,在乡下的中学里,戴眼镜的老师是很少见的。学校的老师大多不是师院出来的,而是民办教师,农闲教学,农忙种地。想近视?近视得了吗?!

当我们这些山区来的学生们初到镇上的"最高学府",看到贾老师油瓶底子一般的近视眼镜,着实吓了一跳!后来一打听,贾老师还真是正宗的大学毕业,只是因为身体太弱,不能再带主课了,所以,只带着一级三个班的地理课。

戴着眼镜的贾老师,和气亲切,眼光里全然没有男老师的那种严厉与凛然不可侵犯,讲起课来也很和气,再加上身体不好,病恹恹的,不会骂人,更不会打人的她,在乡村的中学里,太过另类。所以,后面那些人高马大的男同学渐渐不怕贾老师了,甚至后几排的学生欺负贾老师眼神不清,在听课时把帽檐朝后一扭,再扭过脸儿与后面的学生打牌去了。

人善被人欺。

班长把这个作为班上发生的"新动态"向贾老师汇报,并殷勤地向贾老师建议:在课堂上带着一根教鞭!犹豫了两周后,听取了班长建议,文弱的贾老师,带上了教鞭。

执教鞭讲课与贾老师的气质极不协调,这是个馊主意。

非但课堂的情况没有好转,倒闹出了大笑话。

一天,贾老师执教鞭执得累了,想把这玩意儿挂起来,可眼神不好,把墙上趴着的一只苍蝇当成钉子了,啪!苍蝇飞跑了,教鞭落地了,老师脸红了,学生笑翻了。

第二天，肇事的班长为了弥补自己的失误，从家里拿了一颗钉子钉到了那儿。

贾老师上课时，再没有拿过教鞭。

可讲着讲着，看见那里的钉子了，她为了挽回昨天的尴尬，照着那钉子就拍下去了，嘴里念叨着：该死的蚊子！这回听到的声音不再是"啪"，换了，是"哎哟！"当时手上的血就流出来了，同学们也不再笑了，全吓傻了。

手伤好了后，贾老师再没有代课了。

她自己请人做了一个报栏，每天把收到的报纸夹到那里，把自己认为重要的时事新闻用红笔勾画出来，站在那里讲给毕业班的学生，要求学生背诵下来。把中学生报中写得好的作文，那些写人的、写景的还有什么很精练的句子，全都用红笔勾出来，不厌其烦地推荐给学生。

她，其实更像一位爱唠叨的妈妈。

我经常上她那里去，因为，她自己订着好几份报刊，我最爱看的，有两份：一份《读者文摘》；一份《少年科技画报》。

杂志一期没少，整整看了两年，也听她唠叨了两年。

后来，听说贾老师随女儿到了城里，不知所终。

张老师的智慧

带高二语文的张老师，智者。

还在乡下的中学读书时就听到了张老师的大名，刚进高一时，有同学指认，让我大为失望，原以为传说中的张老师吧，那肯定玉树临风、高大伟岸啊，怎么是这么一个毫不起眼的精瘦老头啊。

张老师约一米六五，皮肤黝黑，最显眼的是，他帽子下边的大脑门，亮而突出。因为他没有给我们代课，所以没有机会听他讲课。

到了高一下半学期快放假时，全县中学举行了一个作文比赛。镇上中学的选拔先期进行，两个小时，高一高二六个班全体参加。开考时，张老师进来了，一句话也没说，扭头在黑板上写下了作文题目：一支粉笔。交卷一周后，班长叫我去张老师的办公室。

张老师上下打量了一遍，后来又进来了一名高二的学生，只记得姓蒋。

张老师惜字如金，一字一句："你们二人的作文，还行！下周，代表咱们中学参加县上的作文大赛。全县共60人。咱们没有什么指标，越靠前越好。打不下粮食不要紧，把口袋背回来！回去准备吧。"说完就要打发我们走人。

姓蒋的同学看来与张老师熟悉，请张老师辅导一下，张老师眼皮都没有抬："作文这东西，一周能辅导个啥！"我抬腿要走，张老师叫住了我："你写的作文应该叫'粉笔'！可是，我出的题目是'一支粉笔'！我说的对不对？！"我脸红了，吐了吐舌头就跑了。

这是张老师给我上的第一课。

高二的语文是张老师带课。

课堂上的张老师完全与生活中的他判若两人。语言精练、逻辑严谨，讲课声音不大，但绝对一字一句，清晰而干脆，没有一般老师嗯啊之类的口头语儿。

张老师不打学生，但骂学生。骂人又不带任何的脏字儿，是张老师的绝技。挨骂者挑不出任何毛病，而同学们听得乐不可支，拍案叫绝，如饮甘饴。乐完之后，再细思之，其语言又风趣幽默、充满智慧。

有一天，上午十点多了。第三节课，语文。

张老师正在讲课，班上一个学生叫邵红生，背着书包推门进来了。

我们那时上课，没有进门喊报告的习惯。

邵红生也如往常一般往座位上凑。

张老师叫住了邵红生。问他怎么这时才来上学。

邵红生的回答很是狡猾，也很是欺人："我来得早！出去是撒了一泡尿！"

同学们都乐了，你骗鬼呢，撒尿用得着背书包嘛。看张老师如何收拾你娃吧。

果然。

张老师一点都不火，还是那个慢条斯理的态度："噢，你，撒尿去了！你的这句话，好像是个病句嘛！一——泡——尿！尿的计量单位是泡吗？好吧，就以'泡'为计量单位，你这一'泡'！就是两个小时！你一天最少也得四'泡'吧？二四得八！八小时！对——不——对？"

学生们笑得前仰后合，邵红生羞得无地自容。

张老师忽然拉下了脸："你，飞得不高，你，游得不快，不但摇头——而且还摆尾！狗狗娃，从眼前这龙门上过去，你才能成龙！"

下课后，同学们分析了一会儿，才悟出了底，张老师认为邵红生是一条鱼啊。

服了。邵红生服了，我服了，同学们都服了。

还有一次，与我有关。因为我是学习委员。

起因很简单，班上两个同学没有按时交作文。这两个同学，一个叫冯鹏鸣，一个叫何连珠。

张老师找我了，问我这两人的作文为啥没有。我回答没有写。

张老师让我找这两个人到他的办公室。

俩人进去时，我也进去了。

张老师开门见山："何连珠，你的作文哪？"

何连珠为人老实，实话实说："张老师，你要的作文，还没有给你写哪。"

张老师开口就来了："噢，你是给我写作文哪，狗狗娃，我先谢谢你啊，以后再不用麻烦你了——啊！你瞧你那么忙，还给我写作文，我多不好意思。算了。"

张老师扭过脸来，问冯鹏鸣："冯鹏鸣，你也是给我写作文了吧？"

冯鹏鸣抖机灵，马上就编一个谎话儿："张老师，我的情况和何连珠不一样，我写好了，嗯，写好了，只是不知道学习委员要收上来给你。"

这个家伙！把我扯进来了。气得我直瞪着冯鹏鸣。

张老师一听，马上就扭过脸来了："你，是怎么搞的！！啊，人家冯鹏鸣念了九年书了，人家根本不知道！啊，不知道作文写完了还要交给老师阅嘛！你为啥不去要啊。"

冯鹏鸣抱头鼠窜。

知识，像一盆火，给人以温暖和信心。

智慧，像一座灯塔，划破黑暗的夜空，给人指明前进的道路。

幽默，是智慧之光。

有知识，不一定有幽默；有幽默，肯定有知识。

张老师，一位智者。

杨老师的母亲

杨老师是我高一的语文老师。天师毕业后分配到这里，陇城乡人。身材较高，以学生的眼光看，人，比较帅气。

杨老师只带过半年的语文课，可能连我们班上学生的名儿能不能叫全了都是个问题。他也没有留给我过深的印像，但我写他，其实是因为他的母亲。

杨老师母亲是哪里人？不知道。什么样儿？没见过。一个根本就未曾谋面的人，写她什么？我的回答是：因为一个故事，十分感动、万般感慨！

1986年，我到天水汽车一队担任统计员，这是一个非常烦的工作。天天统计路单——车队所有车辆的运行命令与记载，统计里程、运量、运输周转量、汽车油量消耗，以及是否完成了任务、是否节约了油料等等吧，也算是一个有点儿"小权"的。所以与车队的驾驶员相当熟悉。

我们的车队84辆车，几乎天天运煤，从华亭到南河川上火车。全程220公里，解放CA15型的，俗名灰头解放。一趟来回得两天一夜。

有一天，张师傅来统计路单。进来后的第一句话问我是不是认得杨老师。

我挺奇怪。

因为我们高中离着天水105公里，我回家时经常坐张师傅的车，他知道我是哪个乡的。但他怎么知道杨老师的呢？

张师傅的讲述：

"前几天，我从南河川卸完煤返回华亭，车快到莲花乡时，看到公路畔上迎面走着一位小脚老太太，我只看了一眼，因为方向正好相反，我也就没有在意。嘿嘿，小王，你也知道，咱们车队给的差费每天八角，不够吃啊，拉个'黄鱼'一来说话儿免得瞌睡，二来呢，也挣几个钱儿。"（我得再交代一事儿，我们货车司机往往把顺路捎带的客人称为"黄鱼"，驾驶室里能捎两条"黄鱼"！）

我笑了笑，听他再说。

张师傅接着说："到了晚上我赶到煤矿，连夜装好了车，在矿上睡了一夜。第二天又往南河川赶，到了中午时，车到了四十里墩，我又看到了昨天下午我见过的那个老太太了！小脚正一歪一歪地往前面赶路哪。

我就想，这个老太太是往哪儿去啊，从莲花山上到这里十五公里，敢情她是走了两个半天一个晚上吗？但有一点我能肯定！绝对不是往秦安或者天水去的！要是长途，有长途班车啊，对吧？再说手里啥也没有拿啊，这么一想，我车也没停，人也没问。问也白问，身上不一定有钱！走！我就从老太太身边开过去了。

太阳快落山时，我赶到南河川火车站了，卸完车。本来想着回天水哪，才十四公里一架山嘛。可细细一算，车队下达的任务是十趟！我才跑了七趟啊，这还差着哪！不行，再折回去，连夜到华亭，赶明儿回来！再拉完一趟回天水。

打定了主意就往华亭赶。

到了秦安吃了晚饭，上山！走了七公里时，一拐弯，我的大灯照到了一人！你猜是谁？就是那个老太太！！正在路边儿上喘气儿哪。我的天，这么一小脚，硬是一瘸一拐地，快拐到秦安了！

我心想，这老太太，你出门时向儿子要点钱啊，就算是儿媳管得严，你管女儿要啊？！从莲花到秦安一块四嘛！！到天水也不过两块五毛钱嘛。你这是何苦哪？

哎，小王，你也知道，我这人吧，就见不得苦人儿。这老太太比我年纪大得多啊，得了，不就七公里嘛，我开车送她到秦安吧。

打定了主意，就从她眼前掉头，走下车，给她说：'哎，老人家，昨天下午我就看见你在莲花山上，你走了整整一天一夜吧。你是到秦安吧，我看你走不动了，我开车送送你吧。'

老太太摇手儿，说她没有钱啊，身上一分也没有，给不了车钱！

你说这死乡下人啊！我开车送你，能向你要钱嘛！哎，忘了，小王你也是乡下人。嘿嘿嘿。不要生气啊。我就给她说，你就上车吧，不要你的钱，我是看你可怜！！一脚油的事儿！！

我给搀着上了车，一问老太太，嘿！坏了事了！！你说我动这份儿善心干嘛？！"

我好奇地插了一句："咋啦？老太太是武林高手？还打劫你啦？"

张师傅说："嘿，你听着啊。车边走，我就边问老太太的情况。敢情老太太不是到秦安，是要去南河川！就是我卸煤的南河川啊。我问她去那里干嘛？从这里到南河川还有七十四公里哪，这我总不能空再跑回去吧。

细细一问，原来，她家在陇城乡，儿子在我那乡中学当老师，儿子结婚了，媳妇是儿子的同学，在南河川工作。都是吃公家饭的。她就一个儿子，儿子他爸爸死得很早，是她一把屎一把尿地把儿子拉扯成人的。儿子被推荐上了大学，毕业后结婚，但儿子儿媳和她分居三地。儿子一周会回一次家看她，但这两周都没有回来，她心里慌得了不得。前几天晚上做了一个梦，她醒来预感出了大事。就让乡下人用架子车拉着她到了儿子的中学，可一问，一周前儿子就去了媳妇那里了，再没有回来。学校领导也奇怪，以前杨老师从未耽误过这么多课啊。她这才感到真的有事了，身上又没有一分钱，她想知道到底出了啥事了，让儿子这么长时间也没有回来！她就一个儿子，她走不动，爬也要爬到南河川去！"

张师傅说："哎，小王，你说你为难不为难吧。她已经上了你的车了，你总不能把她又推下去吧。唉，还好，到了秦安，正好在车站上看到咱队上的几辆煤车了，几个司机都在吃饭，我让他们把老太太捎到南河川去了。我又连夜往华亭去了。"

我好奇地问："你问了那个老师的名字了吗？老师中姓杨的可不少啊。"

他说："当时我没问。你听着，事儿还没有完哪。

第二天我从华亭赶回来卸完煤回天水时，从南河川山上又看见老太太往天水走！呀，我真的纳闷了，她到底要去哪儿啊。一看到我停下车，老太太认出我了，哭了。说她昨晚上找到儿媳妇了，儿媳妇说她儿子不是人，打了她了！她问儿子现在在哪儿？她说不知道，后来又含含糊糊地说，可能是去北道火车站那里去找他的同学去了。这不，她想去北道再找。我就把她劝住，说那么一个大人了，可能有事耽误了，你哭啥呀。我开车送你去北道吧。

到了北道，找到了杨老师的同学，一问，没有来啊，杨老师的同学又问了几个杨老师认识的，也没见到。但听说几天前的晚上，有人卧铁轨自杀了，总不会是他吧，我拉着几个人到了车站派出所，派出所讲，有个男人自杀了，身上还装有一份遗嘱，但只写着姓名，没有地址，他们不知道到哪找人去。

当派出所拿出遗嘱时，几个同学惊呆了，当时傻在那里了！开头就写着杨老师媳妇的名字。他们几个全是一个班的同学。

老太太的预感不幸是真的。"

我急切地问："那后来哪？"张师傅说，"后来？后来派出所要火化，老太太哭死哭活不让，这不，几个同学从派出所要了一车，连老太太带儿子，全送乡下去了。这回名字问清了！是不是你老师啊？"

我点了点头。是杨老师。

临了，张师傅说："哎，小王，这回我多管了一闲事，但没有想到是你老师。嘿嘿，多跑的几十公里路，你可得给我多批些油啊。能加就加些，不能加算了啊。嘿嘿，开一玩笑啊。"

当然增加。好心得有好报！

那一年春节回去，几个同学们都议论杨老师自杀的事，只是他们不知道杨老师母亲为了找儿子走了多少路。

走了几天几夜的母亲最终见到的，是儿子的尸体。

杨老师匆匆赶去见媳妇，但看到了他不该看到的一幕。

为杨老师惋惜，为老太太感动，也有说不完的感慨。

人，其实不能一死了之。慷慨赴死固然壮烈，但人的责任呢，比如对家庭、对儿女、对父母亲的责任……

村里的神庙

我们的村子，是一个马蹄形的小村，在村子正中间，有一座庙。庙最早盖于何朝何代没有人说得清。我上小学时，那庙里是我们的教室，飞檐斗拱气势依然、粉墙彩绘斑斑驳驳，庙里泥塑早已不知去向。

我上中学时，村里盖了正规学校，庙就空了起来。两年后，土地开始承包经营，政府免了五年的农业税。村民们欢欣鼓舞自不待说，那空空荡荡的庙也一下热闹了起来。

那一年我正上高一，天天要往镇里去上学，也很少知道村里的变化。直到有一天，我从山顶上看到了庙，只见红墙碧瓦、烟雾缭绕。才知道村里的村民将庙重新粉刷一新，神已安坐殿堂之上，村里的老人们晨昏叩首、拈香供奉。

出于好奇的我，回家后问了爷爷关于村里神庙的一些事。

据爷爷讲，他也不知道这庙盖于哪一朝代，从上辈人中传下来的，只有一个传说。原来，我们村子小，没有神，也没有庙。村民们求神问卦，要翻过一座山，去张沟村拜庙。那里供奉的是城隍。

有一年，村里的两位村民到陕西去收麦，就是当麦客。夜里宿在一座古庙，说两人半夜里都做了同样一个梦，梦见一个纠纠神将，样子十分凶恶，两人吓坏了，赶紧祷告。神对他俩说，他不想在此地居住，要往陇右而去，让他们背着神像与神龛，马上动身。

两人吓醒后，打起神龛前的纱布一瞧，正与梦中的神一般无二。两人都不认字，也不知道是什么神、是什么庙？反正梦中神有指示！两人赶紧磕头，磕完头后不再犹豫，背起神龛、神像、庙牌，半夜三更就往家乡而来。传说到了天亮，当地人发现神像不见了，一路追赶而来！眼看就要追上了，却看见头顶飘来一块黑云，瓢泼的大雨将追赶的人驱散，二人终于安全回到家乡。

村里人听说一位神仙要居小山村,蜂拥而来朝拜。请出神龛与庙牌,才知道神名:南北乱神。人们奇怪神名未见在封神榜,后经在陕西查访才明白。

神明原俗家姓张,关中人。南北朝时代,他率军镇守庄浪莲花一带与匈奴作战。战功卓著、屡建奇勋。后战死。当地百姓为了纪念这位保境安民的一代英雄,修庙供奉。

传说总是传说,真实的历史早已湮灭。这位保境安民的将军到底是何方人氏、姓甚名谁,还有什么样可歌可泣的故事,已无从可考。

百姓心中,他就是一位神。从有庙以来,村里的人出远门时,都要到庙里烧香拜神,祈求神明保佑一路平安。

在解放以前,周围几个村庄就固定了庙会日。正月初九称"上九",是万泉乡庙会日,供奉的是马王爷;正月十一是二郎庙,供奉的就是擒了孙悟空的那位二郎神杨戬;正月十二就是我们村里庙会;正月十四是张沟村庙会,供奉城隍;正月十五镇庙会,供奉观音。

每年到了这一天,因为离得近的关系,张沟村的善男信女都早早来到,也抬着他们的城隍,来与南北乱神相见。村里人们都装扮社火、旱船和高跷,敲锣打鼓。从早上太阳没有出来时,抬着神像从庙里出来,到一个空旷之地,接受人们的朝拜。每到此时,人们狂欢的热情就达到了高潮。

到太阳西斜时,张沟村的人们抬着城隍返回时,我们村里人抬着南北乱神相送。然后返庙安坐后,村里大戏开台。

到了正月十四,我们村里人又抬着南北乱神到张沟村回访城隍,礼尚往来,年年如此。

据说解放前有一年正月十五,几位神明到镇里与观音相会,因为座次的问题,几位主持此事的各村香会发生的争执,争执的结果当然是不欢而散。因为除了观音坐首席外,哪个村也不愿让自家的神明受了委屈,人们引经据典,纷纷评说哪位神明的官儿大,哪位神明的官儿小,口水战的结果就是我们村与张沟村结下了不快。据说那时就是乡长和两村保长出面协调此事，两村香会的头头一致反对："乡长、保长不是神职！你们无权协调神之间的事！！"

解放后因为人民政府禁止这项活动，各村相安无事。但到了20世纪80年代，这事竟成了一件大事。

事情的起因首先是盖戏台。村里的戏台都是盖在神庙之前的！不信你可以到各地去看看，所有庙的前面，总会看到一个小戏台。

神明也爱文艺。

张沟村是一个大村，家家摊份子钱。虽说刚刚吃饱饭，但一听给神修戏台，那掏钱是掏得相当快。女人一嘀咕，男人马上过去一个大嘴巴！"你娘的！神听到你发牢骚，立马收了你。"

张沟村戏台一动工，我们村的香会头儿坐不住了。马上召集各小组头头和八大老人：他们张沟能给神修戏台，我们也得修！

几位老人还没有开口，各小组头头挠头了："盖戏台怎么也得万儿八千的，人家村子大，人口多。咱村就一千来人，人均十块呀。怕是收不上来吧。"香会会长眼一瞪："谁家不掏钱，死人的话……"当时那些人身上就是一颤！全闭嘴了。

村里戏台修起来了，以神的名义。

戏台的第一场演出，有个讲究的：镇台戏。

村里的戏班级别太低，请外村的。可当时唱得最红的，还是张沟村的戏班子。当香会会长去请张沟村戏班时，张沟村的穴头儿一口答应，条件是一百元钱外带两条烟。

但到了开戏的那一天，迟迟不见张沟村戏班，最后只来了穴头一人，带回来的话是，张沟村香会通知他：给我们村的戏台唱镇台戏，家里有了灾祸别找他们！

这也是神的意思？

转眼就到了正月十二，村里庙会。张沟村只来了两个代表，礼节性拜庙。

村里人感到不快。

第三天，张沟村庙会。我们村派出了社火队，阵容强大。高跷队打头,扮刘备、关羽、张飞、诸葛亮和书童。故事名称:三请诸葛。

第二年庙会,依然如此。

第三年庙会,张沟村感到不对,赶紧派出社火队拜庙。

村里人一早就听说了张沟村社火队要来,人人期盼从此旧怨勾了,从一大清早就站在路边观看,等到了眼前一看,只见几个姑娘跨在马上,立即就沉下脸来了。

我也站在路边,马上的姑娘看到我,冲我一笑就低下头了。我认出来了,是高中同班同学。

我为她捏了一把汗。

村里庙会有忌讳:拜人唱戏,讨厌男旦;拜庙上香,女有麻烦!果然,到了庙前,村里香会会长亲自挂红,挂红应该缠在马头上,他嘴里念念有词:这是个女娃娃嘛。一边说一边就将一根红绸绑到了马尾巴上!

神明不待见女人?圣母是谁?!

张沟村人大怒。

从此两个村再不互拜,隔阂十年。

1990年,村里要修一条通往乡里的路,张沟人不让,差点儿打成群架。

前年,移动公司在山上架通讯机站。开始时靠近张沟一边,两个月后,被人挖倒。

移动公司来人问清原因,惊悸长叹。

一月后,移到我村这边。

再后来,移动公司又在张沟对面再架了一新的机站。

我不知道以后还会出现什么事。

三十年前,从高中历史书上得知:十字军东征。

十年前看过:亨廷顿撰《文明的冲突》。

五年前听说:欧洲人漫画真主。

一周前从电视得知:美国基督教会一牧师要焚烧《古兰经》。

我没有见到过天上的神明打架,却看到了地上的人们以神的名义在进行着战争。

住校（一）

在镇上上高中的两年中，我只住了一年学校，高一时我一直是早来晚归的。

村里离着学校十三里山路。

早晨五点多起床，妈妈下一碗玉米面做的面片儿，带一个高粱面干馍（比哈尔滨的秋林大饼还厚）就是午餐，向住校学生要一碗凉水，灌将下去就成了。到了晚上回来时，家家都点上灯了。

天天如此，不管刮风还是下雨。

第一周去上学，正是秋季，凌晨月亮下去了，天很黑，四野寂寂，风吹着庄稼叶子沙沙地响，那庄稼一起一伏，煞是吓人。山里孩子都迷信，生怕有鬼跟着，老是一步一回头。后来越走越快、越走越害怕，夹着书包开始小跑，由小跑而改成狂奔！一直跑到柏树坬村，能看到村庄了才停下狂奔的脚步。到了学校门前，一按自己的心，感觉到怦怦直跳。

有一回，快跑到河边时，猛地看见对面弯道上来了一个身影，当时就吓坏了！不知是人是鬼啊，也是为了给自己壮胆，吼了一声秦腔："喝喊一声绑帐外……"一句没有吼完，只听对面弯道一声怪叫："妈妈——呀！撞了鬼了哇！"那身影边跑边啐！如飞似的去了。

原来，我一声把那人吓得半死，以为他撞了鬼了哪。

为什么要啐哪，我们山里人相信，鬼是最怕人啐了。

早晨虽然很让人不安，但到了下午放学时五六点钟，那时太阳还没有落山，几个同学一路说说笑笑、打打闹闹，却是有趣。

那时正是秋天，还实行人民公社制，土地没有划到农户家里。我们几个同学放学后就钻到地里，摘一大抱豆角。再从地边上的窑里，有农民晚上看地铺的麦草，堆到一起，点燃了。等着吃烤豆角。有时也摘玉米棒子烤了吃，有时也刨土豆。总之这样的事经常地干，后来，沿途生产队里专门派人盯着我们。

秋收结束后，我们的目标就是地里的甜菜根。饿了一天后，偷挖一根甜菜根放在嘴里嚼，边走边吃，一路笑骂。

快入冬时，我们在回家的路上，看见了一只松鼠，让我们赶进了一个洞里，嘿！我把书包的书抽出来，用书包套在洞口等着，然后再往里灌烟，可能是小松鼠也没经验，一下就冲进我的书包里了。哈哈哈，乐坏了，几个人边走边逗松鼠。

到了第二天，我把小松鼠装进书包，带到了学校里。

同班的学生可喜欢了，一直逗到上课。

上课时，我怕小松鼠在书包里把我的中午饭全给吃光，拿出来放在上衣的口袋里，用手捂着怕出来了。谁知课上到一半，我低头写笔记，小松鼠一下蹿了出来，不往下跑，却往上蹿！蹿到后排的同学一阵惊呼！我急忙一把抓住，顺手拿帽子盖在桌子上了。

老师正在背身往黑板上写字，也不知道发生了什么事。再看大家都盯着我看，让我站起来！问：你干什么了？我说：天热，我把帽子脱了，他们都笑我头型不好吧。老师狠狠瞪了一眼。下课后，我把松鼠送给一位镇上的同学了。

我本来喜欢这样的生活，但只有一年就要高考，时间是浪费不起的，所以只好央求王保国，与王保国两人挤一块床板，到学校里住下了。

学校里一共有一排十二间平房，可供给远乡的学生住宿的，四间归女生，六间分给了男生。

宿舍全是大通铺，每一间里都挤得满满当当的，枕头挨着枕头，一间房里睡十到十一个学生，做饭的地儿也没有。

在地下全堆着煤油炉和钢精小锅，在门后竖着一个案板，只有放学了做饭时才用，虽是一块案板，但十个学生其实也不用切什么剁什么，每顿饭中只剁碎一颗大土豆，然后就是玉米面弄的面糊糊，煮熟了，再加上一两勺浆水，这就算是饭了。

住校生的生活其实也有趣。

下午放学后，住校生开始在小小的平房里做饭了。

住校生们每人从教室里拿一个小板凳放在院里，然后，再搬出煤油炉，有八到十根灯芯，点燃了，再把钢精锅撂在上边烧水时，开始和面糊糊、切洋芋。于是宿舍前切菜声、笑骂声搅在一起，酸酸的浆水与煤油的呛味搅在一起，不管是蹲着的、站着的，每人手捧一个大洋瓷碗，呼呼啦啦塞将下去了！

没油没盐的日子中夹杂着住校生的理想和寄托。

晚饭后的住校生大多在教室里复习、写作业。早晨起来后，住校生大多到学校后面的梨园去背书。

我刚住校，好多的事我不知道。有一天早上，我也跟着他们一起去梨树园去背书，刚进到梨树园，见一景象觉得新奇。在梨树上挂着大大小小、花花绿绿的被子褥子，我纳闷儿，这是谁家的被褥没有收啊，一个同学笑着说："那是咱们住校生昨天晚上的作品！！不要小看啊，每天尿出的形状都不一样哟！"

噢，难怪他们天天来这里，原来背书还带着晾被褥啊。

没油没盐、每天稀饭糊糊，不尿床才怪。

住校（二）

住校生的夜晚是不平静的。

走读时我以为，住校生晚上有电灯，可以在教室里好好看书复习，住校后才知道，其实不然。

我住校时已是秋天。住校生宿舍一排平房，东西走向，在东头有两棵很高很大的梨树，根部肯定是与后面的梨树园的梨树相通。在大梨树底下，有两个土坑似的男女厕所。全校只有那两个厕所，不分老师与学生。

这个季节正是梨子成熟的季节，天天在梨树下住、梨树下吃。住校生瞅着眼看要成熟的梨子，个个垂涎欲滴。

终于有几个老住校生带头偷梨了。

睡觉时，我回到了房间，看几个平常早睡的学生个个精神抖擞，眼睛放光，他们几个悄悄告诉我："今晚要行动，不吃梨可以，但告老师我们就把你赶出宿舍！！"

笑话，你们偷我也吃，为啥不吃。

到了后半夜了，我们宿舍里几个爬树高手就猴似的上了梨树，摘的摘、捡的捡、运的运。回到宿舍，几脸盆的梨子让十一个饿狼风卷残云似的吃了个精光。

此后几个宿舍也定好日子，每晚一个宿舍单独摘采。

这样的日子过了几天，校长知道了。

起先以为是女住校生告了状，因为我们从来与她们不说话，更不会分梨堵她们的嘴。后来校长挨个宿舍搜查，说是每天早晨树底下有梨树叶！

慌慌张张，容易露马脚啊。

但校长搜查一通，一个梨核也找不出来！住校生个个吃不饱，还能剩下梨子？切，笑话。

此后平静了几天，但终于有一晚上，一个倒霉蛋出事了。而且这事儿还演成了大事儿。

我记不得那个学生叫什么名儿了，但只记得是静宁那边儿的。

小伙家里也很穷，每周提一次面，他没到周末面没有了，吃了同学的饭，可能也是没有吃饱。到了半夜去东头上厕所，从厕所折回来，肚子一饿，心眼儿就动了，心眼儿一动，手脚听心眼儿的，上了树了。

经过几夜住校生的努力，好摘的梨子基本摘光了，剩下的离得比较远，也肯定难摘一些，又加上只有一个人。正摘时，有一个教师的家属晚上去厕所，夜深人静，一个女人家警惕性也高了，眼睛也亮了，耳朵也竖起来了，就听到了梨树上有窸窸窣窣的声音，抬头就看到那个学生。

沉不住气的女人，提起裤子就喊叫："有流氓！有流氓！！"半夜三更那声音极具穿透力，全体老师与住校生全被喊起来了。

等可怜的倒霉蛋从树上战战兢兢下来时，等待他的当然是耳光。

因为老师家属一口咬定，他在树上偷窥她。

偷看了没有？其他人不知道，就算是看到了，也只能是白花花的一坨子，耍流氓肯定是不会！因为一个在树上，一个在地下，何况倒霉蛋还双手扶着树枝儿哪。

但倒霉蛋还是离校了。

再没有梨可偷了，按说该平静了吧。但随着季节的来临，偷得更凶了。

偷啥呀？偷煤。

那是一个物资极贫乏的年代。眼看深秋了，宿舍里没有煤炭取暖。

学校教室有，但教室那么大，窗户上没有玻璃，所以只好糊一层白纸，八十几个人的大教室，只有一个土炉子，一个冬季每个教室只分一吨煤。而且十七个教师的宿舍也只有几百公斤煤，教室里的煤，有一半儿还让班主任用了，没办法啊。

天无绝人之路。

我们这个镇就在公路边儿上，从华亭安口往秦安、天水、陇南拉煤的汽车天天从镇里过。

但偷煤不能从镇里下手。一是人多，二是车速快。

镇子的南边紧靠一座高山，当地人叫：老鹰岭。山高、弯多，从山上到山上有五公里，汽车上山时车速极慢。

那时的车是解放牌卡车，能拉四吨到五吨。

说来也可笑，我们住校生偷煤的过程让司机啼笑皆非。

因为，他们就算知道我们来偷煤，但也只能眼睁睁看着、毫无办法。

太阳一落山，我们十几个人，就站在上山的弯道边，看着那汽车老牛似的吼叫着、努力往山上爬，司机知道我们是来干啥的，但他只能骂，不敢停车！倒不是怕我们打他，而是他一旦停车，那么陡的坡上是再也起不了步！也不敢下车啊，他下车了，车就翻下山啦。

好了，上车去拣大块的煤往下就扔！扔下来十几块煤，下面的学生一人一块，抱着扛着，胜利凯旋！

回到宿舍，送两大块给班主任老师。

老师批评一句："下回再不准这样啊。"

明天我们再送去一块，老师还是一句话："下回再不准这样啊。"

管子说："仓廪实而知礼节。"

人，天生知耻；偷，无奈也。

住校生的生活是清苦的，艰难的，但也是快乐的。

冬天时，住校生的宿舍里发生了一个大笑话，让同学们津津乐道了几个月。

本来那时的男生女生，是绝对不允许说话的，哪个男生胆敢与女生搭讪，立马从男生队伍中开除。本来也只有十五六岁，再加上营养不良，发育迟缓。熟得迟点的，还压根没弄清生理期是咋回事儿；熟得早的，看见一个中意的女生，最大也是下死眼盯一会儿，直到女生发觉了，脸红了，迅速跑开了。学校里从未有人公开谈什么恋爱的。哪像现在这中学生啊，人多处敢牵手走；人少处，抱在一起啃猪头似的呀。不是我封建，我还是认为，人的中学时代还是清纯一点好。

回头再说这事儿。

男女住校生住在一排平房里。冬天的一个夜晚，一个男生去了厕所，隔壁一间女生宿舍的一个女生也去了厕所。

回来时，天黑，又加上睡得迷迷糊糊的，竟走错了房间，男生进了女生的宿舍，那女生进了男生的宿舍。

住校生睡觉是大通铺。本来每个人的位置也是固定的，不用拉灯的。人正睡得香哪，拉灯也刺眼，肯定招骂。那个女生估摸着到了她的床铺位置了，想都没想，就一屁股坐下去了。她想那是她的床位啊，压根儿没有想到一屁股坐到了一个男孩的头上，就听一声吼骂，吓醒了，呀，这么粗的嗓门儿！妈呀，我走错啦。回身就往外边跑。

男孩进了女宿舍，刚逮上门儿，就听到了一声女孩子的热情招呼："你快点儿把门关上啊，冷了吧，来，过来，到我被窝里来，给你捂捂。"男孩激灵灵打一冷战！赶紧跑吧，刚要拉门儿，不妨外面那女孩子比他麻利，整个儿身子就扑到门上了，里头的男孩子被门碰倒了，女孩子扑进门了，但让倒地的男孩子给绊倒了。我的天，宿舍里的锅碗油炉叮当乱响，等到灯一拉开，尖叫声、叫骂声、喊打声，闹得不可开交。

十间宿舍男女生笑得炸了锅。

那个女学生也单纯，听其他女生说他俩半夜到厕所约会去了，生气了。为了撇自己一个清白，第二天就告给了班主任。班主任听得笑岔了气，看女学生还傻乎乎地想讨个说法，他半开玩笑半认真地说："让那个小子娶你做媳妇。"

谁也没有想到，老师的一句玩笑话，几年后竟应验了。

他们俩都没有考上大学，男孩子在镇上开了一个自行车修理铺，女孩子在乡里务农，逢集都能见上面，本来又是同学，一来二去的，结婚了，现在还住在镇上，住在离梨树园子——钻错房间不远的地方。

到了第二年开春后，高考预选开始了，二百多学生只有三十个学生可以参加高考。

偌大个校园里冷清了许多，住校生也只有几个人了。

在我离开后的第三年，学校拆迁了。

那里的平房全拆光了，现在是镇政府所在地。

前年我进去过一次。

一棵梨树也没有了。

高考那些事（一）

1977年、1978年，对于村里人来说，那时最大的事就是如何把肚子弄饱！1978、1979这两年里，男人女人在一起，说的全是高考的人，高考的事！

村里上过高中的后生有四五个，上过初中的有二十多个。

1978年10月，当公社的教育专干来村里告诉村民说，现在人人都可以参加高考，都可能考上大学去城里当干部、当工人后，村民们听得真如"天花乱坠、醍醐灌顶"了。

男人们聚在一起，掰着手指算着谁家谁家的儿子应该考上大学，某家某家的儿子应该考上中专！仿佛那是再正常不过的事了，就像上一次山、采一回果子一般！

女人们对说媒那是最感兴趣的。当那些忽然开窍、摩拳擦掌的"秀才"们准备应试时，她们就已经盯着谁家的女子应该赶紧许配给某家的儿子，免得到时候赶不上趟而拍红大腿！！女人们公议的结果是：考上大学的后生们聘礼全免、考上中专的后生们减半收取！

受到姑娘热辣辣目光刺激和自我感觉膨胀的"秀才们"，聚而登程，肾上腺素分泌加剧，鼻孔一张一翕，脸色泛红而去。三天后脸色灰白，正像村里那三座"秀才第"门楼上年久的砖瓦一般颜色！两年过去，村里一个也没有考上。

村民们不明白什么是数理化，弄不清楚2%的上线率意味着什么，更不理解识字已经不少的高中生们，为啥考不上大学。只有学生们自己心知肚明，但谁也不愿意把这事说出来！荒废已久的学业与"工农兵三结合"的教育体制下，他们能学些什么呀？考不上才是正常现象，考上一个那才是奇哉怪也。

后来，镇上监考老师从县里回来后，慢慢传开了"老前辈们"在考场的绝技！

一位"前辈"在回答：中国的四大发明是什么？大笔一挥：大鸣大放大字报大辩论。监考老师叹息连连。

一位"前辈"在回答：山西省的简称是什么？想了半天写上了一个字：醋。监考老师喷饭而出。

我上高二时，有一古文《游褒禅山记》，带语文的张老师笑称1977年的高考翻译题就是这一段："夫夷以近，则游者众；险以远，则至者少……"有"前辈"翻译：姐夫小姨子游公园，人多的地方就离得远点儿，人少的地方就走近一点儿。这个笑话流传很广。

但我记得最牢的还是县里考点中一位考生，看着满篇的数学题，无从下手，在答卷上写下的一首打油诗：

本无真学才
家长逼着来
白卷交上去
鸡蛋滚下来
恢复高考好
明年我再来

如此作答，坦坦荡荡，倒也不失前辈风范。

还有一位"前辈"，也不知出于什么心理作用。在化学答卷上，写下这样的句子：这些题我不会做，但我知道熟生牛皮的方子……阅卷老师也幽默，批字：我用不上，零分！

乡里考上的学生，如明星一般，祝贺的亲戚朋友如赶集一般。

村里的考生们，这几年倒真是下了苦功夫，无奈有些如秋后的黄花，确实也是力不从心。家里大人一看，只好长叹一声：坟里没有脉，门里没有财，命里没有官啊。每年高考之前送行的话，也从最初几年的：一定要考好！一定要考上！慢慢变成了：有智吃智，无智吃力吧！更有放弃者，干脆扔下一句：打不下粮食，把口袋背回来！！

女人们看着这些后生，每天晚上半夜啃书，一复习就费一灯盏油，不知是因为怕费油还是怕熬坏了孩子，经常催促学生们早睡！在人前时常唠叨：呀，考一场试，娃娃们掉一层皮啊！结果还真让她们给言中了，1981年，我参加高考那一年，终于有一个扒光了皮的，还没有赶得上进场子，人已经在镇上"赤条条来去无牵挂"地开始溜达了！

高考那些事（二）

1979年冬，我初中毕业了，参加了第一次高考，考中专。

那时中专与高考同时进行，但只在省内招生。数学、物理、化学、语文、政治五门。我考了279分，当年的录取分数线为275分。上线了，但没有走成，据后来传说被人顶替走了，我不知道。

其实，真的无所谓。

没有走成的我，去镇上的中学里读高中。

镇上中学离家十三里山路，每天早上五点往镇上走，每天回到家里星星已经满天了。天天如此。

1981年，我高中毕业了，16岁不到，傻乎乎一个乡下孩子，就又去县城参加高考。

我考的理科类，有数学、语文、物理、化学、生物、政治、英语七门儿。镇上的中学有两门没有开，英语是没有老师，生物是老师不讲，自学。

英语高考就没有报名，所以也没有进场子，后来，我后悔得肠子都青了。只要画对一个钩！后来的情况大不一样了。英语总分五十分，一分没得。

后来，我想，那时的我，缺少一点：脸皮。

现在想想，就是一点都不知道，写完个人信息，再乱画一排子，比如像后来中级职称考英语，不管几个选项，只认准一个！全C！还对了十几分哪。

那是1996年，C级财经类嘛，后面还有一大段的翻译。

考卷一下来，就问后面的一MM："哎，写完了给我抄啊！"

那位MM一脸的惶恐："我也不知道啊。"

"那好，全选一样的吧，你看哪个字母顺眼就把那个写上吧，我选 C 了啊。"

"那后面的翻译咋办？我这里有字典。"

"不用！反正也弄不全，哎，我认识一个词：kiss。唉，这么多 kiss 啊，也不知道谁把谁给 kiss 了。"

坐得实在无聊，前后张望。看见前面第二排的一小伙答得多，隔着三排小声喊叫了一会儿，那小伙似乎认识我。点着头儿。赶到那小伙要离开时，刚要把卷子传给我。不料前面的一个美女唰的一下！没收到她那里了！

抢食也不是这样一个抢法儿啊。但她已经压住了。眼看快要交了，我知道努力也是白费，主动站了起来，还举起了手："老师！"

监考老师过来了。

"我揭发！前面这个女的一直在抄别人的答卷！"

冷清的考场突然爆场！在全场的大笑声中，监考老师的小脸气得通红："严肃一点好不好？！"

"切，我揭发也不行啊，嘿嘿，交卷吧。"

40 天后，成绩下来了，17 分儿。

要是高考期间能勾上 3 分！嘿嘿嘿。

高考时，生物总分 30 分，我得了 8 分。还不错。

政治考试，时事政治占了一半，中学里没有什么时事，只有一本书：《社会发展简史》(资本主义部分)，高考成绩 43 分！

其余各科考了多了，我记不清了。但那年大学录取线：340 分！我高考成绩 339.2 分。

名落孙山。

选择只有两个：要么上中专，要么再等两年，因为第二年不让再参加。

我选择了上中专。爸爸说：这碗饭虽然不稠，但比乡下当农民强。

16 岁不到的我，背着行囊离开了家乡，去了西安。

若干年过去了。

有关高考的一些细节基本记不清了,但有两个人的事,却历久弥新。

新雨,是我高中时的同班同学。

平时成绩一直很好,经常在全级三个班中列前十名。那个预选,成绩也很好。入选高考。

但每逢大考,新雨总是过于紧张,考前三泡尿!几乎成了新雨的标志性事件。

我们高考的地点:秦安县二中。快进考场了,就见新雨满面是汗,我问:"你是不是病了?"他摇着头再没有说话,扭头就往厕所方向奔去了!

我知道,他肯定完了!

乡下人说话:三泡尿把真气给尿没了。

临场,考的是什么?是心理!心理过于弱的,在这样千军万马齐上阵时,就是一种玩命的姿态!扛不住啊。后来,新雨连着考了五年,最终,还是歇下了。

小强,又黑又高,临考前,刮了一个光头,一看那架势,跟香港电影中的老大差不多。

他上考场更绝。

我们都没有手表,也不知道时间,全靠问考场的老师。

他不,上场时,他手里提着一个闹钟!我们都很惊讶,一直没有发现。他可得意了,哼,瞧见没,时间是定好的!我们真佩服他的远见。

可差点儿让监考老师给轰出来。

那时的考场真是安静呀,静得让人喘不过气,就只能听见小强的小闹钟的秒钟一下一下响。嗒!嗒!嗒!旁边的几个考生实在忍无可忍了,站起来就告发。监考老师也觉得打扰其他考生,要拎出去。

小强不干了,和监考老师对上火了。他的理由也很充足:准考证上没有写不准带闹钟啊。

最后由巡场老师协调后拍板,放到前面的监考桌上。

那时,乡下的学生都没有手表,只是埋头在答题。

离终场还有十五分钟时,正是紧张的时间,小强的闹钟:丁零零……我的天!当时考场就乱了!考生们以为时间到了!当时有几个女生就开哭了。监考老师也是大吃一惊，还没有到时间啊，原来是小闹钟闹的！赶紧安抚考生的情绪，哈哈哈，这一闹，考生们还哪有情绪坐下来。

这场考完后，让几个外乡考生把小强打了一顿。

在马家店里，我们一边安抚小强，一边埋怨，你定那么早干嘛呀，小强说，他要让闹钟提醒他，还有十五分种了，得赶紧检查考卷！

高考那些事儿（三）

明天 6 月 7 日，又一年的高考日。

距离我参加第一次高考已过去整整 40 个春秋了。

40 个寒来暑往，40 年日月轮回！无数的莘莘学子通过高考这道门槛而进入大学的学堂，开始人生新的征途。

全国高等学校统一招生考试！对于这个词，现在看起来是那么平平常常，甚至于有时让人觉得无可奈何。

家有高考学生，不敢有任何的大动静；不敢高声说话；不敢看电视；对于朋友亲戚的问候都会引来几声长吁短叹——唉，人家的娃娃学习咋那么好哪，人家的爹妈是如何制造出来的！！

父母之心，人之常情，都是可以理解的。毕竟都是平常人家，望子成龙、望女成凤之心哪个没有？谁也不要笑话谁！大学毕业、硕士博士就是起点比别人高嘛，以后出人头地、事业发达的概率比中学毕业总是机会大得多多了吧。

所以，高考成了一道槛，一条途径，一条看起来很光明的途径。

高中者，欢天喜地，大宴亲朋，大肆炫耀，唯恐天下之人不知；落榜者，愁眉苦脸，长吁短叹，怨天尤人，就怕别人问起此事。能跨过这道槛的毕竟不多，而能考入名牌学府者更是寥寥无几，所以，年年高考成了学生的"分水岭"，家长的"受难日"。慢慢地，高考成了一块心病，一块社会的心病！于是乎，挞伐者有之，骂世者有之，诅咒者亦不少。

世间万象，完全正常。

但回过头来看，恢复高考！在 20 世纪 70 年代末，却是人们从来没有想过——压根儿没有想也不敢想的事情！一件影响中国社会方方面面的大事情。

因为这件事，影响到了甚而至于改变了中国现代化的进程。

在70年代末，敢想敢做又能做到此事的，偌大中国唯邓公一人而已！

伟哉，邓公！

食与药

友人喜佛，每逢初一十五常去红螺寺隆福寺拜佛听经，余常忧之。劝导再三，然终不可释也。

经年喜食素，体弱而神衰，加事事烦杂，听经迷性，动辄妄言祸福因果，恐其移性，然苦无良方也。近读纪晓岚先生《滦阳消夏录》五书，虽托言妖狐鬼怪之事，其大旨要归于醇正，欲使人知所劝惩。"隽思妙语，时足解颐。"此段借守藏神之语，评三教之实质，诚以为入木三分矣。盼友人能观其文，查儒如五谷，一日不食则饥，释道如药，不可常服为患之妙论！特全录如下：

东光马大还，尝夏夜裸卧资胜寺藏经阁，觉有人发其臂曰：起起，勿亵佛经。醒见一老人在旁，问汝为谁，曰：我守藏神也。大还天性疏旷，亦不恐怖，时月明如昼，因呼坐对谈，曰：君何故守此藏，曰：天所命也。问：儒书汗牛充栋，不闻有神为之守，天其偏重佛经耶？曰：佛以神道设教，众生或信或不信，故守之以神；儒以人道设教，凡人皆当敬守之，亦凡人皆知敬守之，故不烦神力，非偏重佛经也。问：然则天视三教如一乎？曰：儒以修己为体，以治人为用；道以静为体，以柔为用；佛以定为体，以慈为用。其宗旨各别，不能一也。至教人为善，则无异；于物有济，亦无异。其归宿则略同。天固不能不并存也。然儒为生民立命，而操其本于身；释道皆自为之学，而以余力及于物。故以明人道者为主，明神道者则辅之，亦不能专以释道治天下，此其不一而一，一而不一者也。盖儒如五谷，一日不食则饥，数日则必死；释道如药饵，死生得失之关，喜怒哀乐之感，用以解释冤愆，消除拂郁，较儒家为最捷。其祸福因果之说，用以悚动下愚，亦较儒家为易入。特中病则止，不可专服常服，致偏胜为患耳。儒者或空谈心性，与瞿昙老聃混而为一，或排击二氏，如御寇仇，皆一隅之见也。问：黄冠缁徒，恣为妖妄，不力攻之，不贻患于世道乎？曰：此论其本原耳。若其末流，岂特释道贻患，儒之贻患岂少哉？即公醉而裸眠，恐亦未必周公孔子之礼法也。大还愧谢，因纵谈至晓，乃别去，竟不知为何神，或曰：狐也。

嘿嘿，村长释意可能有点儿那个。这样啊，我理解纪晓岚先生讲：佛家也好，道家也好，都是以修己为本，及物以余力。宗教的本质也在于此，而儒家是入世之学，以治世为目标。所以，儒为主，其余为辅。宗教对于解释不能解释的事比儒学更为方便，而生活还得以儒学为宗。生死、抑郁、病灾等事人人才会求助于宗教。所以，儒学好比是饭食，宗教好比是药物。饭可天天吃，而药不能天天吃。天天吃药反而会患病。一家之言，信与不信，全在自己。

电 梯

记不清第一次坐电梯是什么时候了。

我记住电梯，那是在1984年还在西安上学时。

美国有一家杂志上登了一个征文启事，讲的内容是：有一个人，住在40层的公寓上，这个人有一个习惯，每次下楼时，坐电梯总是一次就下到一层，但每次上楼时，总是先坐电梯上到20层后，再下了电梯走楼梯，从20层爬到40层。杂志社就此事向全国读者征求最接近真相的答案，结果二十几万份答案竟然只几个人得奖！后来知道了这一答案，就总想找个机会进电梯去瞧瞧，想体验一下坐电梯的感觉是什么样子。

1994年，村长去兰州，登了个兰州东湖宾馆，原先好像叫个庆阳驻兰州办事处吧。这个记得不清了。在大堂里，有个电梯口，我站在那里，用手摁了一下那个三角形的按钮，灯亮了！手一抬，又灭了！再按，又亮了，再抬手，又灭了！！这个东西也欺负乡下人！按住就没有抬手！一手累了再换一手，我心里说，难道比从井里吊桶水还累吗？谁知电梯门忽然开了，铃声大作中，冲出来一个大姑娘，一口兰州话就收拾我了："那你是神经病哟，按个一下就对了，那一直按下做啥啥？那你听哟，里头那是个电铃哟，做得我耳朵都快聋了么！！那还按住干啥？！"唉，原来是个老式电梯，里头还有一个人专门开电梯。

嘿嘿，我是个乡下人！

1996年，又去兰州，在小西湖一个高层楼上，坐电梯下到了一层，出了电梯就晕了，死活找不到出门的路了！转了好半天，碰到一个厨师，告诉我，到了地下一层！又折到电梯里，才看清了，原来写个"B1"！

我不懂洋文！

后来，天水的电梯慢慢也多起来。我坐的次数也多起来了。

2000年，去上海开会，住上海国际会议中心。一觉醒来，天亮了，下去一楼吃早餐，坐电梯下来时，才细细看那个透明的观光电梯，好！嘿嘿，忽然进来一个高个子老外，一进来就冲我笑笑："咕得冒宁！"当时就傻在那里了，我记不清我笑没笑，但肯定没有敢回话儿。那一天就在想，坐电梯应该也有电梯里的礼貌！

嘿嘿，我从内地来！

从上海回来，我脑海中常有那个老外的笑脸和问候。有时总想学学老外的礼貌，但每次有机会坐电梯时，电梯间总是人很多，不好意思开口。

有一回，去宾馆找一同学。进了电梯，我一人，后来进来了一人，忽然想起了，我推了推脸上的笑容，很礼貌地问了一声："你好！"那个中年男人死鱼般的眼睛盯着我！半天才说了一句："你的，日本人？！"不知是羞愧还是尴尬，我再也不想开口了！

唉，谁让我问的是一个同胞哪！

还有一回。电梯中三个人，我进去后按了自己要去的楼层后，转身问一个中年男人和一个女人："请问去几层？"无声无息中，背后伸来的手，又各自按了要去的楼层。

嘿嘿嘿，多情的我碰上了生分的人哪！

后来，经常坐电梯，新电梯，老电梯，大电梯，小电梯，慢慢地熟悉了电梯中的各种指示。也看惯了坐电梯的人。

习惯了不认识的一本正经，习惯了熟悉人的打打闹闹，习惯了自己按自己要去的楼层，也习惯了上来后才问"电梯是上还是下啊？"这样一类的问候。忍受得住脊背挨肚皮式的拥挤，忍受得了在电梯里卖弄式的打手机，忍受得了双手掰开电梯等候同伴的执着，这些，我早已经麻木了，学会了。学会了对第一次坐电梯者投过去一个不屑眼神，学会了向微笑问候者表达莫测高深，学会了只动手不开口的那种冷酷风度，我学会了做一个城里人。

电梯，一个小小的空间，人，站得那样近，心隔得那么远。

笑着面对生活

央视主持人白岩松在电视直播中讲了这样一件事：

一名汶川地震幸存者被俄罗斯救援队救出后，记者采访他感觉怎样时，幸存者用四川话回答："地震好凶噢！老子被挖出来时看到外国人还以为把老子震到国外了！"有网友建议授予幸存者2008年度最幽默最乐观特等奖。

今天再次读到这则笑话时，让村长感慨不已。一场罕见的特大地震夺走了几万中国人的生命，几十万人流离失所，几百万人露宿街头，震动了中央高层，震撼了13亿中国人的心灵，无数的中国军人、公安人员、医生、志愿者组成了浩浩荡荡的援救大军，日夜奋战在震区。这是一场怎样的"战争"啊！到处是人畜的尸体，到处是倒塌的楼房，爷呼娘、母唤女，惊慌疲惫之后又转身去用双手刨挖压在下面的人。挖出一具尸体放一串鞭炮为死者送行，鞭炮一串接着一串，泪水流了一行又是一行。人们麻木了，不会笑了。当我们在电视上看到，共和国的总理在砖头瓦砾上一手提着孩子的鞋子，一手拎着孩子的书包时，江河呜咽，青山肃穆，人们都深深地陷入悲痛之中，13亿人失去了笑声。死者已逝，生者当强。

面对如此的灾难，生活还得要过下去，让活着的人活得更好，才能让死去的亲人在天堂里不会哭泣！我们在担心，世界在关注，中国人能挺住吗？中国人有信心吗？能够面对如此的灾难吗？是微笑面对苍天还是垂头对大地？这位在废墟里埋了50小时的四川汉子用这样的"粗口"做了最好的回答！

向乐观坚强的中国人致敬！向四川同胞致敬！向这位大哥致敬！谢谢你，在我们哭了好多天的时候，你用这样的"粗口"让我们终于笑了一次！！

过 年

门首斑驳的残片
像我的脸
新刷的红纸
给沧桑染上一层喜色
伴着老去的脚步
迈进新的一年

在高处炸裂的爆竹
如记忆一般
一片 一片
零乱地铺在眼前
唤起过去的璀璨
指示着人生的彼岸

腾腾的雾气在室内盘旋
五味俱全
折射出人生的甘苦
如梦如幻间
仿佛看见童年的我
那张菜色的脸

窗外穿梭的车流
行人匆匆的脚步

稍不停缓
如我的心情一般
顽强地编织着一个个
团圆的心愿

墙角的时钟
如岁月的磨盘
一圈 一圈
我疲惫的步态
如时针般缓慢
是不安的秒针
催着我向前

只有窗台那盆花
像孩子的脸
红润而灿烂
长高的个头
承载着希望和祝愿
啊，他长一岁
我又一年

村里人起名

村里读书人少，所以给孩子起名是随心所欲，尤其是小名儿，更是稀奇古怪。

尽管有些古怪，但细细想来，还是有规可循的。

第一类名字是有纪念意义哩。纪念什么？纪念生的时辰或者方位、地点。如南房生的叫南房娃、北房生的叫北房娃、子时的叫子生、下面诸如丑生、寅生等等。还有叫仓生的，什么意思？他妈一不小心给生到仓库了呗。

第二类是"精神免疫"——与小动物或大牲畜挂钩！因为乡下人认为给孩子起个贱名好养活！如狗儿、鸡娃、笨牛等等。这类的小名最多。

第三类与当时的政治挂钩。这些大多数是50年代、60年代、70年代的通用名儿。如土改、文革、援朝、保国等等吧。

第四类是用孩子的名字表达一种愿望或是梦想的，如满仓、来福、招弟、生财等吧。稍有些文采的名字，多数是老师或者是阴阳风水先生起的。

有的人家给孩子过满月时请一个阴阳风水先生，先报生辰八字算孩子命里缺啥，如缺水就沾着水字边儿，如缺土就沾个土字边儿。当然也不是家家都如此啊，要不然那时也不用请什么阴阳先生来算，六七十年代的全国统一缺吃的，全沾"食"字边得了。

以上这些全是男孩子的起名办法。但最通用的，按生的顺序来叫：如张老大、王老二、李老三之类的，一字儿排开，生到第几算老几！省得别人弄错了排号次序。

女孩子的名字基本上靠近花、粉、彩、霞。在乡下人看来，这些是最好看的。

从乡下出来到城里的人，或是当兵，或是当工人，在报名时就再起一个大名，当地人叫"官名"。这是一个生刻图章、死刻墓碑的大名儿。但也有直接从小名移植过来的。

1990年时，我在财务科上班。那天快中午时，有一个乡下女人，带着一个孩子，孩子有十岁左右。推门儿进来了，我问她找谁？她吱唔着说要找孩子他爸爸。我问他是哪个车队的？她也说不清，让我查查。我耐着性子对她说，这个公司有3000多职工哪，最好到车队上去查。一想车队离这里都有好几公里，最远的20公里。就问孩子他爸叫什么名儿啊。

她说孩子的爸叫张二狗。

我细细地翻阅各车队的工资花名册，怎么也找不到一个叫张二狗的。

她突然说了一句："孩子他爸进城了，可能叫的是官名儿。"

我白了她一眼，"为啥不早说哪。官名叫什么？"她脸色一红，"说真的不知道。村里都叫二狗。"

正没开交时，刘科长推门进来了。刘科长问是什么事，我就说找不到一个叫张二狗的人。她说她男人叫张二狗，在哪个车队也不知道，正找哪。

刘科长哈哈一笑。"什么张二狗？！就是三队的张二犬呗。与我一起到车队报到的，二狗是小名，报名时自报官名：张二犬！"

一查，果真。狗是俗语，犬是正名。他也移植了。

从我们村跟着九龙山往山里30里，那地方给孩子起名挺有意思：孩子刚出生，就去村里听声音，听到什么孩子就叫什么！其中有一个故事，流传很广。

说有一家人吧，儿媳妇要生产了，老公公非常重视，听产房里孩子第一声啼哭，就马上让儿子出门到村里去听。

儿子刚一出门，迎面就过来了一个货郎，一手摇鼓，一面高声叫卖："脸盆！谁——买——脸盆——啊！"

儿子一听赶紧回来给老爸汇报，如此这般。临了加上自己的嘀咕："给娃起名嘛，咋能叫个脸盆哪。"

老公公一听就训了一通："这是祖传嘛！我的名字也不好听，活这么大年纪了，不也是一辈子人嘛。名字，不就是个记号嘛。"

孩子从此名儿叫：脸盆儿。

脸盆儿长到五六岁时，又要生老二了。这回男人得了经验了，老早让人把住村口，不让货郎进村。

老二刚一出生，男人就到村里去听声音。

从村头到西头，什么也没有听到。心里嘀咕这孩子得什么名儿哪，咋一点声音也没有啊。忽然就听到一个院子里两个女人骂街。

男人一听扭头就跑。回去半天不说一句话。老汉急了，问听到什么了呀？男人说两个女人骂街。

老汉傻在那里也没有主意了。

村里人乐得合不上嘴，老人们一商量，孩子的名儿由老师来起。

马故事

　　莲花人叫的"马故事",外地也叫"马社火"。是流行于陇右黄土高原上的一种传统民俗文化活动。马故事就是骑在马、骡、驴背上表演神话传说与民间故事的社火。其起源已不可考,据说由于陇右属秦人祖先牧马之地,秦人兴于陇右游牧,盛于关中农耕,秦人畜牧、农耕与战争都离不开马。另一方面,社火是民间每年祈福纳吉、祈求丰收最为重要的风俗之一,人们参与积极、观者众多,于是将社火搬于马上表演的形式就逐渐形成,久而久之,形成了一种固定的表演形式,就是今天的马故事。

　　由于马故事装扮相对简单,莲花乡村都有表演队。一为祈福,二为热闹。演员装扮成秦腔戏剧中的主要人物或神话传说的人物,骑在马上,不说不唱,一人一马。在马背上的演员手持不同的道具(把杖),每个人姿势固定,依序排列,不能变动。人们从表演者的脸谱、道具和服饰中可知道扮的什么角色,讲的哪个故事。如《三请诸葛》四个人物:诸葛亮、刘备、关羽、张飞。诸葛亮排第一,羽扇纶巾,表示未出茅庐;倒骑向后与刘关张三人分出尊卑。后面的刘关张均英雄打扮,刘备挂剑,关羽持青龙偃月刀,张飞持矛。观者一看,就知这一折马故事讲的是三请诸葛的故事。一个故事,就是一折社火,这就是马故事不同于其他民间艺术之处。

　　马故事的马匹,是各村各户农民自己饲养的。在确定每一折要装扮的马故事需要的马匹数后,挑选高大矫健的马匹,在演员化妆(勾脸)与打扮的同时,也给马装扮,除对鞍辔进行装饰外,还要在马头上挂红,马额上扎饰"圆镜",马脖上挂上铃铛,显得威武无比。谁家的马能选上都是一件很荣耀的事情,主人家会赶在天亮前喂饱马。为防止燃放鞭炮惊跑马匹,每匹马须专人看管,一般是马的主人牵着,自家的马高大剽悍,马主人喜气洋洋,面子十足。村里马不够时,骑骡,也有一些小村子马和骡不足时骑驴充数。

演员的服装是因陋就简，有秦腔剧社的村子，服装道具齐全，一些没有剧社的村子因条件所限，租借或临时赶做。

与马故事的简陋服装不同，马故事的脸谱十分讲究。

马故事的脸谱与秦腔脸谱又有区别，由于马故事是"哑剧"，以人物的容貌和性格特征出发，用日月纹、火纹、旋涡纹、蛙纹等纹饰的不同组合表现人物的性格。开脸严谨，用色讲究。仅脸谱的谱式就有很多种，如：对脸，破脸，碎脸，悬脸，转脸，定脸等，最常见的是对称形和旋转形两种。用色有定规：民间艺人还专门编有口诀："红为忠勇白为奸，黑为刚直灰勇敢；黄为猛烈草莽绿，蓝为侠野粉老年；金银二色色泽亮，专画妖魔鬼神判。"画眼诀里又分顺眼、吊眼、环眼、三角眼、雌雄眼等。画眉诀里有卧蚕眉、梳子眉、吊勾眉、瓦眉、疙瘩眉、兽角眉等。民间艺人根据不同人物进行不同的脸谱设计，以极度夸张变形的艺术手法，加进象征性、寓意性的纹样，来表现人物不同的身份和性格。

马故事的演员，在解放前均为男性，随着时代的进步，马故事的演员不再局限于男性。因为表演时间长、姿势固定而又手持道具，非体力好者不能胜任。

马故事在表演前，会在村里的神庙进行祭祀仪式。参与马故事表演的演员要在清晨起来净脸、化装。化装好"身子"，在上马前要在本庄神庙前烧香磕头鸣炮，叫"请神"，"请神"完毕上马，在庙前进行的首场表演叫"告庙"，告庙之后才在本村进行串户演出或去外村表演。马故事队表演时，由锣鼓队带头，马匹列队依次紧随其后。锣鼓锵锵，彩旗猎猎，马铃叮当，人声鼎沸，前呼后拥，浩浩荡荡。挨门串户，家家鸣炮相迎，叫"接马故事"，随赠送烟或钱以表支持之意。莲花镇上商业店铺多，一般店家在接马故事时，会选装扮精彩的马故事队的头马，在马头上挂红布或红绸，叫"挂红"以示称赞。

在20世纪八九十年代，各村都有出彩的马故事让人们称道，其中以郭河、冯沟两村装扮的马故事最好。

莲花镇，鸡鸣三县之地。周边各村包括静宁县与庄浪县的马故事队，在正月十五均在莲花交流演出，在 20 世纪八九十年代，年年都有一百多家马故事队在莲花镇演出，盛况空前。无论庄大庄小，村贫村富，均以在莲花镇能演出马故事为荣。记述一事，在改革开放初期的 80 年代，人们物质生活贫乏，静宁县的宋家阳坡村装扮马故事在莲花镇演出，当地无骡马，改骑马为骑牛；没有戏曲行头装扮其身，腊月数九寒天，以黑炭涂体；头饰蜗牛壳和羽毛，麻草结衣，装扮成上古人类，鼓声咚咚，人气昂昂，马故事名曰：三皇治世！莲花镇数万群众彩声大起。以创意之独特掩饰生活的窘迫，然其精神又将土地承包之后农民的昂扬向上之气展示无遗。莲花镇离大地湾不过 30 里，弘扬文化，不忘祖先，其意思深远。

近些年来，在莲花交流演出的其他县乡镇马故事队，以静宁宋家阳坡、老虎湾、庄浪疙瘩寺、马家川，霍李家、五营汪家寺装扮的马故事最受人称道。

莲花马故事的故事内容，多来自传统秦腔戏，如《黄河阵》《回荆州》《花亭相会》《游龟山》《出五关》《火焰驹》《升官图》等等，多是节选其中片段，有"关羽保皇嫂""单刀赴会""桃园三结义""四人灵官""刘海撒金钱"等折子戏，演忠孝节义，劝子弟上进，祝百姓平安。

进入 21 世纪以来，由于农业机械的普及和交通运输业的快速发展，莲花各村原用耕地与交通的马骡驴等牲畜急剧减少，多数村中已无法凑足装扮马故事的大牲畜，演员改骑马为步行，以"走故事"的方式在传承这一古老的民俗文化。

耍狮子

耍狮子作为一种传统的民间舞蹈，在莲花各村十分盛行。

耍狮子，也称舞狮子。耍狮子起源于南北朝，盛行于明代，距今已有一千多年的历史。唐朝白居易在其诗作《西凉伎》中对耍狮子有形象的描绘：

西凉伎，西凉伎，

假面胡人假狮子。

刻木为头丝作尾，

金镀眼睛银帖齿

奋迅毛衣摆双耳，

如从流沙来万里。

现今耍狮子这项中华民间传统已走向世界，是世界各地华人在春节或重大节日最热闹的节目，也是推向世界的一张中华文化名片。

一进腊月，各村都扎狮子。狮头是用竹子、木头、布、油漆扎制而成，狮头上颌固定，下颌可动，由把头的耍狮人在内操控，开口张口，操作自如。狮子项下一串铜铃，用布、麻、毛、木棍等材料做成狮身狮尾。与南狮的精巧相比，莲花各村的狮子虽然制作粗糙，但人们却一年复一年、一辈接一辈地传承这一民俗，是因为人们相信狮子它可以驱邪避祟。将门墩、屋檐、年画上静止的狮子艺术形象活起来，走进千家万户、大街小巷，让狮子镇宅旺宅、祈合家安宁、盼五谷丰登。

模拟狮子行为的舞蹈，就是耍狮子。莲花各村的耍法基本相同，有两人耍的大狮子，有一人耍的小狮子。两人耍的大狮子，一人把头，一人做尾，把头的人腰间系一红绸，做尾的人牵着红绸子配合把头的亦步亦趋，腾挪辗转。每个耍狮人将双腿用狮身一样毛套筒装饰成狮腿，整个狮子看起来浑然一体。

每个狮子队，都有一个引狮人，武生打扮。红布束腰、青帕裹头，足蹬快靴，手拿绣球和鞭杆，在狮子前头引导，并先开拳踢打、蹦蹦跳跳，以诱狮子起舞，引得狮子张牙舞爪，忽而翘首仰视，忽而回头低顾，忽而卧地匍匐，忽而摇头摆尾，基本动作有舐毛、擦脚、搔头、洗耳、朝拜、翻滚、跌扑等，在引狮人的引导下表演狮子出动、狮子下山、狮子滚绣球，惊险一些的动作有上桌子、过天桥，也有诙谐的如下小狮等，其动作活泼逼真、惟妙惟肖。以锣鼓伴奏，节奏有时激烈、有时轻缓，十分热闹喜庆。

在20世纪六七十年代，物质生活极其贫乏，文体活动更为稀少，人们一年到头在生产队里忙于生产，加之当时极左思潮认为耍狮子等属于"四旧"，耍狮子的活动难得一见。改革开放之后，人们生活有了极大的改善，每年到正月或节庆日，各大村都有耍狮子的班子，或在场院或沿公路，敲锣打鼓耍狮子，贺新年，庆丰收，舞太平。

近几年，莲花耍狮子的民俗活动，受电视与互联网等新型传播媒体和新兴娱乐活动的冲击，规模有些减小。但随着国家对非物质文化遗产的保护力度逐年加大和莲花人民的喜爱，耍狮子这一传统民俗活动在莲花会代代相传。

跑旱船

莲花镇地处西部内陆干旱山区，有河无湖，但当地老百姓每逢过年爱玩旱船，当地叫跑旱船。

跑旱船的最早记载见于唐朝，兴盛于明清。莲花镇各村都有旱船的表演班子，一般情况下，以耍狮子开场，也叫打场子。狮子打开场子后，旱船表演开始。旱船表演的伴奏乐器以锣鼓钹的打击乐为主，辅以碰铃（甩子）、三弦、二胡和唢呐，在表演中间还有船歌伴唱。节奏明快，曲调委婉，在演唱激越之处，唢呐引领，有浓郁的地方特色。

旱船骨架依船的外形以竹、木扎制而成，下围彩布或绘有水纹的棉布，上层船楼饰以红绸、纸花、彩灯、纸绣球等饰物，舱前悬一明镜，相传可以辟邪趋吉。

表演队伍人数可多可少，一只旱船六人以上组成。旱船的两侧各有两名帮船的姑娘，手持蜡花，边扭边唱。旱船的前面有一"老汉"扮作船工，也叫老艄公，手持船桨引船。旱船在表演过程中，始终由艄公引领指挥。

旱船船舱中有一位女子，当地人称："船姑娘"，粉饰打扮，衣着艳丽，其肩上有红绸与船相连。顶船时，肩上红绸系着全部旱船重量，船姑娘两手握住船帮以平衡左右，不致旱船不平。船头船尾置两盏红灯笼，在船姑娘的面前有一双红绣鞋的假小脚，盘腿而坐的小脚与船姑娘的上衣相连，远远看去，好似美丽的船姑娘盘坐船舱之中，上下颠簸，十分好看，其实整只旱船来往穿梭、上下舞动，是船姑娘在跑动。所以叫跑旱船，就是一个字：跑。

旱船表演中有拨船、摇船、跑8字、搁浅、起船等基本动作，也有如两船相撞、斗嘴斗气、风起浪涌等情节设定表演。

旱船在场子中间时，只有船姑娘顶旱船与艄公在表演，表达的意思是船在水面，以碎步快跑为节奏，显出船在水面快、稳、漂、转的特点，一旦旱船靠岸边时，帮船姑娘分立船侧，一手持花、一手持蜡（莲花城人俗称白菜灯笼，羊油灌蜡，中有灯芯，外有形似莲花的六瓣白菜），十字步法扭动身形，伴唱船曲。

莲花各村的旱船船曲以当地流行的山歌、小曲为主，主要有《十二个月》《十里亭》《高高老》……

其中《高高老》最能代表莲花地方特色，是莲花独有的一首民谣。

《高高老》行腔高亢，曲调苍劲而委婉，自然流畅而节奏铿然。与其他各地的山歌有明显的区别。是勤劳智慧的莲花人民用心血结成的美丽奇葩。

司仪（一）

我当司仪已经十年了。

第一次当司仪是被逼无奈，在"运输总公司"时，那时村长是"总公司的财务科长"。

8月15日，这天记得特别清楚。

那时，社会上没有专业的婚庆公司，也没有专业的司仪。

14日这一天，办公室主任急匆匆地走进俺的办公室。说他儿子明天要结婚，其余的啥事也都准备就绪了，但有一件事儿，别人办不了：司仪！他没有办法了，想来想去，只能请我来做司仪。我一听，这事儿我也没有办过啊！他好一通劝，他的理由有三，一是俺嗓门儿大，也上过大大小小的舞台，不会怯台，声音亮啊（嘿嘿，村长跟着一教授学过15天声乐，咱一戏剧男高音却只能配在这里放光了，不过，那时，中国的美声之王刘维维还在北京歌厅里伴唱哪，村长这有多大亮啊）。二是俺比较懂得古礼儿，嘿嘿。

这其三嘛，俺是财务科长啊，身段不行但身份也与他般配啊。这不是显得大家伙儿团结嘛。

没办法，只得领受下来这一任务。

但这绝不是一件简单的差事！

现代人对结婚这事，相对宽容多了。在中国古礼中，结婚是大事，双方得请阴阳先生按双方的生辰八字来推定日期。生辰八字或者说八字，其实是周易术语四柱的另一种说法。

四柱是指人出生的时间，即年、月、日、时。在人用天干和地支各出一字相配合分别来表示年、月、日、时，如甲子年、丙申月、辛丑日、壬寅时等。每柱两字，四柱共八字，所以算命又称"测八字"。把两人的八字按阴阳五行属性之相生、相克的关系，推定哪天结婚。一些大节是不宜婚嫁的。俺为啥记住了第一回当司仪的日子哪，因为，这一对儿是要在8月15日结婚，这是大节啊。古人古礼是不宜结婚的。嘿嘿，封建的东西，扯远了啊。

接送新娘子的程序中，确实有些是封建的东西，有些就和封建扯不上，是图吉利，找谐音。比如啊，跨马鞍、迈火盆，就不是封建的，是图吉利，讲个平平安安，红红火火。但忌讳什么属相可真就是封建迷信哪。其实，结婚的程式倒不是封建的东西，而是中国的传统。清除"四旧"时把这个也清除就叫矫枉过正！那时就叫革命化婚礼。为什么说是传统哪，你瞧瞧婚礼中的安排程式就明白了。

新郎新娘首先来到天地桌前，为什么叫天地桌哪，古时在桌上供有天、地牌位。第一次行礼是拜天，第二次行礼是拜地，第三次行礼是拜父母。你说这是不是封建哪。不是啊。人生天地间，身是父母生，儿女到了成大礼的年龄，给天地父母行个礼怎么能是封建的东西哪。

接下来夫妻对拜后。古礼就全了，在天地桌前没有其他的节目。到了洞房里才喝交杯酒、吃什么子孙饽饽长寿面，在洞房里的仪式叫合卺之礼了。嘿嘿，至于在洞房里还干嘛？这个村长不讲啦。

到了现在，好了，快节奏啊，一切在明面上干完，还现代时尚了不少，加上了领导讲话，双方亲属讲话，发结婚证，交换信物，喝交杯酒，改口发红包则完全是市场化了，比较有意思的是地方上的风俗。

天水这地儿讲究在这场合闹阿公阿家（公公婆婆），阿公阿家在这时要穿上花衣服或是戏装，抹一个大花脸，扮作丑角的形象。天水地方方言戏称为：盗猪。这两字咋写？什么意思？我也不明白。但大概的意思和"爬灰"差不多吧。

在这场合演唱升歌，可绝对是村长的首创，当时其实为了增加一场热闹的气氛，我想俺的强项是唱，所以就在前面领唱，用一首《百鸟朝凤》曲子，自己填了词，大家一起起哄。气氛一下子就起来了。

从此，村长在天水名声大振啦！

过几天，又有人来请去当司仪，想不去吧推不掉，我说现在社会上有专业的司仪啊，主人请得心诚，言明是慕名而来，只好答应了。

　　说实话，村长还真看不上那些个专业司仪，不是播音员就是耍贫嘴。有一回，一个长得挺帅的司仪，一开口竟称自己是主婚人！村长大倒胃口。他不知道主婚人是怎么来的！古礼啊（嘿嘿，又卖弄了）。在旧时，主人给儿子办喜事时，出一告白条儿，上面写道：兹有某某子与某某府千金定于某年某月某日完婚，敬请各位高邻如何如何……就是光临的意思了，落款上题：主婚人某某。

　　主婚人是这府里父亲的名字！是儿子办事，父亲主婚！是主持婚事之意。这里有司仪什么事儿啊。司仪这一职早就有，可职责是唱礼！！现在可好，司仪成了婚礼的主角儿了，在上面表演，倒没有新郎新娘什么事儿了！成了地地道道的节目主持人了。

　　我没有仔细地计算过，也无法计算清一共当了多少回司仪。估计一百多回了吧。想起来，也是一种经历。

司仪（二）

司仪是人做的，但不是人人都能做的。

要做一个司仪实在不是一件容易的事，一个好的司仪就更难了。

首先，文字方面得有一定的底子，因为，除了大同还有小异，对象群是不同的人，不同的人就有不同的选择与喜好，也有不同的情况，你准备的底稿就要针对不同的个体，随时准备调整。所谓大同是指父母双全，新郎新娘对仪程没有分歧，这就是大同了，可以用上准备好的底稿。正礼一般就是四项：（一）新郎新娘拜高堂；（二）新郎新娘向来宾行礼；（三）夫妻对拜；（四）夫妻交杯。司仪在大礼中的用词用字，一定要注意！

不能用太平民化的词，这样的词虽然大家都能听懂，但不庄重。比如，有些司仪在行大礼中就喊：新郎新娘向父母行礼！一鞠躬，二鞠躬，三鞠躬。有错吗？没有，但不雅。为什么哪？第一，父母是书面语言，高堂也指父母，但更有文化内涵，显得庄重。第二，不要喊鞠躬，鞠躬是干嘛呀，是行礼，但让人马上想到了向遗体告别了！一样的行礼，就要唱成：行礼！行一礼，再行礼，行三礼！这样多好，没有任何歧义，而且能让新郎新娘和来宾听了感到一种愉悦。

也不要用太政治化的词或者是太生涩、很古典的词。比如有人在代表来宾致辞时就用：今天，某某和某某荣偕伉俪。底下的大众一阵耳语：某某和某某怎么了？让大众听不懂啊。新娘子向父母敬酒或是拜见，用古的唱法：庙见高堂！切，哪有庙啊。时代不同了，该保留的东西一定得保留，但过时不用的一定不要用。也不要用一些政治或泛政治化的词。因为人家是结婚，不是组织部考察提升。有些司仪给一些有点小官职的人办婚宴，一开口：今天，是某科长大喜之日……云云。这就叫不分场合！称某科长就不对！下面更没意思了。如果，这不是在婚事上，哪个科长提升了，你也可以这么说啊。今天是人家结婚，你官场的一套上全了，那新娘子是嫁给一个人了，还是嫁给科长了呀。来的大众大多数是平民，你这一唱，下面坐的十个有九个得撇嘴。这就叫出力不讨好了。

中国传统中，行鞠躬礼一般是三次。如果在农村里，一般是磕头，但现在也变得多了。磕头磕几个呀？也有个说法：神三鬼四人两个！嘿嘿，就是在神像前是磕三个头，给鬼磕是四个，哟哟哟，谁见过鬼！给人磕头就是两下。言归正传，这新郎新娘行礼时，别人怎么唱礼我不知道，村长的做法是，每次行礼我都唱一名儿，十年来，皆如此，绝对是天水首创，有人见到我的司仪词后改了改，还发表在《天水报》上。切，你发表了，但你绝对当不好的。因为，除了这个，司仪的其他条件你不一定具备呀，就算全了也是一偷儿。嘿嘿。

录一段村长的用词啊：

新郎新娘拜高堂！行一礼：谢父母——养——育——之恩！再行礼：谢——父母——抚——养——成人！行三礼：儿媳——进门，孝敬——双——亲！礼——毕！（哈哈，拉几个长音！）

一般父母双全的家庭，在第一次行大礼照此办理，但有例外。村长办过几个单亲家庭的事儿。也有意思……

今天看比赛，明天接着谈！

司仪（三）

其实在司仪来讲，最难的就是为不完整家庭或者特殊家庭主持婚礼。比如父母亲早逝，新郎新娘给谁行礼啊，没有人受礼其实对新婚的小两口而言是最为伤心的一件事儿。村长大约主持过这样的，有十次以上吧，记得不清了。我在主持时，把第一项正礼的礼名改了。行一礼：谢天作之合；再行礼：谢地造良缘；行三礼：愿某氏一门平安！也就是拜天拜地拜祖先吧。结婚对于一个家庭来说，是一大事儿，父母亲双全当然是人之大幸，但月无常圆，花无常红，生老病死是自然规律。我第一次为一个不完整家庭当司仪，没有经验。老头早已去世多年，老伴儿含辛茹苦地把儿子拉扯大了，看着儿子和儿媳过来行礼，我礼唱到这儿，没想到台上的老太太突然哭出声来了！孩子，你爸要是今天看你成亲了……多高兴啊……儿子一看也落泪了，一家仨人全哭成泪人了。台下的亲戚朋友目瞪口呆，台上的我不知所措。后来，儿子儿媳过来敬酒，还直给我赔不是，说了好些个抱歉的话。唉，从那以后，单亲人家办事，我一定要先劝勉一番才能上台完礼，怕啊。

司仪的第二个条件，是一定要有舞台经验，或者说是压台的本领，最起码上台不能紧张。一个婚礼最长了也就是15分钟，不能太长的，再长了肯定冷场面的，你想啊，虽说是来的客人为捧场而来，显个人气，但看人家结婚与自己结婚，那感受差远啦！嘿嘿，大多数和观众差不多，说句不好听的，就等着吃哪，吃完就走！你在台上絮絮叨叨，没完没了的，非乱成一团不可。也就是说"观众"容忍的时间就是15分钟！在这15分钟的时间里，在第一时间镇住台是司仪成功的第一要务！

从你接过话筒走向台上时，一定要自然大方。不能缩手缩脚，目光散乱，司仪的目光要揽住全场，最忌讳在场找人！如果只盯住一个人或一桌人看，你的情绪会随着他们的喜怒而上下起伏，百分之百要砸了。上台一定要找着这样的感觉：我是村长！我不怕任何人！我就是这里的第一号！！嘿嘿。村长的经验啊，视不同地方与不同的位置而定啊！如果你是在某公司，你就权当你是董事长！哎，村里小资女人多，如果你要当个司仪，你上台前回忆，有一电影《出水芙蓉》里有段戏非常经典，男主人公混进女子学校，学芭蕾舞那段，有一个女教师，手里拿一教鞭：瞧，我多美！我是最美的！全世界的男人都围着我转！……这样，你就找着感觉啦！！哈哈，开一玩笑。

　　司仪的声音一定要洪亮透明，这是最能镇住全场的！因为，咱们都不是小鲜肉，长得平平常常，拿啥吸引人哪，学蛤蟆呀，小小物件儿出声响亮，他们那些观众，听也得听，不听也得听啊。吐字清晰，口齿伶俐，不能拖泥带水，最好不要把声音放在一个音阶上。一通下来，你也累坏了，观众也受不了，最好能高能低，也就是人常说的抑扬顿挫吧！但千万千万不敢去学诗朗诵啊！因为，诗朗诵一般都带有强烈的感情色彩，而且声音拖腔很多，那不是主持婚礼了，那就叫不分场合。

　　司仪的第三个条件，是要能随机应变，其实这个真的很难！现场会发生什么？什么时间发生？全是随机的。有一次，仪式马上开始了，证婚人红眉赤脸地过来了，原来忘记带结婚证了！你说这事儿，来不及了呀，赶紧地，找了一个红皮子的证件，里面夹上纸，写上名字和日期，让证婚人煞有介事地念上一番，反正观众离得远，看不清是真是假！这还算是有时间的，有时根本就没有给你留有足够的反应时间。有一次，新郎新娘踏上红地毯，正往台上走，婚礼进行曲戛然而止！卡盘了！切，你瞧卡的这时候儿。俺是真急了，脑子一转，哼着那个婚礼进行曲，当……当当……当当……当……一排子当当，总算把新郎新娘弄上台了。嘿嘿嘿。

　　我记不清是从哪本书上看到这样一件事。清代时，有一司仪在一大宅门唱礼，那时穷人家也就只在拜天地时唱礼，这家主人显赫，要求从下轿到进门、拜完天地直到送入洞房，全程唱礼！司仪一路的吉祥话儿呗。这大宅门家天井中有一石桥，新娘子进厅堂要上桥下桥！结果走到这里，新娘子上桥了，司仪高唱：新人上桥，子孙步步高升！好！一阵掌声，主人高兴啊，眉开眼笑！没想到还要下桥啊，新娘子迈步下桥时，主人看着司仪，司仪一看傻了，这下桥怎么唱啊，总不能唱：步步下降吧！礼金得不到，肯定让人揍个半死！全场人都在看着，这个司仪一看新娘子正背冲着他下桥哪，忽然灵机一动！唱出来了一句：新人下桥，后（辈）背还比前辈（背）高！众人一愣，继而就是一阵喝彩声！……真正随机应变啊，此人的反应真是敏捷啊。既应了景，又送了愿！主人的官当得很大了，还祝愿后辈超越前辈，你想主人能不喜形于色吗？这叫真正的好司仪啊。

好了，夜很深了。村长不写了。最后，我还是用司仪的方式结束这篇文章吧！

各位来宾！朋友们：缘使我们相识，爱使我们走到一起，幸福将伴随我们一生！让我们用热烈的掌声祝福所有的朋友：万事如意！永远快乐！

祝天下的有情人终成眷属！

戏剧小品篇

没有星光的舞台

编剧： 王海生

地点： 国家大剧院

人物： 男青年——根娃　农民工　秦安普通话

女青年——雁儿　农民　根娃媳妇　秦安话

保安员——普通话

（舞台无光　暗　边上不起眼角落有一把椅子）

男（上）：雁儿！快点儿啊，到了！（内传雁儿：你倒是等等我啊，我啥也看不见啊！）（男反身下携女一起上）

女：这里这么黑啊，你看得见吗？别不小心把我领沟里去！

男：（满不在乎地）嘿，这又不是在咱村里！这是北京！！有那么多沟啊？！在这里干了四年啦，我就是闭着眼睛也知道走到哪儿了。媳妇你看！这就是国家大剧院！

女：呀！这舞台可真大呀，顶子有那么高啊，座位这么多啊！哈哈哈，我终于看到啦。这就是国家大剧院的舞台啊。

男：漂亮吧！嘿！我盖的！！嘿嘿，我参与盖的。

女：（到处跑、看）根娃，赶紧给我照几张相！（左右摆姿势）

男：（反感）你不要豪腰摆势的行不？！你来录像！我吼一段秦腔，开一个演唱会。要弄一个村里人没见过的！

女：这个主意就是好！我也来一段！根娃，灯有些暗。

男：我去再开一个灯。（转身欲开灯）

（灯光忽然转亮）（小品光）

男：我没开？能听人话！

戏剧小品篇

163

（保安员冲上。以下称员）

员：哎！哎！谁让你们进来的啊？！出去！

男：我就是这工地的。

员：是这个工地的？农民工？

男：嗯。（急）不信你可以问保卫处嘛。

员：（厌嫌）站远站远！身上什么味儿，直喷人。（四下搜寻，用鼻子四下闻）站着别动！我先检查卫生。

女：（捅捅男）哎，根娃，他闻啥着哩？

男：找大小便着呢。

女：找那干啥？城里人也沤肥？

男：罚款的！见小便罚二十！见大便翻一番！

女：我的天爷爷！比一袋化肥还贵么。

员：你是哪儿的，来这里干什么？（找一把椅子。员坐）

男：她是我媳妇。

员：媳妇？你说你是工地的，具体一点！

男：混凝土工，有证的。

女：我根娃给我说过，相当于白领呢。

员：一边儿去！啊，白领？这是白领吗，这领子黑的，（男凉，一个喷嚏）切，几天没有洗了吧，都快馊了。说：姓名。

男：根娃。

员：老家。

男：秦安。

员：秦安？哪个省？

男：甘肃秦安。

员：喂，张处长吗？我小王！嘿嘿，张处长我逮着一个农民工，请你查查工地上有没有一个甘肃秦安的农民工叫根娃的。有啊，还受到中央领导的表扬？！好的、好的。

女：（发急）还受到中央领导的表扬！你咋不说呀。

员：（笑脸，拉男坐）大兄弟，中央领导专门接见你的？

男：不是，那天我正撅着沟子在干活儿，有人拍我肩膀，我扭头一看！是中央领导，电视上常见的。他拉着我的手问我：小同志，你辛苦啦，老家是哪儿的呀。我说：报告首长，我是甘肃秦安的。噢，欢迎你呀，来自祖国大西北的建设者。嘿嘿。

员：完了？没有照个相？

男：没有，领导忙着哪。

员：说你是农民工，就是农民工！我要是有一张与中央首长合影的照片，说不定就能当上保安副队长！！！

女：你看看，你看看。这大哥就是有见识！你要是拿上与中央领导的照片儿肯定回村就能当上村长！

员：切！村长是个官儿么。

男：领导都说了我是祖国的建设者！国家大剧院都是我参与建设的！

员：可国家大剧院我参与管理的！现在，给我走人！！

男：我们事儿还没办完哩，嘿嘿，师傅，你走吧，我们每人五分钟，二人十分钟就出去了。

员：给你们十分钟？想偷啥？还是想随地大小便！

男：你诬陷好人！我们能干那样的事儿吗？

员：我诬陷？去年，我们公司在别的工地施工，一早上，就发现了一百多处大小便的痕迹！！一百多处！

男：我没有去过，但可以肯定地说，你们肯定只记着修楼，又没有给民工盖厕所！

员：你们农民工，就是素质低下！切。你们农民，哼，就是脏！

男：（怒）你……你……你放屁！

员：你还骂人？（有动作，追打）我弄死你，出去！出去！

女：（两边劝）根娃，你文明一点嘛！大哥，你消消气，他没说你！你看人家大哥说话多文明，屎尿又不盖盖子，人家还说"发现大小便痕迹！"啧啧。你一晚上就罚了一万！发财了呀。

员：你给我闭嘴！你说！说你们影响城市形象、说你们脏你还骂人？！

男：我们是形象的破坏者？！鸟巢水立方、全国的高楼大厦哪一处不是我们这样的农民工建起的。城市里公寓住宅真的干净、真的漂亮，可那都是像我这样、你们眼中肮脏、嫌弃的农民工给你们修起的！（动情）坐公交不让上，坐地铁，你们捂着鼻子躲着我们。我们不脏啊……

女：（给根娃抹眼泪）根娃，咱走。咱的家在秦安乡下哩啊。

男：（忽然抬头）不走。

员：不走你想干啥。

男：我——要——唱——戏！

员：唱戏？切，你以为你们是谁？明星、大腕儿、艺术家？是帕瓦罗蒂？是多明戈？小甜甜布兰妮？！

女：这几个都不是我们村的！

员：你不是刘欢你也不是莎拉·布莱曼！

女：大哥，星光大道也有农民哩。

员：这不是星光大道！你们头上没有星光！一个农民还想在国家大剧院里胡唱乱唱！

女：不让唱就不让唱，走吧根娃。

男：雁儿！我这一走，我啥时再能进这里，就是进来，也得坐下边儿，还得掏几百元哩。这是我参与修的！干了四年，为啥不让我唱哩。

员：（赶）不让你唱，就是不让你唱。

女：大哥，大哥，我给你说啊。根娃一直在这里干活，活干完了，就想录一段他在工地上唱戏的，他如果老了，干不动了。那也是一个纪念。对不？求求你，大哥！十分钟行不行？

员：可，这是规定。

女：五分钟行不？

员：好吧。快点。

女：哎——！！

男：（对员说）对不起。雁儿，我给你先录，麻利一点！

女：不敢唱！我说行不？

男：声音大一点，要不录不上！

女：妈——爸爸——，我——是——雁儿！我——的——狗——蛋——娃——乖——着——没？我想你们咧——呜——呜……

男：哎——哭啥哩嘛！你来给我录！

（女录，动作不熟练。员忽然拿过来）

女：大哥，不要没收，那是借来的！

员：我来给你们两个录。

男：爸爸——妈！这一次的工钱全给了！就是火车票没买上。过完年就回去了啊。我和媳妇给两位老人——拜——年！我开始唱啊，（不好意思，开口唱半句，低头傻笑）认真唱：

离家的孩子打工在外边，

没有那好衣裳也没有好烟，

好不容易找份工作辛勤把活干，

心里头淌着泪脸上流着汗

（天幕传来掌声，观众掌声算也行）

男：（吃惊）是没有人啊！谁啊，谁在鼓掌？！

（放录音！！）

（从天幕中传来声音：我们是国家大剧院的总控室工作人员！我们听到了你们谈话，才知道你们是参与剧院建设的农民工，噢不，是建——设——者！你们有权利在这里演出。你们才最有权利在这里演出！今晚的舞台属于你们：来自大西北的建设者！各小组准备，倒数五个数，打开所有灯光和音响！五、四、三、二、一！推！）（舞台灯光全开，音乐响起，舞台炫目。电子大屏投出国家大剧院内景）

（根娃随着音乐唱。雁儿跟唱。员认真录像。后，众。站在台上挥手，喊出：谢——谢——你们！）

（剧终）

南房娃脱贫

编剧：王海生

人物：村长、女记者、男摄像

场景：为农家乐，里屋为操作间，外面两张桌子

人不少啊。嘿嘿，当个村长不容易！呀，忙死了啊，十八届五中全会精神要传达，精准扶贫要贯彻，"1+17"方案要实施，核心价值观要弘扬。给你们这么说，上头千条线，底下一苗针，不管上头有多少好政策，都要从我这个针眼眼里穿过去哩。

扶贫队的小吴去乡里了，给我打一电话，说有记者要来采访南房娃。我说那十户脱贫的你随便采啊，记者还犟得不行，说这叫抓典型！抓什么典型啊。

南房娃是谁？嘿，就是那个把牛换成羊、羊换成鸡的货么。以前南房娃的头里，除了东南西北中发白，就是两个骰子在转啊！前年，村里来了一个记者，到处找人采访，村里能打工的打工去了，能下地的下地了，记者正发愁呢，南房娃一打哈欠从屋里出来了。逮住就问："这位村民你说说，中央领导十分关心农民收入翻番问题，请问你有什么措施？"南房娃一听翻番的事，精神来了，"翻几番？一番啊容易，自摸胡！翻一番；假如坐庄自摸翻两番；假如再带个跑子翻三番；假如要按兰州的打法，小鸟满天飞！嘿，翻多少番说不上啊！" 呸！还假如自摸胡翻番？！假如放炮哪，还赔庄哩！假如你是一只鸡，今天我就把你活活捏死了就！你不要脸不要紧，我的村长还能不能干了！让乡长把我叫去美美收拾了一顿！这回记者又来了。我很郁闷！南房娃、南房娃！玲玲、玲玲……（下）

（女记者上男记者提着录像机跟）

男记者：你慢点儿啊。

女记者：唉，跟屁虫似的，老拍我干嘛！？你烦不烦啊！

男：嘿，这空气，那叫一个鲜；这天空，那叫一个蓝；这蔬菜，那叫一个嫩；这房子，那叫一个大；这媳妇，那叫一个美！哎，雅琼，咱结婚要有这么一套房，那叫一个爽啊！！

女：媳妇媳妇，谁是你媳妇！还没有答应嫁你哪。再说了，你让大伙儿瞧瞧，咱俩，般配嘛！（群众：般配）

男：这人气，那叫一个旺！

女：哎，到了，就这儿"玲玲农家乐"。有人吗？

[村长端菜上]

女：村长！你在这里，南房娃哪，我们要采访他和其他几个贫困户。

村长：南房娃这两口子都不在啊。嘿嘿，村里人都忙啊。你们先采访采访我，行不？下雨天打娃娃，闲着也是闲着！

女：哈哈，也行，你先谈谈村里的情况。

村长：标语横竖贴了，会议大小开了，村里鸡不乱飞、狗不乱咬，一切平安，和谐社会！

女：哎，我们听主任采访时，说起南房娃，以前南房娃什么样啊？

村长：咋样？这样，左手夹烟，右手摸牌，嘴里不闲：（唱）找点空闲、挤点时间，兄弟朋友，搓上八圈。带上笑容、带上祝愿，谁要欠钱，把沟子打烂！上家、出牌啊，郭小山！去，（唱）到我家看看、我家看看，看我妈是否已经做好了浆水面，我也不能为家做多大贡献呀，哈哈，自摸一把、收入翻番！！

我当时火就腾的一下，两脚把桌子踢飞了，第二天我们家的两只羊羔让人活活做成手抓了啊。

女：你应该多做一点南房娃的思想工作。

村长：做啊，以前经常做南房娃的思想工作！嘿，这两年力气不行了。

女：做思想工作与身体力气无关！

村长：对于我来说，做思想工作就是个力气活。

男：力气活儿？你咋做的呀？

村长：嘿嘿，不能说。

记者：这个我们爱听，一定要说。

村长：你愿意当南房娃？（愿意啊）过来！转过去、脸冲前头、沟子朝我！啪啪啪。滚！

女记者：粗暴。

男：实在！

女：这叫打人！把人打坏了怎么办呀。

村长：这还叫打人！有一天南房娃，真让人给打了。人家南房娃躺在床上："玲玲，不要流泪、不要悲伤，你看看这三个指头还在不在？只要这三个指头在，就有翻本儿的机会！"

女：啊？呀，这样的呀，南房娃是什么时候好上赌的哪？

村长：高中毕业后十年了，干农活吃不了苦，打工又嫌赚钱少。高不成，低不就！就一个胡混。

女：别说是高中生，就是大学生，不愿意吃苦照样没工作啊。从低处着手、从小处开始！

村长：对啊！我也这么说的，他自认为知识一代，啥都知道！还老考我！！哼！

男：他考你啥了？

村长：问我知不知道亚啥多德？

女：亚里士多德。

村长：对对，就是这个啥多德说给他一根长棍……

女：那是给他一根杠杆，他就能撬动地球。

村长：我说，我给你一把铁锨你先修理地球去！

女：村长，这是比喻！是名人名言啊。

村长：我这句也是名人名言！！

男：哈哈，给你一把铁锨，你先去修理地球，这是哪位名人的名言？

村长：我爸爸说的！咋了？！你先把脱贫问题解决了再撬地球！地球不用你撬，自己转得欢得很！

女：哈哈。这话实在。啊，那南房娃的思想工作就是没有做成呗。

村长：……真正做思想工作的，是帮扶干部啊。说服教育打比方。为啥你的邻居、你的同学都发达了！你还住一个破房子，为啥别人的媳妇想穿啥就穿、你媳妇玲玲还穿的是扶贫队带来的旧衣服！为啥我们下来扶贫，你还在那里被扶贫！

女：太对了。他就没有好好想想？

村长：南房娃从此以后是真不赌了。

女：不赌了，但收入还是没有啊？南房娃到底想干嘛呀？

村长：南房娃就是想发财走个捷径。去年我让他跟同村几个人去城里打工，春节前回来了，我正在写春联，他直摇头："村长大爸，你的毛笔字不行！""你行？你来写我看。"南房娃抓起笔来唰唰，我过去一看：两个字：办证？！"来狗狗娃，把电话号码也写上！！我们农民的形象就是让你们这些人弄坏的。滚远！你滚那么远干啥？把这两个字裱了，挂起来！给你说，过完春节去乡里劳务培训去！你去自选一样手艺学学！去！"

女：噢，精准扶贫的劳务培训。南房娃学了啥？

村长：嘿嘿，豆腐速成班！玲玲开了这个农家乐，南房娃做豆腐！一个小小农家乐，一年最少挣3万到4万元！

女：那，现在南房娃家脱贫后什么样啊？

村长：我告诉他，不要走邪路！不要打捷路！老老实实做人，踏踏实实做事！肯定脱贫奔小康！现在，精准扶贫贷5万元，买了辆三马子给周围几个庄里送馒头、大饼、面皮、凉粉、豆腐。现在南房娃骑着三马子，唱得不一样了：（最炫民族风的调 广阔的农村是我的爱，连绵的青山脚下花正开，什么样的生活是最呀最实在，勤劳致富流着流水最痛快，我们要唱就要唱得最自在。你是我天边最美的云彩，我……）

女：村长啊，走去看看留守儿童去吧。

村长：走啊。

完

南房娃后传

编剧： 王海生

故事背景： 苗华是文旅局派驻下洼子村的第一书记，他工作积极，结合自己的工作经历开展精准扶贫的帮扶项目。鼓励南房娃当脱贫致富的示范带头人，在南房娃领着村里七八个人外出务工后，又支持以玲玲（南妻）为主开办了一家"农家乐"。南房娃的劳务队活干完老板跑了，南房娃以自己垫付了同村村民工钱的方式，结束了自己的"工头"梦。而玲玲她们的农家乐由于上山公路施工，来乡村旅游的人少，生意不好。但苗华认准以美丽乡村+民俗文化的特色旅游是下洼子村的一个项目，培训以玲玲为首的农村文艺人才。南房娃把自己的困境全部归结在苗华身上，处处为难苗华。而科长的到来他认为找到了一个出气机会。本小品从此展开。

（处长、苗华上）

处：小苗，你说的南房娃家还有多远啊？

苗：处长你看，那道梁下面，院墙最破的那一家就是他家。

处：你说南房娃今年就能脱贫了，说说他的基本情况。

苗：嘿——！南房娃这人……不好说。听村主任说，前几年政府就帮扶给他家两头牛，让他发展生产，没过两个月，牛卖了换成了羊，羊没养过一个月，两只羊又换成两只鸡！村主任追问，他还理直气壮地说："大小你不管，数字够着哩！嘿！"

处：还有这事？

苗：是啊！南房娃这人嘴皮子利索，脑子活泛，乡里组织的技能培训，他是一学就会。

处：后来呢？

苗：我就鼓励他出去打工，没承想这人还真行，说干就干，拉着几个村民，进城打工去了。

处：好，我看这不光今年能脱贫，过不了多久就能奔小康了。

苗：可，前几天从城里回来见着我爱答不理，而且怪话连篇。我一入户了解情况。他就拿着手机跟着一通狂拍！"哎——全体村民注意啦，小苗书记又给寡妇家挑水了！！为什么狗都没有叫哪？"嗖发了。"哎——全体村民注意啦，小苗书记不分昼夜为下洼子女人排舞蹈，为什么大腿全部抬起还一个个量高度啦？"嗖一下发了，唉。

处：哈哈，哈哈。哎，把这个现象可以理解为，人民群众监督我们工作嘛。小苗啊，咱们文旅局系统帮扶的村，两年多时间，87%的村都整村脱贫了。你负责的下洼子村还剩四户没有脱贫哪。

苗：处长，今年年底我保证完成脱贫任务！

（南房娃边上边说：天空为何这般黑，因为牛在天上飞。为何牛在天上飞，因为有人地上吹）

（南房娃上）

南：哎呀呀呀呀！苗书记！你看看，每次来都这么客气。来，放里屋！停！！

处：停什么？

南：后脱贫是后娘养的吗？分三六九等呢。

苗：什么三六九等，都一样啊。

南：那为什么别人都是带碗的"康师傅"，给我的是不带碗的"福满多"！

处：都是方便面嘛！小苗掏钱买的！

南：司机不要插嘴！

苗：他不是司机，我的领导！我们处长。

南：呀！呀呀呀！领导你小心腰！这么重！多累！其实微信转账多省事儿。

处：你家里现在啥情况啊？

苗：处长，他们家……

南：你不要插嘴！我是当事人！男一号！

我的大号南房娃

上面一辈有我妈

一个老婆两个娃

家里要啥没有啥

精准扶贫政策好

路平啦、灯亮啦

自来水管到家啦

眼看别人脱贫啦

我家房子要塌啦

小苗书记你来拉我一把

苗：我拉你拉得还少啊？

南：你那叫推！

苗：我啥时候……

处：哎，听说你快要脱贫了，啥时候啊？

南：国家脱贫政策啥时候结束啥时候脱呗。

苗：你自己不努力争取，全靠党和政府啊？！

南：党是妈妈，我是孩子！（亲爱的党啊你就像妈妈一样把我哺养大）还文化人才！哪个妈妈不管自己的孩子呢。

苗：我的天哪，自己不干光靠党，能行吗！

南：还有国家呢。

处：哎，国家是啥？你又是啥？

南：国家是花园，我们都是花园里的花朵！我儿子书上写的。

处：嗯……（苗抢说：嘿哟，你还是祖国的花朵？40多岁了，你是40年没有开开还是40年没有开败啊？60年开一回啊？你仙人掌啊！）小苗，不能这么跟群众说话。老南啊，你上过山吧？

南：看处长说笑了，我们乡下人，咋没上过山呢。

处：扶贫攻坚，就是爬大山，我们帮扶干部、帮扶单位，就是在你爬得最吃力的时候拉你一把，可不是把每一个爬山的人，从山下背到山顶上喔！你明白不？

南：明白，明白！就是给几年钱就不给了！

处：哎这等靠要的思想可要不得啊，村主任哪？

（村主任上）

村：苗书记，处长也来了，我给领导汇报。

处：主任，我下乡不是听你汇报的。

南：对对对，不听汇报，看实效——房子都快塌了！

村：南房娃！你……

（拉到一边，处长与苗华看资料和房屋）

南：给你说老哥，他们问我家啥时候，你就说没收入！牙齿咬住。

村：说假话！为啥？

南：为了帮你啊！你想想：我家一脱贫，是不是整村就脱贫了！

村：盼的就是这事。

南：村长啊，你这个智商。整村脱贫了，帮扶工作结束了；帮扶工作结束了，国家的项目不给了；我们村民生气了，你的村长就落选了！！账算清楚了么？

苗：主任，这咋回事？

处：王主任，我看南房娃家的收入来源登记有三大块，山上的花椒呢？

村：今年天好，他家花椒长得也好，收入好啊！

处：苹果销售情况呢？

村：中上收入啊。

处：外出务工呢？

村：他领着七八个一起出去干活的都挣着钱了。他肯定挣下了。对着没？

南：对着呢，你的村长到站了。

村：让我说假话骗国家？村里像我这一辈的人沟子撅起干了整40年了，没脱贫——对不起祖宗！站着干啥呢，倒水！

（南不动）

村：你媳妇哪？

南：你问他。

村：问苗书记？

南：他天天领着十几个女人又唱又跳，不问他问谁！

村：胡扯！三区文艺人才培训，连女人的手都没有碰过。哼，玲玲，玲玲！

（南房娃媳妇上）（边走边舞）

媳：苗书记！你在我家里啊。大家都等着你呢。杨刚刚爸托举动作不行，你把我托举一下，让他看一下！哟，还有人，南房娃，你咋也不给领导们倒水。

南：倒啥水，扶贫干部来是扶贫的又不是来喝水的。

媳：你呀——唉。（倒水）

南：喝，大口喝，八项规定……（苗喷）

村：南房娃啊，你咋回事么，文旅局的干部到咱村里来扶贫干了多少实事！啊，村里的路水泥都铺上了么？

南：我一个人走着呢吗？

村：太阳能路灯都安上了么？

南：照的是我一个人吗？

村：自来水都拉到你家了。

南：我没有掏水费吗？

村：哎，你……

苗：老南，你有事给我说。是不是我们的工作不到位，你需要我怎么帮……

南：跟你说？你文化人那嘴多能说呀。扶贫先扶志！还帮……不是你帮我能当带头人……不当带头人能欠钱吗……不欠钱我都脱贫了……（帮帮帮）你那进军的号角，那边敲去！

苗：哎呀，一句话都没有说，给撅回来了。

媳：南房娃，你咋说话呢，人家小苗书记多好一个人，人家到咱们村干了多少事，来了一年多了，回过几回天水啊。

南：他天天都回不就行了嘛。

媳：他不是要驻村吗？

南：他不驻不就完了嘛。

媳：他不是在帮扶咱们吗？

南：他不帮不就完了嘛。

媳：他不帮咱家开的农家乐咋办？

南：你闭嘴，提起农家乐我气更多！四个人做饭他一个吃，农家不乐——他乐！

媳：（哭）我咋碰上这么个……

处：这……到底是啥情况，我们都……村主任不是说……收入还行吗……怎么……

媳：不瞒您说，今年我家收入好着呢，年底就能脱贫。苗书记热心，帮着我们村里四个女人，开了一个农家乐。苗书记认为我家南房娃聪明能干，鼓励他当个脱贫致富带头人！我家娃他爸可高兴啦，领着几个村里人就去城里打工了。活干完了，老板跑了，钱没人给了！南房娃就把我家的所有钱都给村民垫付了，我说你傻呀！他说都是乡里乡亲的，不能坏了良心！但南房娃心里就有点不痛快，有点埋怨小苗书记！

处：原来是这样的呀。

媳：小苗书记你别往心里去，他就那样的人。

处：老南，国家机关对于侵害贫困农民工权益的行为，有专项的打击活动安排，我们帮你到有关部门报案。

苗：老南，山下的高速公路很快就通了，上山的最后一公里也要打通了，乡村旅游前景光明。

南：处长，啥也不说了。小苗书记，前段时间对不住啊。

处：老南啊，你说说，共产党啥时候把农民的利益不管了？脱贫攻坚阶段还在继续，乡村振兴战略已经全面实施！咱们下洼子村，山上花椒山下果园，这就是金山银山！以后把乡村旅游与传统文化结合起来，那才是真正的"农——家——乐"！就放心大胆地干，领着大伙共同致富奔小康。

合：对，共同致富奔小康。

内部价

编剧： 王海生

人物： 钱满柜，男，50多岁，玲玲爸

张俊女，女，50多岁，玲玲妈

田老大，男，50多岁，邻居

村长

玲玲，女，20多岁，旅行社员工

杜总，男，30多岁，旅行社老总

（钱跑，田追上）

田：钱满柜！站住，跑啥跑。给钱！

钱：田老大，我没零钱。

田：你没钱？你叫钱满柜！

钱：我这名字那是我爷爷的一个愿望！友谊第一比赛第二！懂不懂？

田：我不想跟你这档次玩儿！你非要我跟你玩儿！规矩是大家定的。掏钱！

（二人撕扭在一起）

（村长上）

村：干嘛哪？

钱：村长老哥！你胡摸啥哩。田老大耍流氓！

村：你当爷爷了、你快当爷爷了！老大你欺负满柜几十年了，有意思吗？啥事？

田：他要下棋，说好的。输一盘三毛。

村：输了几盘啊？

钱：友谊第一比赛……输了六盘。

田：欠一块八不给，还把我的车和炮装口袋里跑了！

村：一块八毛钱！你家苹果花椒比谁挣得少了？拿呀！

钱：我的钱不能破！我攒钱的人！

田：你吃上些大豌豆攒个屁！（掏）我给你破！

（村乐。钱哭）

（俊女上）

俊：了不得了！哈哈，大好事！了不得了呀。哈哈哈。

村：啥情况？把老衣穿上干啥？

俊：村长，我要出国去了！

田：出国不像，出殡，像！

钱：你老婆才像出殡。你把压箱底的衣服翻出来干啥呀？

俊：刚刚玲玲打电话了，说让我们俩出国去旅游！"新马泰"！哎村长，"新马泰"在哪儿呀？

村："新马泰"去旅游啊。"新马泰"不是一个国家。是三个地方的简称：新阳镇、马跑泉、太京镇！切，还出国旅游，我都没有去过。你问问钱满柜什么叫旅游！满柜，你过来，旅游过吗？好好想想。

钱：旅游？赶集算不算？

田：对你，算！买菜都算。"新马泰"是三个国家。新加坡、马来西亚、泰国！村长也没有出国旅游过！

三人：对对对，你儿子在上海，旅过游，旅游好不好？

田：那——北京的故宫天坛，上海的高楼大厦，那九寨沟的沟，那黄山的那个黄，那江南水乡的水……荡漾！都是祖国的大好河山。

村：你都去过？

田：没有。在电视上看过！旅游？那得花多少钱？我是想旅游，没有攒下钱啊。

俊：村长，你不是出去旅游过吗？好不好？

村：好啥呀。儿子让我去市上坐一下高铁。在秦安上车就找车厢，找到车厢找座位，数字加英语！我刚刚找到，门口就喊上了：天水南站到了，快下！屁股就没有沾上座！太快了！你们是不是要坐高铁？

俊：我姑娘说了，坐飞机。

钱：那得花多少钱？

田：村长你看他，光记着钱。人生在世，必须要做两件事：一场轰轰烈烈的爱情，一场说走就走的旅行！不是一个档次。

村：不管花多少钱，干了一辈子，现在生活好了，人老了就看看自己生活的这个世界，多好。哎，到底得花多少钱？

俊：我姑娘说了，管吃管住，双飞六天，一个人500块，我们俩人才1000！！我姑娘都缴啦！沾姑娘大光啦哈哈哈！

田：一人才500？

村：那就是新阳镇马跑泉和太京！哄孩子的话你也信。六天，飞机，出国旅游，500。美元吧？！她说的话你信吗？你信吗？你信吗？

俊：我也不信啊。

众：啊？！

俊：我姑娘说这是内部价！内部价！

村：你姑娘一个打工的。能搞到内部价吗？

俊：我姑娘不让向别人说，她现在是旅行社的副总！不许说！

田：内部价！内部价便宜啊！你看到没。我儿子给我的皮鞋！内部价！裤子，内部价！

村：一切都合理了！我去马上开会村里组一个团！

田：哎，满柜！玲玲爸，你给我也办个内部价啊。

钱：干嘛？

田：带上我一起来一个说走就走的旅行啊。

钱：你？！你的档次比我高啊！

田：哎，你的档次格局比我高，不是巴结你，你的格局比村长都高。

钱：我抠门小气啊。

田：这叫节约，美德！

钱：你不带我玩儿啊。

田：你带我玩儿啊！后半辈子都和你玩儿！只和你玩！打一个电话给

我侄儿。

钱：给你一个内部价！

田：太好了！我去出国旅游了！内部价！哎——（坐着那火车去拉萨……）

（打电话，未通）

田：咋回事？

钱：信号不行。来，抱上我。

田：我抱着你打电话？！

钱：不抱算了。

田：抱！没说不抱啊。

（抱着由玲玲妈指着向东向西。摔倒）

（村长喇叭声：全体村民们，报告一件大喜事，钱满柜家姑娘玲玲娃当上了旅行社副总，给父母办了出国旅游！村委会决定：村里决定以下八位老人，出国旅游！都是为村里做出贡献的。费用是玲玲搞到的内部价！每人500元村委会出！组一个团，玲玲爸为团长，玲玲妈为副团长！新马泰双飞六日游！十位老人：……）

（玲玲和杜总上）

玲：大叔好！爸爸妈妈……这是我们旅行社的杜总。开车接你们来哪。

俊：你手机咋不接呢，干啥来了？

玲：我都到村头了！明天出国送你们来啦。

玲：妈，这广播是咋回事儿啊？

俊：这次咱们家露大脸啦！你看你爸嚣张气焰！已经十个老人组团要一起去出国旅游！我当副团长了！你都给报上！

玲：啊？！那得垫多少钱？

（村长上）

村：你垫啥，你说句话就行！钱总！这些村里的孤寡老人啊，一辈子在村里劳动，为了咱村的建设那是做了很大的贡献啊。这是名单哈哈。

玲：村长大爸，这、这个、不行。

村：加几个名额的事。你是旅行社的副总！一句话的事。乡里乡亲的，你就……

玲：我……我……妈！不是不让你说吗！

村：当了副总是好事！能搞到内部价……

杜：玲玲，这副总和内部价是咋回事啊？

村：你是司机吧，玲玲是旅行社的副总！以后好好给……

玲：对不起杜总。对不起村长大爸！我，我不是副总。也没有内部价。

村爸妈：啊？！

田：这是要提成。

玲：田叔我啥时向乡亲们要过提成！爸妈村长，我是村里长大的娃娃，爸爸妈妈省吃俭用将我养大，舍不得吃，啥不得穿啊。好不容易我毕业了工作了，我给妈买了一件衣服，给爸爸买的皮鞋，爸爸妈妈都舍不得穿！一位阿姨告诉我，给父母的东西，不能说实价，高价贱报！就说内部价。我想让爸妈去国外旅游，团费是3000元，我怕爸爸妈妈舍不得花钱，不去游，就哄他们说是每人500元，是内部价！我妈不相信，就哄她我当了副总。对不起，我撒谎了。

村：你这谎……等等！我儿子也撒谎了。

田：咋了？

村：我的皮带，儿子买的说内部价！娃娃都撒谎了。你这是孝心，撒个谎也行，你编个副总干啥么。这娃也是……

杜：叔叔，玲玲没有撒谎。她从今天起，就是我们旅行社的副总！

玲：杜总！我，知道错了。请原谅我。

杜：我最看重有孝心的人，这样的人，不忘本！从今天起，你，就是我们旅行社的副总。

村：哈哈哈，说升就升了。嘿嘿，杜总，我们村的这事，我在大喇叭上喊出去了。

杜：这单业务，内部价！

玲：我们旅行社啥时有内部价啊。

杜：我们旅行社确实没有内部价，但这份爱心必须有！村长，让十位孤寡老人准备行李，明天出国旅游！

众：好！

（演出于 2020 年甘肃省电视台春晚）

附：

小品《内部价》提示

小品《内部价》六个人物，其中的四位：钱满柜、张俊女是夫妻关系，田老大与村长是邻居。这四位是从小一起长大的老伙计。

人物性格分析：钱满柜一直老实巴交的，节俭得近乎吝啬，一直受田老大嘲讽，在这次得知能为村里的人提供内部价的旅游时，心花怒放，与田老大来了一个完美的反转，嘚瑟得"点烟都不用打火机了"！为后面的反转作铺垫，大起大落大喜大悲。前半部分：田老大欺着钱满柜，后面钱满柜压着田老大。

玲玲妈的出场，要亮眼，大呼小叫，穿着大红大绿，得知自己要出国旅行，就把自己结婚的嫁衣给穿上了。理由很足，平时舍不得花钱买好衣服，所以她的出场就是喜剧的开启。

田老大是个爱占小便宜的人，头脑灵活，没有他的搅和，戏推不开，他首先肯定内部价的合理存在；他首先想占内部指标，在他提示下村长才在大喇叭上宣布村里组团，而在中间时与玲玲爸、玲玲妈的喜剧展开，都离不开田老大。

村长是个中性人物，也是正能量满满的一个角色。后面的戏在两个人：玲玲与村长身上。

关于杜总，是一个民营的小老板，与玲玲不是恋爱关系！这一点一定要在人物形象与动作方面加以严格区分。否则会损害玲玲与杜总的形象。总之是一个好人，一个有爱心的人。我主张最后还是由杜总提供内部价，就是社会人士对中国传统价值观的支持与肯定，也是将内部价进行到底，这个小品名的内涵丰富了。

演员服装：生活装，没有差的衣服，只要分开色差就可以。田老大名牌衣服。戏中需要的。他自己还说了："我的这个七匹狼……280元！内部价！公牛皮鞋……100元！内部价！"村长的皮带是鳄鱼的。戏里要求。艳丽夺目的是玲玲妈的服装。80年代结婚时农村新娘的嫁衣，大红大绿。最好鞋也是绣鞋，一套搭配。玲玲用工装则合理。杜总休闲套装。

中间有几个中老年广场舞大妈（玲玲妈的朋友）的服装，广场舞服装，注意与玲玲妈的服装形成色差，突出玲玲妈的领舞地位。最后全村人的狂欢，各色各样。不限。

背屏：现代农村文化广场。"下洼子村文化广场"几个大字。

道具：一张连椅。

音效：

1. 手机提示音："你拨打的电话暂时无法接通……嘟……嘟嘟"

2. 村长在大喇叭上的喊话："……"

前期录制为Mp3。

3. 中间玲玲妈与广场舞姐妹的舞蹈伴奏音乐。

4. 结束音乐。建议《众手浇开幸福花》。

5. 一段感人音乐。（玲玲说话时用作烘托）

另外如果有效果需要，排练中再加。

灯光：大白、小品光。

不好混了

编剧：王海生
人物：周有梦
　　　科长
　　　甲科员
　　　乙科员
　　　丙科员

（甲乙丙周四人并排坐，甲乙丙三人边走边玩手机，周打瞌睡。呼噜声中，歪在丙肩膀上。丙推。）

丙：醒醒！干嘛哪，你这好，一会儿一觉，一会儿一觉的！

周：啊，刚刚做了一个梦。

丙：切，还刚做一梦。（好奇）啥梦呀？和你祖宗对话呗。

周：好梦！这梦可好了！妈呀，醒得太快！

丙：啥好梦，说说呗。

周：我梦见牵着你的手，走进了婚礼的殿堂！！

丙：（不屑）拉倒吧，傻吃（茶）睡谁跟你呀。切！

甲：哎哎哎，我说小周啊，不是大姐说你，知道人家为啥看不起你啊，一年换一个部门，这是第几个了呀？

周：第四个。咋了？

甲：还咋了？你看人家都有理想、有抱负、有专业！你有啥？

周：我有梦啊。

甲：有梦你得去努力实现！光睡啊？！

周：大姐，你不知道，梦里啥都有！

甲：行行行。你今天又迟到了，为啥呀？又睡过头了吧。

周：是这样的，昨天晚上，我和一只蚊子战斗到凌晨五点钟！终于让我给干死了。这两手全是我的血啊。

甲乙丙：谁信哪。

周：这咋还不信哪？！

甲：你今天迟到了，还不快快找个理由？科长来了收拾你！

乙：有梦啊，你编一个信得过的理由。

周：我不会编啊。

乙：你——不——会——编！你眼睛一眨一个。你编一个！

周：那，那，我就说早晨七点就出门了，路上堵了整整两个小时！

乙：嗯，这个行！这么好的理由还只有你编得出来！

丙：这个不行啊，不行！你得编一个高大上的理由啊。

周：啥叫高大上？

丙：高大上都不知道啊？！高大上，就是与工作、学习有关系的理由。编一个！

周：不会编。

丙：还想和我一起吃烧烤不？

周：想。

丙：编！

周：那，那我就说，昨天晚上，我一直写《不作为乱作为不担当乱担当心得体会》一直到凌晨五点！

丙：（拍手）这个好！太好了。来，你，接着睡！

（科长上）（甲乙丙起立，周睡呼呼）

科长：哎，哎。（科长盯着周，周转头继续睡，科长拍，推）

周：别闹！理由我编好了。

（拍打）

科长：给谁的理由编好了？你！起来！

（用文件夹拍周）起来！发上工资是让你到单位睡觉的吗？！我今天一上班，让馆长叫去，收拾了整整一个小时！！你们还在这里睡觉！（拍

周的肚子）

科长：上班迟到！早退，中间出去还溜号买菜！这是啥工作态度！（拍周的肚子）

（周赶紧跑那头）（科长也走到那头）

科长：看小报、传小道、谝闲传、骂领导，这都是什么工作作风！（拍周的肚子）

（周躲在中间）

科长：不作为乱作为、不担当乱担当，这说的都是谁？！

（甲乙丙都瞅着周。周急）

科长：又是你！出来。（欲打，周挡）

周：科长！为什么光收拾我一个人啊，换换人行不？！

科长：你还学会揭发他人了？！好，我每个人都过问。（问甲）你，为什么迟到了？

甲：我昨晚上加班加点写《不作为乱作为不担当乱担当的心得体会》！所以迟到了。

科长：瞧见了吧，人家是怎么工作的！好好向她学习！（问乙）你迟到的理由哪，嗯？

乙：科长，我早晨七点就出门了，路上堵了整整两个小时！所以……

科长：这很正常！那些私家车啊。我也经常……你也买车了？为什么迟到！（问丙）

丙：科长，我，就不说了。

科长：为啥？

丙：反正我说出来你也不相信。

科长：你还没说，怎么知道我相不相信。说。

丙：那你信吗？

科长：你说！

丙：是这样的，昨天晚上，我和一只蚊子战斗到凌晨五点钟！终于让我给干死了。这两手全是我的血啊。所以……

科长：哈哈，跟一只蚊子……你认为我能信吗？

丙：那你是信……还是不信哪？

科长：信！很诚实！那你哪？！为什么迟到！（问周）

（在以上过程中，周与甲乙丙都要有交流，甲乙丙之间也有交流。包括，起急、白眼、偷笑、生气等等）

（周埋怨其他人，又说不出口）

周：我……你们……你们……我……我……我……

科长：你啥！你是不是也想说：昨天晚上，我和一只蚊子战斗到凌晨五点钟！

周：是啊。

科长：终于让你给干死了。这两手全是你的血呗。

周：对对对！

科长：对啥呀对！！你不但编谎还看完现场就重播！！

（周委屈声）

科长：你再给我学鸽子叫，你就从这个科室调出去！哼。今天，上级给我们下达了一个指标，抽一名德才兼备的业务人员到乡镇帮教，在艰苦环境中锻炼成长。我希望从你们四人中产生，主动把握机会。我数三个数，希望这个同志站出来。三二一！（甲乙丙齐刷刷后退一步）好！这才是有担当！为周有梦鼓掌！（三人鼓掌，周惊异。急，怨）

周：科长，这次不算，我我没听清楚。你再来一次呗。

科长：唉，好吧。这次要听清了：希望这个德才兼备的优秀人才站出来！（周后退一步，甲乙丙未动）你想干嘛呀？你还说人家不先进吗？你还说自己能跟上队伍吗！你不但不往前站一步，还后退了一大步。你以为光吃苦就能完成这个光荣任务吗？那得德才兼备！首先得做好本职工作！你们的本职工作做得怎么样啊。

大家：做好了！

科长：好！我来考察。我们秋季培训共开了多少个班？

甲：20个。

科长：正确。共几周？

乙：12周。

科长：准确！共培训多少人？

丙：600人。

科长：非常准确的回答！（问周）这些人都叫什么？

（周张口结舌，急。科长抽打）

周：他们……不公平！他们都是简单问题，到我这里，600人都叫什么？！谁答得上来？他们答得上来啊，你答得上来啊。别说600人，他们答上6个人，不用你动手，我自己抽！

科长：好，你自己说的。这600人都叫什么？

（甲乙丙三人齐声：学员！）

（周自己抽）

科长行啦行啦。我们文化馆，下乡去帮教，就是要丰富人民群众的文化生活，你们都会什么展示一下！你。

甲：音乐起！

（甲唱几句）

科长：好，你哪？

乙：音乐起！

（乙起舞。三十秒）

科长：好。你哪？

丙：音乐起。

（丙展示现代舞，三十秒）

科长：好！你，不用了，你会睡。

周：科长，我也想去，不想再混下去了，给个机会，我也展示展示呗。

科长：你会啥呀？

周：会唱歌。

科长：啥歌呀

周：读书郎，我的主打歌曲！音乐起！

（两遍一个字也没有，均唱嘟里个嘟，生气下，穿衣上）

科长：我们走，不带你去！光会扯嘟里个嘟。

周：带上我科长，我再也不想混日子了！不混日子了。

协议离婚

编剧：王海生
人物：村长：50岁左右。以下称"村"
　　　　村长妻：50岁左右。以下称"妻"
　　　　万小菊：30岁左右。以下称"菊"

[村长手拿一封特快专递上，边走边打电话]

村：喂，喂，大宝、大宝啊，听见了。收到了，刚刚收到啊。大宝，我正要给你汇报哩，嘿嘿，第一笔100万全部修了路了！缺不多了，现在第二期学校呀、自来水呀、敬老院啥的全都开始动工了！（电话声：噢，我放心了。我这里有点事，正要求你给办办啊）大宝，田——总！你的事，就是全部村民的事嘛，你田总还要我办的事，嘿嘿，我能办成个啥事嘛？只要不违法，尽管吩咐！（放心，不违法！我想过了，只有你能办成啊！你手里那个EMS，里头除了第二期工程的施工图，还有、还有、还有一份离婚协议书！）离婚？谁和谁离婚？！（是我要和小菊离婚）你！和小菊离婚？！那可为了个啥吗？（就算是感情不和吧）大宝！娃都上二年级了！这感情咋说不和就不和了嘛。不和了，也不要紧！嘿嘿，你知道我的强项：不管多粗多糙的墙，只要我一抹子稀泥过去，抹得平平的！我现在就找小菊去！（村长大爸！这回不是让你把墙抹平！是让你把墙给挖倒！哎，哎具体原因小菊知道。你，去劝她签离婚协议书。协议离婚。办好回个电话，我再打第二期200万工程款！挂了）

村：哎，大宝、大宝！这叫个啥事嘛。我咋觉得是掉到坑里头了么。劝人离婚？这是吃粮食的干的事嘛！可要是不管，这工程地基全都挖开了，他不给钱，村里的人还不得把我活埋哩！咋摊上这么个事儿嘛。我去问一下小菊，这到底是咋回事。不行，我一人去，小菊肯定哭闹起来了，传出去就是绯闻！我叫上我老伴儿。老婆子——！老婆子！

妻：（上）来咧来咧，呀，站在门口可是叫唤啥嘛。

村：跟我去一趟小菊家。

妻：干啥呀？公事私事？

村：会说话不？对村长来讲，村里的事吃饭喝酒全是公事！走。哎，今天，你要么别说话，要么就顺着我的话说！听见没？！

妻：不让我说话，叫我干啥呀，不去。

村：你不去咋行？小菊家里就一人，我一人进去，你放心？！

妻：就你？还能闹出个绯闻？自己家里的猪饿得嗷嗷乱叫哩，还有外梁的粮食。我不去。

村：（拉妻走）由了你了！到了，叫门。

妻：小菊！小菊！

菊：谁呀？

妻：我，你婶子。

菊：（上）噢，来了，婶子，村长，快进屋。

妻：小菊。听说你来一个月了，没见你在村里走动，你，哎，也不说是来看看我！咋了，不高兴？谁惹你了，让你叔收拾去！

菊：（笑）没有啊，到家里了，咋能不高兴哪，高兴。

妻：我还以为你见大宝给村里捐了那么多钱，你不高兴了哪。

菊：婶子！钱，是大宝挣的，他想捐多少随他捐去。再说，又是捐给村里的，应该！！捐得少了，我才不高兴哩。村长，你坐呀，我给你倒茶去。

村：不麻烦了……我……

菊：村长，有啥事？

村：嘿，也没啥大事。

妻：没啥事？没啥事你倒是乱窜啥呀！有屁就放，放完回家！

村：（瞪眼）有……事，就是你和大宝离婚的事，到底是咋回事嘛？

菊：你……知道了。

妻：离婚！谁要离婚。你要和大宝离婚？！瓜女子呀，你放着娘娘不当当丫鬟呀，你是怕钱烫手哩，多少女娃子争着盼着嫁个大款哩，你倒要和大款离婚！（村拉不住）再说了，你离了，村里又没有地！你娘家离得远着哩，你咋个生活嘛？

村：一边儿去。

妻：你一边儿去！我是他俩的媒人！是我说合的！我得负责！小菊，三十大几的人哩，不能离哟。十七八一朵花，二十七八快蔫啦，再拖个娃娃，哎哟哟，那就是个光杆杆么。

菊：婶子！不是我要离，是……是……是大宝！他要离。

村：我就是问，大宝为啥要离婚？

妻：还用问，外面又有女人了！

村：你胡说些啥。

菊：我婶子说得对着哩。

村：那女子是啥人？干啥的？

妻：狐狸精，勾引男人的！

村：（拉妻去一边）你的话多得很，能塞住不？我这么眨眼睛你看不见？

妻：就你那一对蝌蚪眼，眨不眨都一样！小菊，我给你教几招！你得会哭会闹！你一人闹不大，叫上娘家人一块儿闹！再不行，就假装喝药！

村：回家去！你到家里真喝药去！

妻：我不回家！更不喝药。

村：不回？不回就不要插话！小菊，到底是啥情况嘛？

菊：她年轻漂亮，又能写会算，本来是我让她跟着大宝经常办事。后来，后来就……现在，快出怀了！

妻：都怨我呀，都怨我！

村：关你个屁事。

妻：怨我少教了一招！狗狗娃，猫嘴边上放不得鲜肉，狗嘴边上放不得包子，老牛身边放不得嫩草！

村：既然是生米已经做成熟饭，你就别再往煳里烧啊。

菊：村长，那，你看我该怎么办呀？

村：过来！都过来，给你们分析分析当前的形势。

妻：你的官腔又出来咧。

村：这咋是官腔嘛。你回来前大宝咋给你说的？

菊：我……我快一年没有见到他人了。是他的律师跟我说的，该给我的都给我，好好分手。

妻：一年没回家？！白天胡骚情，晚上还不回家？

菊：大宝早给那姑娘买了一套别墅。我……我也不知道在啥地方。

妻：哟哟哟。这就不是一般的偷吃零食，是跟别的母猪跑咧！！

村：又开始胡说了。综合当前的状况，我认为该离婚。没法过嘛。

妻：不该离。

村：该离！

妻：不该离！

村：该离，一定要离。

妻：不该离。打持久战！不能想吹胀就吹胀，想捏扁就捏扁！想当个皮球玩，没门！

村：你？！我……我进门前给你咋说的？

妻：忘了！！！咋的。哎，我问你！要是有人挑唆咱儿子和儿媳离婚，你管不管？

村：敢！我打断他的腿！！

妻：（瞪村）你先把自己……

村：这是两码子事……

菊：村长，婶子，你俩别争了。我的事，我心里有个主意。

村：小菊，还是离了好。离了你自由，眼不见心不烦嘛。你不知道，这男人啊，都爱年轻女人！那个城里女子比你年轻、比你漂亮，人俊腰细沟子圆，性感挡不住！你不离婚空耗几年就跟你婶子一样咧，你瞧瞧，这腰，水缸一般粗，这脸上皮都松咧，一层一层的，跟梯田一样。嘿，没眼看么，越看越生气嘛，你还等啥哩……

妻：我——才——知——道——了！！（拎村长耳朵到一边）你把刚

才说的再说一遍！小菊比我年轻、比我好看！你把他俩挑唆离了，你想干啥！

村：我这不是打个比方嘛。你嘴里粪又出来了！你知道啥么，是大宝提的条件，小菊不离婚，200万捐款不给。地基都挖开了，你让我咋个办？！

妻：真的？

村：离婚协议与捐款协议，都在那个信封里一块儿放着哩，这不是摆明了吗。刚才，就是刚才，我都给大宝答应了劝散。

妻：20年前，我就给村里人答应过，只给说合！！

村：我……我这不是为那些钱嘛。

妻：那些钱，你就好意思收。啊。（忽然失控声）那些钱花得你就心安理得？！

菊：婶子，你俩说钱干啥，啥钱啊？

妻：噢，噢……我俩在说……（村长给比画顺他说）离了……离了也好着哩，就多要些钱。

村：对着哩，对着哩，你婶说得太对了！多要些钱。我看协议上分了多少？

菊：村长，婶子，钱多少我不在意。我……我要的是人，是……是……是大宝。

妻：你个瓜女子！你有钱咧，还怕没人！我给你找一个比大宝更年轻的。我要是你，就找一个更年轻的，老的天天鼻涕眼泪的，不中用！

村：你刚才说了个啥？再说一遍！

妻：我这也是打个比方么。你急个啥。

村：哎——！小菊，你看这协议，我的天，这么多钱！给你和娃分了这么多钱！！

妻：钱？我看看，个十百千万十万百万千万……我的天爷爷！我得说成多少对媒呀。

村：账算得明明白白的。小菊，你和娃得的比大宝多。大宝还是有良心的！唉，人倒是仗义着哩，就是爱跑个骚。来来来，小菊，签个字就归你咧。

菊：村长，我不想……不想离婚。

妻：娃呀，这划算着哩。猪头归他，猪屁股归你！不吃亏。

菊：婶子，我真的不想离婚。更没想过再寻人，怕找一个待我娃娃不好咋办？！在乡里，我一样把我娃娃带大，让他上学读书。乡亲们对我好，我活得舒心。村长，我不离婚。

村：……

婶：对着哩，对着哩。咱不离婚。

村：你到底是那一头儿的嘛。小菊，我……我实话给你说了吧。大宝说了，你的离婚协议不签，后面的捐款……怕就泡了汤了。这事儿一泡汤，全村人的希望可就变成……变成失望了呀。这……这……

菊：（震惊）我明白了。

婶：小菊，你叔他也是没办法哩。

菊：我知道。村长，他后面再捐多少？

村：（蹲抱头）200万。

菊：（拉起村）村长，我签字！我同意协议离婚。

妻：小菊，你，你可要想好。

菊：婶子，我不想离婚。可捆绑不成夫妻。村长，我签了。我还有一句话：现在，这钱就是我的，我捐500万元。给村里办一个养鸡场，再修个文化广场，不够我再给。婶子，村里的姐妹们，谁要想投资办个小养殖小手工啥的，缺钱就向我借。你负责联系啊。婶子，我这一年多，想通了一件事，女人得自立！

村、妻：小菊！这……使不得。

菊：村长，我也有个条件。

村：（拍胸）十件八件，违法的你叔也干！

菊：我的房院，你得给我看好。谁家房子要坏了，先住我这里，我要是想回来了，到村里，也有个住处。这里，是我的家呀。

村：（顿，仰面自语）小菊，你住过的，村里人会当成庙！！

妻：小菊，你还回兰州呀？娃，别再闹了啊。

菊：我去天水买套房。我娃娃在那里上学条件比村里好。我，这就去给娃办转校手续，去天水了。

妻：小菊！你不要记恨你叔啊。

菊：（摇头）我会经常回村里来的，来看你们，来看看乡亲们。村长，我交代的事，你要办好啊！

村：（泪已成行）嗯。

菊：我……我走了。（下）

（村、妻，目送菊下）

村：真走了，走得这么平静。

妻：这下，你倒是对得起村里人了，对得起大宝了！呸！！我回娘家咧。（下）

（村长向小菊下的方向，忽然跪倒，双手来回抽自己嘴巴）

村：（失声喊）我——羞——先人哩！！

第一稿成时间：2012年12月29日星期六

牛肉面馆

编剧：王海生
地点：小牛肉面馆
人物：父：父亲，50岁左右，农民，盲人
　　　　儿：儿子，高三学生，校服
　　　　女：女老板，牛肉面馆老板。40岁以上

女：（上）儿子城里上高中，我也跟着进了城；
除了做饭没事干，在楼下开个牛肉面；
挣些房钱挣学费，生意好的 嘿嘿 燎得太。
呀，娃娃们，吃好了没有？马上高考呀吃好才能考好！一碗六块，穿校服的再加一蛋！哎，又来两位，里边坐！
（儿扶父上）
儿：爸，你坐这儿，这里没人。
女：（热情招呼，悟，是一盲人，擦桌子）来，这里坐下。吃个啥？
儿：两碗牛肉面。
女：（朝内高声）两碗牛肉……（儿急拉女到一边，悄声）一碗牛肉面加肉，一碗清汤面。
女：你这可弄啥哩嘛？都叫成一样……（儿拉女衣袖，示意小声点，怕父听到，女恍然）噢，没带钱，不要紧嘛，欠下下次给，我就在这里。（儿尴尬脸红，掏钱给女）行，就按你的吩咐。钱我收了，（高声）两碗牛肉面！呀，我给后厨当面说清楚去。（下）
父：（一字一句）你这下的还是馆子！
儿：爸，这是牛肉面馆，不贵。再说你进一趟城，不容易。

父：还知道我进趟城不容易。哼，谁让我是家长啊，班主任打电话请家长！这么光荣的事我能不来嘛！

儿：其实，其实也没大事。

父：说，为啥要打架，为啥要打架！还剩22天要高考了，为啥还要打架？！你这一墨水瓶也就是打到同学的身上了，要是，要是打到眼睛上，那同学后半辈子就和我一样，成个瞎子了！我眼睛瞎了三年了，我知道这眼睛没了的滋味，可那娃娃才活人哩！（越说越气，以盲杖触地）跪下！

儿：爸！这里人这么多，咋……跪嘛。

父：（怒）跪下！

儿：（儿子坐板凳上跪下了。）

父：跪下了没？

儿：（嘟囔）跪下了。爸你不知道他们几个是咋污蔑你的。

父：他们又没到乡下来打我，就是骂我，离得这么远，我又听不到！

儿：当着我面的，我听到了。

父：听到了？！听到了也给我忍着！

儿：可我就是忍不下！

父：（冷冷地）那可是为个啥嘛。

儿：语文老师说，为了强化作文训练，要求我们班上每人用最精练的语言，写下自己最为感动的一段话。50字以内。别的同学都是从《警句大全》《中外名人名言录》《优秀作文选》中抄。

父：《优秀作文选》记得你也买过？

儿：不想抄，我写了一句，就再也写不下去了。交卷了。

父：老师……嫌太短？

儿：老师不在。作文交到讲台上了。另一个同学交卷看见了，他就大呼小叫地喊："看啊，哈哈，都来看啊。文科状元只写了七个字：我的父亲在流汗！这是状元的名人名言。哈哈哈。"

父：就因为个这，你就打同学，啊？

儿：可全班的同学都哄堂大笑！有个同学他爸是个大款。他站起身来

阴阳怪气地说:"我再添三句,凑成七言绝句才能成名言,听着啊:我的父亲在流汗

我的父亲在小便

我的父亲在大便

我的父亲在要饭!"

我气急了,顺手就抄起墨水瓶就……打了。

父:(极怒。拍桌,起立)孩子,站起来!领我去见校长,我去讲讲这个理!(父离桌欲走,儿这时才跪下拖父腿)我是穷,可没有要过饭!政府给我发了三年的低保,可我没拿他们家的一分钱!他凭什么这么说我……凭什么!

儿:爸,爸。咱吃完饭,吃完饭就去学校。

父:我要问问老师,这样的学生该不该打!

女:(端面上)该打!就是该打。

父:你是……校长?还是领导?

女:嘿,我是个啥领导,我是这牛肉面馆的领导。老哥,别生气了,来,坐下,先吃面、吃面。

父:我还有啥心思吃饭嘛,打下人了,学校请家长,肯定是赔医药费啥的,我……赔不起啊。说不定校长还开除我娃呀,这都要高考了啊。

女:(劝)都是娃娃嘛,胡闹哩么。我给你说,我这里天天学生都来吃饭,昨天我就知道咧,给你说老哥,啥事都没!

父:没事?咋能没事。就是学校不开除我娃,那个娃还能不找他爸,他爸再叫一帮子人打我娃!(儿低头吃面)

女:哎,(神秘地)给你说,老哥,听说那娃还真的找他爸去咧。

父:你看看,你看看,他爸咋说的?(儿抬头)

女:咋说?他爸没说话。就抡圆,给儿子添了两个大嘴巴!(儿抬头大笑)

父:啊?!又挨一顿?

女:可不是又挨一顿。老哥,天下父母心是一样的。他爸的钱也是流汗挣下的。昨晚那班主任说,他劝完架就把你娃的作文拿给校长看,校长

看半天才说一句话:"这是我最好的学生!"还夸你娃有良心哩,将来一定有出息哩。你就把心放肚子里,好好吃饭。呀我给你剥个蒜。(下)

〔父与儿均轻松吃饭,儿正低头吃饭,父忽然尝到是一块牛肉,摸到儿碗,夹到儿碗里,儿没吭声。在父放下肉后,儿悄悄夹回父碗。父又加上了,又夹到儿碗,儿说:"爸你吃。"父说:"你正长身体,又快高考哩,补一下啊,等见过老师,回村时我再给你留下五十块钱。"父子说话间,又夹到了一块牛肉,边给儿子夹边说:"呀这牛肉面实惠得很嘛,牛肉给得多!来,吃好。"儿边流泪边说:"爸,我碗里牛肉也多得很,你倒是吃一块嘛。"〕

〔父子让肉的事,让边上剥蒜的女老板看在眼里,低头一想,回身端一盘上〕

女:老哥,给你一盘干切牛肉。

儿:(急)阿姨,你端错了,我……我们没要。

女:这盘,不要钱,老哥,你尝尝我的手艺。

父:世上没这理。我乡下人,没吃白食的。

女:看你老哥,话这重的!我……我们牛肉面馆今日店庆!周年店庆。赠送的。(下)

父:噢,(冲另一边)那就谢谢啊。

〔儿给父盛半碗牛肉到碗里,嘴里吃一片说:"爸,咱俩一人一半啊。"父不再谦让。这里背景音乐《父亲》渐起。吃完。儿将半盘装入塑料袋,将口袋中仅有五块钱压在碗底。起身扶父时,将塑料袋塞到父口袋。扶父下〕

女:(上)你们走啊,吃好了么?走好啊。(回身收碗,发现碗底钱)老哥,老哥,你们的钱掉地下了!给你们钱!(追下)

(创作于2015年驻村期间)

村长上电视

编剧： 王海生
（时任华歧乡谢小村扶贫工作队队长兼第一书记）
地点： 电视台录播厅
人物： 村长
　　　　女主播
　　　　导演

［场景为电视访谈类栏目常见布置。一个半圆形沙发、前景为一个玻璃茶几］

［导演上］

导演：各部门抓紧！音响、灯光、一号机、二号机、三号机，准备好了吗？回答一下！好。主持人到位。清场！

［女主持人从另一侧上，坐到沙发上］

［村长上］

导演：嘉宾上场，嘉宾！！干嘛去了？（村长答：紧张，又尿一泡！）这是什么？不要带这个，要有现场感（把村长笔记本扔了，导演推一把，村长坐下）。

导演：嘉宾上场，嘉宾！！第一位嘉宾。实拍——准备！

［村长掏出笔记本，让导演夺下］这又不是报告会，不能照着材料念，一定要有现场感。

［村长欲抢回笔记本，导演手一扬，笔记本已丢远了。导演推村长过去］

村长：领导……领导……我……

导演：没有领导，叫导演。

村长：倒爷、倒爷，我……

导演：不是倒爷！是导演，叫我小胡就行。

村长：导演！我要再去一趟茅子。厕所、解手的地方！

导演：你不是刚刚上过卫生间了嘛？马上开机了，这么多人都等着你啊。

村长：我……我……又憋了。

导演：唉——好吧，快点！（对主持人）你的提词都背熟了吗，（女主持回答OK！导演一扭身，见村长又回来了）你怎么又回来了？嘿——！又忘地了。出门儿，左拐，第一间，进去，左手是男厕！

村长：没忘没忘。

导演：那你又怎么了？

村长：又没了。吓回去了。

导演：[无可奈何] 开机。实拍——准备！

三、二、一，开始！

女主持人：电视机前和现场的各位观众，大家好。这里是甘肃卫视人物专访栏目。今年我省的"双联"与精准扶贫深度融合，全省扶贫工作取得重大进展，今年已有10%的贫困户脱贫！从今天起，我们请来了十位脱贫村的村长给我们介绍他们村脱贫的经验，下面请第一位先进代表：天水市下洼子村王村长给大家介绍经验。王村长你好！[背景音乐起，村长紧张得不知如何是好，导演猛推一把，女主持人起身与村长握手，村长未放开，女主持自己抽回，村长在斜对面坐下，村长双腿打战、低头不语]

导演：停！（赶到村长身边）你把头抬起，哎，不要看摄像机！还照上相了。唉——看人啊！（村长一听看人，忽扭头看导演！导演一把抓住村长的头扭向女主持人）看她！盯着她看，明白不？！

（瞅着女主持人的村长忽然捂住了眼睛）

导演：停！你捂眼睛干嘛？啊？！

村长：领导、导爷、导演。她的领口太低了……

[女主播大窘，生气，转身走，导演叫：回来！]

导演：（欲哭无泪）村长，你，往哪儿看哪？

村长：穿得少，我……怕感冒！

导演：（叹口气）服装组！把你纱巾给我！（扔给女主播，推村长过去，女主持瞪他一眼）主持人注意把握情绪！好，三二一开始！

女主持：王村长，精准扶贫全面开展才几个月，你们村就从贫困村脱贫，请问有什么经验吗？

村长：（瞪她）你放——，胡说八道啥来么。

女主持人：停！导演，我不拍了！（站起，纱巾扔下）

导演：（大吼）你怎么骂人啊！谁让你骂人！这是在拍电视，不是在你们下洼子村！搞明白了没有？啊？！低俗！

村长：她……她就是胡说八道嘛。

女主持：我咋胡说了呀。胡说什么了？

村长：狗狗娃！你吃馒头，吃了三个没饱，第四个吃完，饱了，你能说是最后一个馒头把你吃饱的吗？从省上"双联"算起四年了，还半年多脱贫？前面撅起沟子干了三年就不算了吗？你说，联村联户是不是扶贫！是不是扶贫工作！说。

（导演和女主持愣住了）

导演：这一段不要了。继续往下问。王村长，脏字不许说！听到没有！各就各位，三二一开始！

女主持：王村长，能不能介绍一下你们村的基本情况。

村长：我们村……

女主持：请用普通话。

村长：79户，588个人，一人2亩1分地。

［女主持人等着，村长不说了］

女主持：那没脱贫以前，村里有多少贫困户？

村长：11户。

女主持：请继续说。

村长：不用请，完了。

女主持：完了？后面……

村长：（急）精准数字，11户。你还嫌少吗？

女主持：（笑了）村长，现场和电视前的观众都希望你多介绍你们村，大家说是不是啊？［现场反应］

村长：嘿嘿，出门前我老婆交代，多吃少说，怕一说起来收不住啊。

女主持：实话实说怕什么。比如这11户是怎么脱贫的？

村长：放开说？

女主持：放开说！大家都想知道。（带头鼓掌）

村长：其实，11户也没有完全脱贫……还有1户……

导演：停！！怎么说话哪，啊，还有1户没有脱贫？你到电视台介绍什么经验啊，你好意思来吗？！

村长：（站起）又不是我要争着来的，是你们请我来的！要实事求是哩。我能胡编吗，我们村里人都守在电视机前看着哩，我吹牛皮、放空炮，以后我在村里咋活人啊！不录了（导：停。村长说：我不录了。导：停！停！村长：把我当成红灯了吧你！），不录了！我回了。［欲走］（朝后面喊：庆阳的兄弟，轮到你了！）呸呸呸！我这个臭手，十个村长抓阄排顺序，我抓了个第一号！嘿！

（导演愣了、女主持急了。女主持忙拉回，劝）

女主持：王村长，不能走。过来再录，别对我们导演发脾气，我们导演脾气很大。

村长：那是他没有碰到过比他脾气大的。给我发脾气，哼。

女主持：［转身］咋办导演？

导演：（小声）录完，回头剪辑。王村长，呵呵，讲那一户还没有脱贫的事儿。

村长：不讲了。

女主持：让你讲你倒不讲了，还生气哪。

村长：不是生气，是伤心！那一家人唉，他儿子在外地打工，不小心从十几层的高处摔下来，花了60多万到现在还是连一担水都挑不成。儿媳妇是外省人，不来了，留下一个7岁一个4岁两个娃娃，两个60多岁的老人带着两个娃娃，你说怎么脱贫？知道吗？（激）是精准扶贫政策兜底、政府管上了才算到脱贫的户数里的！是国家想得周到、政策好啊！（顿）我哪有脸算到我们的成绩里头啊！两个孩子满村子找妈妈，我到哪儿去给她们找妈妈去啊。我一想起……我一想起……你怎么不喊停了？

导演：讲得好啊。继续。

村长：（怒）我一讲点实话你就喊停，一讲点实话你就喊停。你除了三二一开始，还会别的不？

导演：我，不喊停了。

村长：那就不要站在这里了。

导演：好，我下去了。

[导演下]

女主持：哎，哎导演、导演。

村长：哎，哎，女子，来，坐那边，（村长坐到了女主持的位子上）咱们继续访谈！嘿嘿。

女主持：我都不知道说啥了。

村长：实事求是啊！说完不好的，再说好的嘛。你这么问：（学女主持人）村长，现在村里是什么情况啊？问，（学导演）各部门抓紧！三二一开始！问嘛？

女主持：（无可奈何了）王村长，现在村里是什么情况啊？

村长：现在，我们下洼子村，有两部小车、两个双排座、31个三马子，那牌照一口气顺下去的！会议大小开了，标语横竖贴了，村里鸡不乱飞、狗不乱咬，一切平安，和谐！嘿嘿。继续问！

女主持：（翻iPad）我提的词全乱套了，这……

村长：女子，你光坐在办公室里写的，没用！脱离农村实际，你们应该向扶贫队学习，到乡下去看看、转转，那歌咋个唱的：常回家看看、回家看看……

女主持：（来精神了）哎，咱说说扶贫队。我一同事也是扶贫队的，听说很苦的。

村长：苦——！肯定苦。但是，干部驻村、三方收益。村里、干部、政府三赢！

女主持：三赢？听过双赢，三赢是第一次听说。先说村里收什么益了？

村长：实惠啊。脱贫了。嘿嘿，"1+17"扶贫方案咋落实啊，村里人也不懂啊，全是帮扶队来回跑啊。从扶贫以来啊，道路硬化是"村村通"干的；自来水是"一事一议"干的；最主要的村里苹果产业——"双联"的；文化广场、太阳能路灯、技术培训——"精准扶贫"干的！全了。

女主持：好，这是村里的收益。那扶贫队干部收获啥了？

村长：身体好了啊。吸的新鲜空气、吃的绿色蔬菜，哎，那个扶贫队的小吴，来时一百七八十斤，那走路直喘啊，年前回城成150斤了！他女朋友高兴得直蹦高。（学小吴女朋友扑的动作，说"欧－爸啊"连辈分都乱了）

女主持：呀，瘦身效果这么好啊。我知道了，肯定是工作太累给累的！

村长：嘿嘿，水土不服给拉的。

女主持：拉的？拉肚子啊？

村长：吃一碗拉一盆，不瘦不由人！城里人为了减肥费多大劲。有收获。

女主持：（捂着嘴笑）哈哈哈。那政府收获了什么呀？噢，你别说，我知道了，政府收获是：下情上达、社会稳定、经济发展、公平正义……

村长：嘿，我觉得政府的收获就是两个字：民心！

女主持：（一愣，悟）对对对，太对了，是民心！哎，王村长，这会儿吧，还喜欢和你聊天式访谈了。这样看，扶贫队进村肯定特受欢迎。

村长：第一天进村就让南房娃给告了。

女主持：啊？告啦。为啥呀？

村长：为一箱方便面。说给别人发的是带碗的，他家的不带碗。

女主持：看来这群众工作真的不好做。

村长：我看他就是让帮扶扶上瘾了。说实话，等靠要的思想不能有！要脱贫得靠自己努力、要致富靠主导产业。

女主持：种粮食不行吗？

村长：不是种粮不行，村里人多地少啊。给你算算啊：有地没有？有2亩，种了没？种了，收了没？收了，干啥了？吃了，剩下啥了？剩了一堆粪。没钱啊！

女主持：哈哈哈，粪干啥了？第二年又拉地里了。

村长：循环经济实现了！哎，你知道农村的事儿啊？！

女主持：我家也是农村的！（两人互相击掌，坐近了）

女主持：村长，那你展望一下下洼子的明天吧。

村长：噢，我的时间……到了啊？我……刚刚把嘴活动开了么。

女主持：王村长，后面还有九个等着呐。

村长：我还有几句话借你们这个喇叭喊一下。

女主持：行。

村长：（站前台）下洼子全体村民听着！我们是一个村里的人，打断骨头还连着筋！下洼子村的口号：一家有困难、全村围着转！任何一户人不能永远叫政府背着！明年我再在这里给全省人民……不对，我讲错了，明年到中央电视台给全国人民汇报！下面，这个，啊，马上过年了，桑国泰家注意，把路上的羊粪扫了！这个，春节前村容村貌整治和明年开春的具体工作……

女主持：（急着打断，拉回座位）这个回去说，展望一下未来。

村长：我老花眼，展望不远，就一条：城里人有啥我们有啥！今年三个城市姑娘嫁到我们村里了。有车有别墅，那日子过得，啧啧，三对娃娃过得美得很！城乡一体化落实了。哎，女子，你有对象吗？

女主持：干嘛呀？

村长：给你介绍个对象，我们村的明明娃，那家的调和生意大得很，人好钱多。你嫁到我们村里来！村里文化广场缺一个女主持……这女子，你跑啥呀？

女主持：（转身跑）导演、导演，你快喊停啊！

村长：加个微信嘛！这女子瓜着哩。

导演：（笑着上）停！

第一稿于秦城2015年12月3日晚

两个女人一台戏

编剧：王海生

人物：村长

　　　杨酸菜

　　　田七姑

地点：下洼子村委会

（村长上）

村：（边嚷嚷边上）都停下！再给我好好弄个好节目。弄不好，哼哼。让你们八个光着屁股坐到冰上去。练春晚节目，唱个这……哼！

你们大家说说，村里强烈要求今年村里办《下洼子春节联欢晚会》。好事！今天一彩排，八个青年男声合唱：（好汉歌调）

大河向东流

村里光棍排队走

七个、八个

排队走

看见姑娘一声吼哇

看上我就跟我走

俩人私奔—闯九州哇

我很郁闷！

（杨酸菜上）

杨：村长在吗？

村：杨酸菜？你啥事？

杨：嘿嘿，我……我开不了口。

村：开不了口？咋了？把胶水吃上了？

杨：不……村长，你给我借上5万元吧？

村：干啥？

杨：我刚刚娃彩礼钱凑不够。

村：借钱……哎……这个事……

杨：你不借，就给我办扶贫贷款！

村：你贷款？扶贫贷款是生产性项目贷款，不能用在娶媳妇上，你这属于消费。不行！

杨：两个娃身体好得很，今年一结婚，明年就生产了么。

村：嘻！你们家都快奔了小康。一辆雨燕小车，一个三马子，一年苹果收购。你没钱？

杨：我两个儿子老大花光了老二打光棍？！亲家母、就是杨刚刚丈母娘在我家里等着哩。村长你说咋办？

村：我知道咋办？村长又不是神仙。我不管。

杨：哎，我给你说，村里彩礼这么高，刚刚脱贫，娶个媳妇又返贫了！你不管行吗？

村：这个……两个娃娃爱不爱嘛。都是自由恋爱。

杨：在南方一个厂里打工前面谈了两个，两个都吹了。把我心操碎了。急得求神保佑！求神保佑！这个成了！

村长：还求神，神咋说？

杨：把你能的。神的话你能听懂？

村：能啊。

杨：神咋说？

村：神说，他们都打了几千年的光棍了！我管不了。

杨：你不解决我不走！

村：不走？我还有事……

杨：我躲一下亲家母！

（田七姑上）

田：亲家母……亲家……要了命了！

戏剧小品篇

209

（杨钻桌子下）

村：找谁？

田：我找杨酸菜。

村：杨……你是？

田：我是田七姑，上洼子村的，噢，杨刚刚正和我女子谈对象。

村：噢，知道，李三娃老婆嘛。李三娃咋不来？

田：他，脸皮薄，不中用。

村：你脸皮厚？

田：（瞪）不跟你说，我亲家在不在？

村：在屋里。

田：哼，我亲家母不在啊？你哄我！

村：你亲家母又不是个猴，你往房顶上瞅啥呢。桌子下面那是个啥！

（杨尴尬爬起来，田大呼小叫）

田：亲家母哎，你钻那里干嘛呢？

杨：一块钱掉了，找钱呢？

田：找到没？

村：找理由哩，我桌子下面一天扫三回！

田：村长你还是个厚道人。

村：这实事求是么！（把桌子往前搬，村长坐后面）来，说吧。要啥条件？

田：也没有啥特别的条件。彩礼20万。

村：我问你啊，你爷结婚要的啥彩礼？

田：干啥呀？

村：闲扯一下么，说。

田：半口袋小米。

村：你爸结婚啥彩礼？

田：半袋小麦。

村：你结婚要的啥彩礼？

田：我就没有要！李山娃硬扛了半头猪！哈哈哈。

村：现在你女子的彩礼，你一开口就要亲家母的半条命！20万！这成买卖婚姻了，违法！

田：违法的？你把我逮起来啊。呵呵。彩礼不要，婚事吹了！

村：吹了？哎……哎，两个娃娃好着呢你说吹就吹了？！

田：姑娘是我养的！（欲走，杨拉住）

村：（给杨）亲家母要20万？这是买卖婚姻，要抵制哩。坚决抵制！

杨：不借钱就算了，你在里边搅啥呢！抵制？站着说话腰不疼。哎哟，你找媳妇的时候，看到你丈母娘家的大门都说是双眼皮的。这会子让我娃抵制。

呸！

村：嘻……

杨：（急）村长我这……亲家母走到我家商量去。

田：就是要有个见证人，说我违法！第二条：80平方米的房子一套。第三条，小车一辆。答应就办证，不答应就吹。

杨：大了有用吗？

田：我说买多大就买多大！

杨：我家二层楼九间房哪。

村：你家二层楼在哪？

杨：就在村里呵。

村：你儿子在哪？

杨：两人都在城里打工。

村：把二层楼你准备拉到城里去？！

杨：租一套楼房嘛。再说我结婚时还是一间小平房，现在啥没有啊？村长你给说说嘛。

村：唉（摸摸脸）哎——租房子住，也对。

田：不行。租房是临时，结婚是一辈子！不能把永远的爱情建在临时的基础上。

村：嘿，杨酸菜，听到……

杨：听着了。要房子要车。杨刚他爸苦了一辈子还坐着三马子，她……

村：杨刚他爸的老沟子能和人家姑娘的嫩屁股……（捂嘴）你不答应怕……

杨：两个儿子老大花光了，老二咋办？我的命苦。

村：给你早说了：生男生女都一样。你说生男生女声音都不一样：生女子是哗啦一下，生儿子是咣当一声。现在明白了吧：咣当一声，家产弄光，哗啦一下，就是倒了一缸银子！回去。

杨：我不回，我答应。我也要提条件。

田：你还提要求？村长……

村：礼尚往来嘛，第一个。

杨：生的娃娃不准她抱！不能带回娘家。

田：胡搅蛮缠，咋能不让我们抱吗？不讲理。村长？

村：支持，不但合理而且合法，符合"谁投资、谁收益"。

杨：村长，你有水平！我天天抱着孙子、孙子小嘴奶奶、奶奶地叫着……

田：我要和她一样！

村：她出了 20 万的彩礼！你也出 20 万？

田：不出，减少 20 万。

村：账目数字清楚！乙方继续。

杨：第二个要求：生（掰指头）五个娃娃！

田：要生那么多吗？

杨：我说生几个就得生几个！生五个女子，再过 20 年，彩礼 100 万，到那时候谁还敢叫我杨酸菜，我就拿钱砸他。

村：哎哎哎哎，政策，违法政策。两个娃。

杨：改一下。不能全生女子，也不能全生儿子，插花了生。第一个必须生女娃，第二个必须生男娃。顺序不能颠倒！

田：不讲理。村长……这讲啥顺序……

村：有道理！她也是为你姑娘考虑啊。生两个儿子或者第一个是儿子，20 年后你姑娘也就钻桌子底下了！对不对？！哎，支持。

杨：村长你太有水平了！

田：这生男生女由得了人吗？

村：努力！瞄准了啊。第一个要生得稀里哗啦，第二个生他个咣里咣当，先就咣里咣当，后稀里哗啦，或者忍不住全稀里哗啦全咣里咣当！那就麻烦大了。

田：扣钱啊？又扣多少？

杨：错一个扣10万

村：刚好40万。平了。双赢局面。

杨：村长！你是高山！你是大海！

田：啊呸，娶儿媳妇还不掏钱。

杨：啊呸，你拿姑娘来卖钱。

（两人互骂撕扯，村长在中间）

村：行了，停，你们这是干嘛。啊，你是为姑娘争，你是为儿子闹。你们把我夹在中间……

（田、杨两人一起骂村长：你在中间两头儿挑！）

村：你们先听两个娃娃咋说，好不好？你把手机给我。拨通你姑娘，按免提！

（姑娘声在话外：……妈，妈，啥事啊？……田："女子你忙啥呢。"女："正和杨刚装潢租到的房子哪。"田："女子、我为你争取新房钱哪。"女："妈，我知道你是为我好，我和杨刚早商量好了，我们一起打工赚钱，生活会越来越好的，借钱结婚，以后哪、还得我俩人还！你们长辈结婚时不也是缺东少西的嘛，现在啥都有了。妈，操心半辈子了，我们都长大成人了，再别操心啦。拜拜，嘻嘻。"）

村：争、争、骂呀！娃啥都明白，就是你俩是糊涂虫！都成几辈人的亲戚了，拉个手，转过身啊，一起走！瞅我干啥，滚。

（田、杨邋里尴尬，拉手亲亲下，村长电话响："喂，儿子，啥事？你找了一个对象，要订婚，要彩礼？行，放心！我刚学了一招，哈哈，我这一抹子稀泥过去，多粗糙的墙——平平的！"）（哼着好汉歌曲下）

（创作于2017年12月）

买豆腐

编剧：王海生（村长）
人物：王冷眼，30多岁
　　　　城里男人，30多岁。简称"男"
　　　　城里女人，时尚。简称"女"
　　　　村长。称"村"

［灯亮起，台上一张桌子、一个豆腐摊位］
［背屏：村头大柳树下］
［冷眼上］

冷眼：转！转！天天往城里跑。迟早叫城里的坏男人勾着去！你说现在城里人一到双休日把车一开、领上女人娃娃就到下洼子村旅游来了，豆腐生意美过火！我的这个婆娘，碗放下、沟子一扭进城逛超市去了！唉，自己做完自己卖，男人命苦！

［汽车刹车声］（城里男人、女人上）

女：老公！这里太美了！看看！多么蓝的天、多绿的庄稼、多开心的我！老公，笑一个！

男：还笑一个，我保持不哭行不？！

女：你说你，天天上班、天天上班，幸亏早上让局长盯着做个早操，要不早得颈椎病了！还不知道走进大自然？！来吧老公，放松心情、高歌一曲！

（女的开始唱《最炫民族风》男附和）

你是我心中 最美的云彩

斟满美酒让你留下来

（买豆腐）

永远都唱着 最炫的民族风

是整片天空最美的姿态

（干豆腐）

（哟啦啦呵啦呗）

女：哎，你！搅和啥呀！

冷眼：怪的！你们旅游的能唱能跳，我一个做小生意的还不能吆喝了？！

女：啥生意？

冷眼：自己看。

（女一看招牌扑哧一笑掩面而去。）

女：哈哈哈哈，老公！

男：咋了，乐啥哪？

女：（掩着脸）比你猛！

男：（读招牌）冷——眼——干——豆——腐！哎呀哥们儿，你，身体是真好，可，脑子是真有病。

冷眼：你是个大夫？我有啥病。

男：冷眼干豆腐？还没病？

冷眼：识字不？我叫王冷眼！我做的豆腐！干豆腐！四声都分不清。

（两人争吵，女人打断）

女：（一声尖叫，两男人一愣）停——！大哥，你的豆腐好不好啊？

冷眼：当然好！（吹嘘一番）天然、绿色、环保、无污染！手工、石磨、浆水，无添加剂！女人的美容院、男人的加油站。不吃不知道、吃完忘不了，自然环境下放半个月不变质！拿起豆腐砸核桃比砖头方便！要买多少？

女：太硬了吧。

男：老豆腐？

冷眼：一出锅就嫩！

女：一斤多少钱？来两斤。

冷眼：六元。

女：贵了吧。

冷眼：大姐……

女：我有那么老么？！

冷眼：小姐……

男：再叫小姐我抽你！！

冷眼：美女！美女！看你这气质，这长相，这手饰打扮，和乡下人还计较一元钱。行，我开个张。一斤五元！

（男女点头，冷眼切豆腐，直接用钩扎住称）

冷眼：二斤！秤杆翘到天上去了。来，给你。

（正递时，冷眼突然一个喷嚏，女一看，摆手躲开。示意不要）

（冷眼不好意思。）

冷眼：嘿嘿嘿，没防住。我没毛病。

女：没毛病？你知道这一个喷嚏里，有多少大肠杆菌多少螺旋杆菌、多少禽流感菌多少维生素ABCDEFG……不要了！

冷眼：不要就不要，说那么多的话干啥。

男：再切一块！往中间。

冷眼：行，这一块我留下回家自己吃。洗洗就行了，回家洋芋烩豆腐。（又切一块，称秤。拿手递给女又抽回递给男）

男：慢着！我的天，你就用手抓呀。啊？什么情况。

冷眼：咋了？

男：还咋了？黑手直接抓啊……

冷眼：（赔笑）嘿嘿，太阳底下天天晒着，黑是黑，没垢痂！不信你看（舔一下自己的手）。干豆腐，回去一洗就行啊。

男：还回去洗一下就行，你知道你手上有多少大肠杆菌多少螺旋杆菌、多少禽流感菌多少维生素ABCDEFG……不要了！

女：切，就是，乡下人真是不讲卫生。

冷眼：美女！你以为你们吃得就干净呀。天天农药化肥添加剂吃着，还嫌我们乡下人不卫生！行！我再换一块，今天这生意我非得让你们俩开个张!

（又切一块,称秤,这回不敢用手,不敢看,拎着,喊：接住美女。）

女：真是笨,你先倒案上啊。（冷眼放豆腐在案上,女边说边拿刀端,不妨刀一转,豆腐掉在了地上。女尴尬）

男：这没事啊。干豆腐,你拿回去洗洗就得了！再切一块。

冷眼：我回去洗洗？！你知道这地下有多少牛粪多少羊粪多少鸡粪？有多少大肠杆菌多少螺旋杆菌、多少禽流感菌多少维生素ABCDEFG……算你的！捡不捡都是你的。

（两人吵吵,村长上）

村：哎哎哎,吵吵吵啥哩。

冷眼：村长大爸！两个城里人讹咱乡里人着哩。你得做主！

村：胡说八道,城里人比咱们文明,还能讹过你？！咋回事？

（男女均想插话,都被冷眼挡回。冷眼一番贯口式的话,把村长给说得糊里糊涂）

冷眼：这样的,她唱他跳,还说我有病。一斤五块,第一块给她就一个喷嚏就不要了；又切一块就是手上有垢痂；又切一块结果就掉地下了。有大肠杆菌维生素ABCDEFG……B52,你听清楚了没？

男：你再演一遍！

冷眼：演就演。我没毛病。

女：演,一个环节都不能少！让村长评评理。

（三人呛火：演就演。你录下都行！哼）

（冷眼边解说边切豆腐。说：第一块递给她,她还没接上,我没防住打一个这样的喷嚏。冷眼等喷嚏,冷眼没打,城里男人冷不防一个喷嚏！冷眼逮住理了,城里男尴尬,女怨护男前。冷眼说：不要躲,躲,也算你的！村长肯定说：这算你的,继续。冷眼说第二块是我手抓了）

村：你咋用手抓啊,卫生手套哪？

冷眼：我女人城里逛去了,我不知道放啥地方了。所以就……

村：这一块算你的！继续！

冷眼：第三块我不敢动了,放案子上,她用切刀自己端。你来演。

〔女不演了，男的主动来端，结果刀把一转，豆腐又掉地上了。冷眼哈哈大笑，说三块全算你的了！男不服，与冷眼吵吵。村劝无效，追打过程中，城里男不妨一个绊子，把豆腐摊刮倒。冷眼乐得手舞足蹈。唱你是我心中 最美的云彩，斟满美酒让你留下来，（豆腐全卖你！）永远都唱着 最炫的民族风（豆腐全卖你！！〕

（冷眼得意时，城里男女急眼，与村长解释。村长打断冷眼的唱扭。）

村：行了行了！王冷眼，有你这样做生意的吗？

冷眼：没有，没有这么快的，嘿嘿，算个批发价！

村：就是你惹的事！你说你，买豆腐不戴口罩不戴手套，食品安全，要从每件小事做起！核心价值观！文明！诚实！守信！得理不让人啊。我也说你俩几句啊。咱们国家发展太快啊。城里人富了，我们乡下还不太富，不要看不起乡下人，乡下人正在脱贫啊。不要给眼色不要太歧视，精准扶贫，文化建设，再过几年，我们乡下人在文明程度上，一定与城里人一样高！这样，把这个扶起来！干豆腐没事。不让你赔。这一块豆腐，冷眼你手抓的，给你，这一块，你也喷过，给你，洗洗，没事。这地上一块，我拿上，回家洋芋烩豆腐！不用谢，只要大家都相互尊重，社会一定和谐。

（村长与男女一起下）

冷眼：和谐好，和谐好。哎，村长，你的豆腐钱还没有给我啊！

（追下）

（创作表演于 2018 年 4 月）

网上网下

编剧：王海生

时间：现代

地点：市场一角

道具：豆腐摊。后加防雨棚

人物：王冷眼。摊主。王

丽丽。（网红）红

霞霞。（王冷眼妻）霞

二虎妈。女，超级粉丝。虎

张大爷、李大妈。买豆腐者

市场干部三名。市或者员

助理三男一女

［灯光起］［王在豆腐摊位起。吆喝：豆腐——豆腐——干豆腐噢］

（手机铃声）

（接电话）啊，媳妇咋了？新品种豆腐好啦，你别动，小心动了胎气！我马上回来拿。（下）大家帮我看一下摊子。让顾客自己切开自己扫码啊。

（C哩C哩音乐起）

［丽丽与团队在音乐中舞动着上（一个拎着包，一个提录制设备，一个拎反光白板）］

红：停！到了，就是这儿。天哪，半年了，一点都没变！助理，马上布置直播平台。（两个男的下去取一个无顶雨棚，上横一幅：网红丽丽直播平台。搭豆腐摊上）Hi——！瞅啥瞅。告诉他们我谁呀。

众助理：网红！

红：（不乐意）重喊

众助理：女神！！

红：（开心）呲~！（对女助理）补妆。

助理：姐，你得悠着点儿，昨天直播干一箱啤酒，今天就生吃豆腐啊，是不是太拼啦。

红：不拼哪来粉丝，不拼哪来流量！一个月换一个品种：珍珠奶茶、脏脏奶茶、云南醮水、苦苣浆水！冒烟冰淇淋、不撒尿牛丸……

助理：今天咋计费？

红：今天免费！准备直播：各位亲——我是丽丽，在美丽的天水菜市场体验这里不同以往的特色美食哟……

（王上：霞霞你慢些走、我先骑电动车送豆腐……

王：（蒙了）我的豆腐摊摊哪？拆了？还是飞了？哎……

（男助理阻：别吵吵拍摄哪）

这女的谁呀？干嘛呢！

男助理：女神正在拍吃豆腐。

王：你挡我干啥！还女神，打扮得跟麻将里的幺鸡似的。我所有证照齐全，市场监管局批了的，你说占就占啊。我马上打电话告你……

红：……亲，点赞我哟，萌萌哒，十分钟后再联线。（下直播平台）（对王卖萌）不认识我啊？美不？

王：长得好看就想吃我的豆腐呀。

红：想起没……半年前……

王：你谁呀你，扫码了吗就啃我豆腐……过去吧你。（扯一把红）

红：（方言）姐夫！你拉我干嘛！姐——我姐夫他拉我手……

（霞上：你干啥呀你）（拍王几下）

王：（辩）她吃我豆腐。她是……

霞：丽丽。

王：你亲妹妹啊！

霞：网红！从头到脚整了一遍。现在粉丝破了十万！

王：丽丽哪，这长相……咋成网红的？

红：（傲然）英雄不问出处。

霞：（对王）不让说。我不是不方便吗，让她过来帮咱们宣传宣传，代言一下，扩大知名度嘛。

王：噢，咋宣传？

红：姐夫，你每天咋卖的？

王：豆腐！冷眼豆腐噢。天然绿色无污染，石磨豆腐浆水点！冷眼豆腐！

红：销售多少？（快速对答）

王：几个社区哪每天二百斤。

红：有人点赞吗？

王：个个夸奖。

红：有人送花吗？

王：没有。

红：有人上贡吗？

霞：（打断，插话）你姐夫过世的时候可能有。

红：切，那是上香！（普通话）这都啥年代了，自媒体时代、大数据、云计算。人的消费观念变了，人们需要旅游、美妆、时尚和仪式感！你得有大创意！

王：我们俩就是做豆腐卖豆腐的。咋创意？

红：知道西安的摔碗酒吗？

王：我摔豆腐啊？往地上一摔，咋吃？

红：知道郑州的算命奶茶吗？

霞：（诚实）妹妹，我们俩的命都搞不懂还算别人的命，你是大学生，教教你姐夫。

红：你一斤卖多钱？

王：五块。

红：我网上一斤给你卖二百元！你在网下哪卖这个价去？

王：那……那我和你姐提上刀子在见河梁等着去！一斤豆腐卖

二百？！抢人啊？

红：所以，你俩不能光盯着食材本体！

霞：妹妹，你说些我和你姐夫能听懂的。

红：豆腐背后藏着的是什么？

霞：藏着啥？

红：食材后面的文化！加入文化！（贯口）在天地初分，宇宙混沌，盘古开天女娲造人，鸡公山上一个大仙，在吸收天地灵气将豆置于鼎之中熬制仙丹，当一勺浆水飞入鼎中，忽然雷鸣电闪（音效打雷声）天地变色，仙丹终于破鼎而出名曰豆腐！上下五千年的文化底蕴值不值钱？！

霞：（憨厚）妹妹，文化老值钱了，你姐夫一筛豆腐才换了一幅名家的字。可文化……咋加到豆腐里……（咋加？已经吹进去了）

红：（瞪眼，教训口吻）改名就叫创意！我给你的方子你弄好了没？

霞：按你的吩咐这都做好了，在这里。

红：（抓一块豆腐）文化创意豆腐！五色文化豆腐。瞧瞧这块黑的……

王：你这是豆腐还是石头啊，（对霞）加了啥？

霞：咖啡面儿（那这黄色的）姜黄（绿色的）颜料。

王：（怒）这还能吃吗这个呀，黑豆腐咋吃，你吃一块来。

红：它不叫黑豆腐，叫张飞豆腐！

王：张飞豆腐？哎，我听过张飞卖肉，啥时候卖过豆腐了？

红：不要在乎细节！！这块白的，小龙女豆腐，这块红的（也有名儿？）关公豆腐。……孙权豆腐、貂蝉豆腐、诸葛豆腐、秦桧豆腐、郭德纲豆腐……

霞：（受启发）太好了。都炖了！鹿晗豆腐、李易峰豆腐、蔡徐坤豆腐，能不能再加几个韩国的小鲜肉，我都给他炖了？！村里人问我：我大声地告诉他们：我吃过鹿晗的豆腐！火了、火了！

王：停！好的、坏的一锅煮了！卖菜的都是大妈大爷！知道什么小鲜肉啊？！

红：给大爷大妈换成保健、长寿型！健腰豆腐、健腿豆腐、除湿豆腐……

霞：再加上状元豆腐、中考豆腐、断奶豆腐……

红：马上开始营销模式！网上直播、网下销售！Go！Gogo！动起来！

[大爷大妈上]

众助理：都往后站！排队等号！老人优先。

大爷、大妈：来一斤干豆腐。我也一斤。

霞：（推王）学妹妹，上！

王：在、在天地初分，宇宙混沌，盘古开天女娲造人，鸡公山上一个大仙，在吸收天地灵气将豆置于鼎之中熬制仙丹，当一勺浆水飞入鼎中，忽然雷鸣电闪天地变色，仙丹终于破鼎而出名曰长寿豆腐！

大爷：多钱？

王：一斤二百。

大爷：（打）你黑了心了王冷眼！一筛豆腐才多钱？！我市场管理局告你去。（颤抖着下）！

王：哎呀，李大妈，你想要啥？

大妈：想要二胎！想要儿媳妇怀二胎！

王：吃心愿豆腐！

大妈：灵不？

王：（指霞）样品在这站着！天天吃豆腐，三胎！

大妈：麻利包上！花二百块就怀上了，便宜！（下）

[红嗲嗲地直播] [二虎妈上]

王：要豆腐不？

虎：不要豆腐来这里看你啊。这里在干嘛呢？

王：网红直播销售文化豆腐。

虎：呀，网红修脚妹！（激动）哎呀见到活的了！修脚妹老喜欢你了！你代理啥产品？

红：美容豆腐！告别手机P图，告别玻尿酸，告别硅胶！女神一般的存在！

虎：五斤！一斤我生吃，送四斤给闺蜜！！女神一般的存在！让开！

（下）

王：（迷糊了）精神病医院的墙塌了？

红：姐夫少废话，给我打赏！

王：打多少？

霞：有多少打多少！快点推高人气！

[红与众起舞，建议歌曲《倍儿爽》]

[三名市场管理员拎着豆腐上]

员：停，（学歌词：还一会儿就完事儿，这个事一会儿完不了！）谁是负责人，是谁卖出去的豆腐？

红：你干嘛的呀？

员：市场监管局的，这个豆腐谁卖的？

红：（装）不知道啊，我们在拍电视剧。

员：（指王）就你，把摊子收拾了，接受处罚。

王：咋了呀？我有证，卖豆腐犯法？

员：（学）五彩豆腐、文化豆腐、保健豆腐……花样不少啊！

霞：你又没买咋知道的？

员：李大娘儿子把豆腐拎到我们市场监管局了！不光我知道，全局正看你们现场直播哪。

红：你们全局都是我粉丝吗？太好了。你是我粉丝吗？帅哥！

员：你是直播的那个丽丽吧。现在人人都有手机，手机直播传播正能量，提倡社会的公序良俗。欢迎！但直播的特点被你们利用了，靠炒作、虚假宣传等方法来"吸睛、吸粉、吸金"。破坏了正常市场秩序，助长了诚信缺失。我们市场监管部门一定办理。

红：这是网络好嘛，这是网上直播好嘛……这是虚拟空间好嘛！

员：网上网下，没有法外之地！好吗？！现在你们涉嫌乱加添加剂、哄抬物价、虚假广告宣传……你们几个跟她去市场监管局接受处理。

红：你们要文明执法，知不知道对名人客气一点？！

员：（无奈）请你们去市场监管局直播！不远，红桥南头。去吧。（一

名干部与众网红下）（助理与干部把直播平台搬走，恢复原状）

　　王冷眼，你的干豆腐质量好、口碑好、信誉好，别再搞骗人的这种把戏！你看这是你的网上直播订单，送去吧。你和她一起去生产豆腐的地点，把添加剂查封了。（霞与干部下）王冷眼你干嘛去呀？

　　王：我去送外卖的豆腐啊。必须诚信经营！

　　员：你真要去送啊，你看看地址！

　　王：山西洪洞大槐树路三十号！五斤豆腐这咋送呀，丽丽你这不是坑姐夫吗！把红包钱还我！

　　员：你摊子不管了啊？

　　王：我摊摊你先替我守着！霞霞，小心动了胎气！（追下）

　　员：哎——哎——这……豆腐！干豆腐！

2019 年 8 月

因小失大

编剧： 王海生

角色： 包公、王朝、马汉、客户经理、陈年账、秦小莲

入场：（《开封有个包青天》伴舞。包公、王朝、马汉舞蹈上。

开封有个包青天，铁面无私辨忠奸，江湖豪杰来相助，王朝马汉在身边！）

包公：王朝马汉，升堂！

王、马：上班！！

包公：咳！放牌出去！可有贪官污吏可有杀人放火，不管是皇亲还是国戚，有冤者都可在本院上告！！

王朝：包爷，经济发展了、社会和谐了。杀人放火的都在中东那旮旯，把手雷弹当鞭炮一样往楼下扔着哩。中国没有！

包公：哪？你抓一个陈世美之流总有吧。抓去！

马汉：你老人家吃饱了撑滴。现在的小媳妇们动不动就跟着经济人跑了！谁冤都说不清楚。

王朝：马弟说得对对滴，宝宝冤枉！有看法、没办法、干瞪眼。

马汉：哎——！驾我们三个人来斗地主。

包公：胡来！斗啥地主啊，现在电信诈骗分子手段越来越猖獗，抓紧学习金融网络业务！

（信贷员击鼓鸣冤）

包公：何人击鼓？

信贷员：秦州合行。

包公：所为何事？

信贷员：欠钱不还。

包公：来来……来！秦州合行？秦州合行？这是干什么的机构，几品？

信贷员：禀报大人啊，秦州合行就是天水秦州农村合作银行，植根于黄土，服务于"三农"，支持区域经济发展，支持农民朋友脱贫致富的银行。

包公：我朝也有，那叫钱庄！为何击鼓，所告何事？

信贷员：我状告借款人陈年账，贷款已逾期，经多次催收，都赖账不还。

包公：杀人偿命欠债还钱，自古到今都是如此。欠债不还！想干啥？！来啊。把欠债的陈年账逮来！

王朝：我发动三马子去。

马汉：费那劲。我给打一个电话。

陈年账、秦小莲（出场，音乐）（陈唱：大款一声笑，银行的心发毛，还不还钱只有天知道。秦唱：转钱了，任我逍遥，整容网购巴厘岛）

陈年账：停！

秦小莲：老公，包大人传你干啥哩。

陈年账：管他哩，债多不愁、虱多不咬。哎呀，马汉兄弟。最近不见你啊。

马汉：废话少说。你怎么这么快就来了。

陈年账：嘿嘿，车上装了秦州合行的ETC，那，飞一般的感觉！

王朝：哼！一会儿包大人叫你爬着出去哩。

包公：陈年账。你欠秦州合行的贷款可是事实？

陈年账：嘿嘿，真欠下着哩。

包公：秦州合行的贷款现在已逾期，你怎么处理啊？

陈年账：公事先不谈！嘿嘿哥哥谈感情！我请你吃饭。

包公：不去。

陈年账：请你洗脚！

包公：不去！

陈年账：KTV！

包公：没听懂。

陈年账：包大人生分啊。（示意包到他跟前，掏出三张卡，给包塞！）

包公：这是何物？

陈年账：这是卡呀。这是信合的飞天福农卡！这是飞天信用卡！这是……

王朝：这张我也有，叫飞天公务卡！

包公：要他何用？

陈年账：提款、消费两方便，只要这么一刷！银子就淌出来了。

包公：哼！哼！哼！这是贿赂的证据，先押着大堂上！

陈年账：唉，这老包不会玩套路啊。哎，老婆，你上！

秦小莲：瞧我的！哟，包哥哥——！包哥的身体越来越瓷实了。

包公：你是何人？

秦小莲：小妹我是他老婆秦小莲，是秦香莲的70代孙女！

包公：秦香莲的后代都长着这么富态了？

秦小莲：哥——！包哥哥，生活好啊。你看看我这身材，我这三围！哥……你还是这么黑。

包公：我白得了吗！有事说事，没事出去。

秦小莲：有治哩！我带你去巴厘岛，那阳光！那沙滩，你往沙上一躺，我把奥庄里的胡麻油往你身上这么一抹！搓啊搓呀，洗刷刷洗刷刷！——

王朝：那叫打磨！

马汉：正宗拿沙子打磨嘛。

秦小莲：看疗效啊。直接搓成奥天水的白娃娃。

包公：（大怒）你们两个上得堂来，除了满嘴跑火车，还给我老包头上套圈圈！秦州合行现在当面，先协商如何还款，否则，铜铡侍候！

王、马：协——商！

信贷员：好！为包大人点赞！

陈年账：哎，小李啊，嘿嘿，你再给我拖一个月。

信贷员：陈总，你今天拖明天、明天拖后天，今年拖明年、明年拖后年，啥时候是个头啊。

陈年账：这回不一样，接了一个大活！肯定还！

信贷员：陈总，你这是我们秦州合行的农小贷，是帮助你脱贫、发展的信用贷款，没有担保、没有抵押、循环使用。现在我们连你的人都找不着啊！我的业绩咋办？我们的银行还咋活？

陈年账：公家的嘛！国家大，我小，你老揪着我干啥嘛。

信贷员：这是老百姓的储蓄款！我们要为储户的利益考虑，只能告你。

陈年账：不听话是不？！少年！前几天南大桥底下漂下一个知道不知道？

信贷员：不知道。

陈年账：南郭寺树上扎哈一个，你不知道吗？

信贷员：我不知道。

陈年账：西关里的喂个道道后面，砖头把头拍扁了你晓得吗？

信贷员：你干的吗？

陈年账：什么我干的。就是提醒你，做人小心一点。

信贷员：包大人，陈年账威胁我。

包公：大胆陈年账，我看得很明白了，你一拖二哄三威胁啊王朝马汉，拿狗铡来，我爷爷的爷爷的爷爷的爷爷都把你爷爷的爷爷的爷爷陈世美杀头了，我还把你没治。

王朝、马汉：包大人。现在是法制社会！没狗铡了，用这个。

（拿出小刀）

陈年账：这还不错（拿上挂胡子），再有没有了。

包公：哇呀呀呀！请圣旨！

王朝：请圣旨？噢！我拿。（拿一卷）

（包爷展开，背面：中国人民银行法）

包公：根据《中国人民银行征信管理办法》和《最高人民法院关于限制被执行人高消费的若干规定》将陈年账列为老赖！陈年账今后不得参加项目投标，不得乘坐飞机，高铁，子女不得就读高收费私立学校，不准出国旅游，不准入住三星以上的酒店等。宣判完毕！来呀！给这家伙额头上刻上老赖二字，发配海南岛！

王朝：包大人，现在这是旅游地！我也想去呀。

陈年账：包大人，包哥，包爷爷，你手下留情，不要盖章生效，要不然我招投标就限制了，大生意就泡汤了啊，这钱我还了啊。

秦小莲：我们马上就还！你这里也刷不了卡！

信贷员：（拿出一个POS机）随身携带！有阳光的地方就有我们信合的POS！刷吧！

包公：此案已结！王朝马汉晓谕全社会，一定要重视征信记录，将失信者暴露在阳光之下，全社会要谴责。退堂。

（创作表演于2017年）

向老兵，敬礼！

地点： 家中
时间： 现在
人物： 王村长，空建七团一连退伍军人。以下称：村
　　　　张大钢，退伍前一连老连长。以下称：连
　　　　魏文和，退伍前一连指导员。以下称：指
　　　　王护士，王村长女儿。现役军人以下称：护

（普通家中，衣帽架，茶几，沙发）

[王护士上]

护：爸，爸！人哪？

村：来了，来了。哎，菜弄好了吗？我的老战友一会儿来啊。

护：来先打针！再吃药。

村：我没病打什么针嘛。

护：预防针！听话。张嘴巴，好，你几十年战友聚会，喝酒不？

村：我老战友来我们家！能不喝酒吗？！赶紧把你妈藏的酒拿出来呀。

护：你现在血压高。还敢喝酒？！

村：大家都喝我不喝，我们连队我最年轻……

护：你们老战友都多大啦，最老的70，最年轻的也马上60啦！我给你准备了，看到了吗，两瓶儿。来，喝一口！

村：还是我女儿懂我，两年没喝啦。哈哈。噗——！这是酒嘛啊，这么酸。

护：我说是酒了吗？这瓶是酒，给你战友喝，那瓶是醋你喝，软化

血管。

村：血管没软、牙先弄软了。

［老连长上］

连：饺子王是住这家吗？

村：呀，张连长！连长，敬礼！

连：哎呀，这是你吗饺子王，几十年不见，怎么头发都没啦？

村：张连长啊，你的眉毛都白啦。怎么找到我家的？

连：你不是在战友群里发了一个地址嘛。看看，还是老战友的风格，啊，到兰州一见面，马上敬酒！来，咱们干一杯！

护：张伯伯，给你开新的酒！那个我爸喝了一半儿了。

村：对对对。这个我吹过一口！不卫生呵。

连：对啥呀，小王啊，咱们啥关系：老战友！一个锅里搅了四年，咋的，我跟你见外了吗。倒上，都倒满！来，走一个！

村：老连长啊，你先……先……抿一口儿。万一喷出来呢。

连：部队的作风是这样的吗！我要喷出来，老规矩：给你洗衣服！你们私下叫我张大缸吧，现在对付一瓶随便！老战友，干！噗！我的牙啊。这是什么酒？

护：伯伯，这……这是我爸自己酿的果酒啊。

连：果酒啊。这是谁呀？

村：我女儿啊。在部队服役，卫生员。

连：嘿，你长得跟个饺子似的，还能生这么俊一女儿？

护：哎，伯伯，你怎么管我爸叫饺子王哪？

连：问你爸！

村：啊，我当兵吃的第一顿饭就是饺子。

连：我来说吧，当时我们一连那年分配了二十几个新兵，连里为了迎接新兵，改善伙食，吃饺子。饮事班包不过来啊，半脸盆馅子一脸盆面分到班上，自己包。五个人擀皮，五个人包，一个人煮。

护：爸，你负责啥？

村：我负责吃。嘿嘿。

连：他是新兵，我们让他先吃，等我们都干完了，进去一看，没饺子了，全光了！问饺子哪？让我吃了。当时我们都吓傻了。

护：咋了？

连：怕你爸撑死就没有这么俊的女儿了呗。正要叫卫生员，连队的集合号响了，丢人的事自己讲！

村：一报数，一个饺子就出来了，怕人看见用脚一踩，没防住喊出来了：这里头还有肉！

护：你没咬吗？爸你这也太丢人啦！

连：你女儿都说了。自罚一杯！姑娘你说你爸该不该罚一杯！

护：爸，你应该喝一杯。

村：老连长我能吃也能干啊，我们转战几个机场，你一声：饺子王！上！二话不说啊。使不完的力气啊。唉……

连：我们那时年轻啊，有力气，不怕出力！宁夏机场的冬天那个冷啊，南昌向塘机场的蚊子那个大啊！

村：秦岭开洞的炮声啊，咚咚咚！硝烟没散你就站在那喊……

连：共产党员和突击队，跟我上！

村：上！老班长风采不减啊，敬你一杯！

连：这个是啥酒啊？

村：救命酒啊！我正在挖，土上面的沙石就塌下来了！

连：我们一看你被埋了。大喊着用手刨啊刨，边哭边刨，刨出来一看，跟泥塑的人一样！你能活过来……

村：救命酒！

连：一起喝！（喝，捂肚子）哎，当时谁背着你来着？

村：我的班长魏文和嘛！

[魏文和上]

指：谁在叫我呀，是饺子王不？

村：呀，指导员！你咋也找到我家了呀，太高兴了，敬礼！进，快进屋。

［三人寒暄］

村：明天才聚会，两位领导怎么今天就来了呀。

指、连：你说呐！

村：老传统！干部先到！

连：对了，怕你考虑不周到！几十年不见了，接待工作不能有任何的疏忽！

指：后勤保障工作我来检查。这菜都齐了，还有一个啊，端去！酒哪，满上！

村：指导员，我打开这一瓶儿！

指：跟我还客气，都是老战友，你手里不是酒吗。倒满！哎，老战友嘛。小王舍不得还是买不起？

连：这样，老魏啊你先抿一口行不？

指：咋了，抿一口是我们战友的风采吗？

连：怕你喷了呀。

指：喷了，那是我们战友风格吗？你知道吗，咱们连的孙大头，去年我去看他，知道他给喝的啥？（茅台！五粮液！最起码山西汾酒！）

指：都不是！他竟然给我喝的醋！甘肃人实在！能干那样的事吗？先干为敬！噗！这是啥呀。

连：小王自己酿的果酒。

指：你自己酿的呀，和你脚汗一个味儿。

护：两位伯伯好！菜齐了。

村：指导员你现在职务最大，请上座。

指：那我可就……

连：下来，你哪年兵？

指：79年的兵！

连：我1978年的兵！

指、村：老班长！

连：你们两个新兵蛋子！今天我们战友聚会，今天这个饭得按部队的规矩来！全体都有，立正，稍息，饭前一支歌：团结就是力量……唱！

［团结就是力量］吃！吃！吃！

喝！喝！喝！

连：咋都不喝哪？姑娘换种酒行不？

护：伯伯，军营不是有一句话嘛：战友感情有，喝啥都是酒，谁喷谁洗衣服！

［三人：感情酒，喝喝喝！］

指：小王啊……这酒……

村：姑娘，你咋一点眼色都没有啊，我40年没见的战友来了，敬酒啊。

护：啊，对对对，敬酒！祝两位伯伯身体健康！

指：张大缸！你敢喝不？

连：你敢喝我就敢喝！我甘肃酒泉的还怕你个广西的！别跑了交杯酒！

指：交杯就交杯！！

［连一扬脖干了，指喷了。］

指：实在下不去呀，老张，我给你洗衣服去。

［护下去洗］

指：小王，你给我说实话，这是酒吗？！

［村乐，在指耳边语。］

指：真是醋啊！

连：好你个饺子王，新兵蛋子！给我们两个老班长喝醋！

护：爸！伯伯，不让你们喝，是为你们的健康考虑嘛。

连：姑娘，你了解我们这些老战友，这些生死兄弟聚会的感受吗？现在一位老兵给你下命令：卫生员！

护：到！干嘛呀，还认真了。

三人：洗衣服去！

护：哼！［拿衣服下］

连：对，放开了喝！（三人齐）为兰空七团一连！！干！！！

指：舒服啊，好几年没有这么喝过啦。小王，你复员以后过得咋样啊？干啥哪？

村：我复员后，回到家乡。我有技术啊，乡里有一个建筑企业的头头请我过去当工程监理。

连：那不是正中下怀嘛，咱是干这个的呀。

村：工程我全部负责，建了不到一半儿，建筑材料没有了，我去找老板要，老板不信，到施工现场一看，当时就跪下哇哇地哭："王哥，转包了几手的活儿，少赚点钱也行。就打个学校的操场糊弄糊弄得了，你当修机场哪？！你走吧。"

指：干活儿偷工减料！

连：咱是当兵的人！不能这么干！你做得对。

指：马上辞职。

村：是辞退！

指：后来哪？

村：跑货郎，养鸡、养牛，现在家里的地全是果园，一年挣个七八十万，儿子在上海，姑娘在兰州。来参加老战友聚会。结束后，就回去还当我的村长！

连：小王同志，你没有辱没我们军人的本色，经连临时党支部研究……奖励你一杯！

村：指导员听说你副处长退下来了。我们战友里你官最大啦。

指：我转业到地方后，与我们部队不同啊，有些歪风邪气没人敢管，我来！没人与坏人坏事作斗争，都怕得罪人。我上！我是谁啊，我是军人！

连：退伍了也是退伍军人！

指：咱军人都直脾气，工作没少干，职务升得慢。慢就慢，咱，没给兰空七团一连的军人丢脸！

村：敬指导员！连长你哪。

连：我回到了重庆，后来成立了一家企业，公司现在发展很好，我退下来了。2003年，也就是我们连队撤销建制20年后，我有机会到了宝鸡，去看了看我们当年的驻地。我站在操场上，脑子里永远忘不掉部队解散的那一天！

指：怎么能忘啊，那是刻骨铭心啊！

［军号声］

连：连队集合！［护上］指导员，你来传达上级的指示！

指：同志们，为了支援国家的经济建没，实现国家工作重点的转移。上级决定，撤销兰空七团一连建制，全体复员！

护：你们愿意吗？

［我不愿意，我不愿意……我也不愿意！］

连：我也不愿意！可我们是人民子弟兵，一切听从党召唤！全体立正，摘下肩章帽花五角星！向八一军旗：敬礼！

［三人齐：请党和人民放心，不管身处何地，干何工作，我们永远不会忘记：我是一个兵！！！］

连：现在国家强大了，人民富裕了，我们也老了，但老了的我们也是老兵！

指：明天再聚首，我们能骄傲地说：我们这一代军人无愧于时代！无愧于人民！

护：伯伯，爸爸，我代表甘肃人民，向老兵，敬礼！！！

连：虽然我进入了老年，但是身体还好。假如明天战争来临，我一定提枪上阵……

村：老连长，你退伍后再摸过枪么？！还……

连：怎么没摸过！我……

［砰！嗒嗒嗒。］

连：我手机铃声！

指：老王！用枪声当铃声啊？

连：军人嘛！若有战，召必回！喂，老班长，你到哪儿了，正向八一宾馆前进啦，唱歌好啊，什么歌让我起个头啊。好！《当兵的人》走，我们接他们去。孩子，再批发两箱白醋！

备用音乐：我的老班长，当兵的人，激情燃烧的岁月旋律。

备用视频：连队的老照片闪回。

（创作表演于2019年7月）

红红的窗花

编剧： 王海生

小品——故事情节：石柱、小莲和兰梅是村里一起长大的好朋友。在小莲12岁的时候得病失去了听力。后来石柱娶了小莲，兰梅毕业后倒买生猪，柱子给村里人打工挣钱养家，结婚时借了兰梅4万多元。在精准扶贫中，柱子家列入扶贫户可以贷5万元贴息贷款，柱子没有项目不想贷，兰梅说以柱子名义贷款他用来收猪。信合银行业务经理在前期审核情况时，来到村里入户调查，发现事情并不像想象那么简单……小品从这里开始。

（手机铃声中兰梅上）

兰梅：石柱！你的电话！喂，啊是，不是我不是，石柱在房梁上骑着哪。你有话就说，话就多得很！噢，来考察石柱的贷款？好，马上就到！柱子、柱子！下来！快……

石柱：啥事？

兰梅：好事！你的钱来了是不是好事！

石柱：说好的不要工钱！

兰梅：我，给你工钱？美死你！我没要你还我4万元就算帮扶你了。

石柱：你说的到底啥好事啊？

兰梅：信合的业务员到你家考察5万元贷款来了！贷款有希望了，是不是好事？

石柱：那是你的好事。

兰梅：你欠我的钱，还给我是不是清账了？双赢！

石柱：一样。都是账。

兰梅：那不一样！在社会上混，私人的账还清，国家的账，欠着！

石柱：都叫你媒婆，一点都不冤。

兰梅：嘿！那我不多嘴了，你自己回去见信合的业务员去吧。

石柱：这表是你填的，我又不会说。

兰梅：还是的！一会儿见到银行的人，我来说话儿，你少说话，你干脆别说话！知道不？去，你到村头买菜去！麻利，我先接待着。

（换场景，石柱家，俩业务员上）

兰梅：哈哈，是信合的领导吧，来，进屋。

客户经理：不是领导，是业务经理。（噢，都是领导、这门紧，嘿！小莲，客人来了，屋子坐，院里也行）

客户经理：这是你家啊，这么多的窗花，太好看、太漂亮了，买这么多窗花干嘛？

兰梅：小莲剪的，手巧。小莲，给两位经理倒茶，最好的茶叶！哈哈，请坐。

客户经理：今天我们做贷前调查，发现一些问题，申请表是你填的吗？（去拿申请表从女业务员包里）

兰梅：我，亲手填满的。（自言自语）两位经理，这个小额贷款帮了我们的大忙啦，都是精准扶贫，好！村里路硬化了，路灯亮了，自来水通上了。以前修房在山下担水。现在我修房，龙头这么一开……

（两个业务员嘀咕什么）（他们家没有修房子。）（自觉失言说：新农村建设）

客户经理：你是石柱吗？

兰梅：坐不改姓，行不改名，来喝水。

客户经理：你是石柱？

兰梅：对……对对对。我是……石柱。她叫小莲。多般配。还不信！我为我证明给你看！小莲，咱俩是两口子对吧？

小莲：对着哪

兰梅：你们看看。哈哈，审查通过！啥时候放钱。

信贷员：还早！

（石柱上）

石柱：嘿嘿，来啦。

兰梅：来了就来了，话就多得很。别说话，现在情况有些复杂！去洗菜做饭。

客户经理：他是谁呀！

兰梅：他是……

石柱：我是石柱……（兰梅：的助理！）

兰梅：话就多得很！嘿嘿，我的助手，帮忙的。

客户经理：石柱，你们两个这么年轻，咋成扶贫对象了，打工挣钱也不能……

石柱：走不开。

兰梅：你别说话！经理，我其实在村里钱也没有少挣不是，是走不开，舍不得离开我脚下的这片天河热土。

客户经理：贷款用途是什么项目。

石柱：娶完媳妇还账项目。

兰梅：你的话就多得很！娶媳妇是项目吗？在银行领导面前胡说什么！站小莲边上、剪一个禁字！把嘴封上。

（石自贴一个纸，小莲笑）

客户经理：申请金额多少？

兰梅：5万。

客户经理：什么项目？

兰梅：收购生猪。

客户经理：项目投资总资金？

兰梅：22万。

客户经理：自有资金多少？

兰梅：17万。

客户经理：贷款金额？

兰梅：5万！麻烦，审问一样，我一口气：我每天战斗在三乡二十二村，三马子是我战斗的武器，公鸡打鸣就是我冲锋的号角。迎着朝霞出发，拉着生猪回家，满天星斗就是我的指路明灯，尽管眼前是暂时的困难，我的未来，一片光明！

客户经理：这是一个诗人！咋去收生猪去了？

兰梅：你闻闻味道！

客户经理：是这个味儿。

客户经理：我想知道，你的还款来源是什么？

石柱：没来源。

兰梅：什么没来源！什么没来源！拆这房子也得还上！

客户经理：啊！？

兰梅：经理开个玩笑，我有担保的，兰梅担保。都签上了！就……嘿嘿，审查结束！

客户经理：你看看这是什么？

兰梅：什么？

客户经理：石柱的身份证复印件，长得像你吗？

兰梅：哎。哎，这是怎么回事？

客户经理：问谁哪？

兰梅：（冲石柱）这是怎么回事！你说呀，（向小莲）是不是他弄虚作假！

（小莲，对着哪。是他）你看看，捣鬼的是他。

客户经理：行了，别演戏了。这笔贷款，通不过。我们在贷款审核中就发现有人冒充真正贫困户贷款，这样的事，在我们银行是绝对不行的！精准扶贫贷款，就是要做到绝对精准！这是我们银行的责任，也是全社会的责任！

兰梅：啊——（急）

（两个银行工作人员：就是你在捣鬼！走了）

小莲：请等一等，你们为什么要急着走呢。我不知道你们在吵什么。

客户经理：不知道？怎么会不知道呢。

客户经理：装呗。

石柱：我媳妇听力差。

兰梅：她，跟聋子差不多。

小莲：我不知道你们在说什么，我的世界是安静的，石柱子和兰梅我们是从小一起长大的同学，那时候我们多好啊！可就在我12岁那年，我得了中耳炎，家里人当感冒发烧治疗，结果……柱子怕我以后会失去语言功能，平时一直让我不停地说话，我就对着墙说，对着门说，对着家里的小狗说，平时干活的时候我就一边唱歌，一边剪窗花，我不知道你们为什么要骂兰梅，他是嘴贱，可人并不坏，如果他借了你们钱，我和柱子也欠他钱，我们一定还，我们一起还，春节过后我就出去找个适合我的活，村里的姐妹们告诉我，我手里的剪刀可以做裁缝。我们是农民，可是我们不想一直穷下去，我有双手，柱子有力气！一定能还上钱。你们别骂他，行嘛？

客户经理：我们没骂他。

小莲：我听不见。

客户经理：我——们！没——骂——他！！

小莲：你们骂了他，我权当是说的全是好话，我听不见。

客户经理：这可怎么办？柱子你解释清楚啊！

石柱：你们放心吧。坐下吃饭。

客户经理：谢谢，不吃了。

小莲：等等，小妹妹，你不是喜欢我剪的窗花吗？

客户经理：喜欢，非常喜欢。

小莲：我剪一个送你。

（小莲进入她的剪纸状态。边剪边唱：）

（姑娘在绣楼上

花剪就明晃晃

打开了那个龙凤箱

红纸就抽几张

夏天柳丝长

树下就卧鸳鸯

想起了那个情郎哥

心里就越发慌）

好了，给你。

客户经理：姐姐你手太巧了，这在城里要算非物质文化遗产，手工艺作品很值钱的。给你钱。

（小莲推，客户经理说你一定要拿着别嫌少。石柱也说不能要。推来推去时）

兰梅：他们能要吗？不能要！你们也是一定要给，这样，我先替他们收下！话就多得很！纸不要钱哪。你们走吧。

客户经理：等一等！这个项目多好啊，这不就是小莲申请最好的项目吗？

客户经理：对，剪纸做成系列的。可以做儿童系列、节日系列、装饰系列……礼品系列！多好！

石柱：这个是项目？

兰梅：这个能变成钱？谁买呀，村里大姑娘小媳妇会剪的好几个哪。这个项目还不如我倒腾生猪！对吧小莲。

小莲：对着哪，对着哪。

客户经理：你又拉小莲证明自己！经理，咱们帮忙给小莲开一个网店！把村里会的人组织起来，一起做。销售走网店。嘿嘿。

石柱：什么是网店？房租多少？

客户经理：小莲姐，来，到屋里去，我教你从手机上开网店！（三个人下）

小莲：对着哩。不用电脑（对着哩）下载一个 App（对着哩）起个网名（对着哩）

石柱：男媒婆，你会吗？教我。

兰梅：话就多得很！给我开一个，连猪带剪纸一起卖！（下）

石柱：又搅和什么呀（追下）

（创作于2018年，2019年甘肃省电视台春晚）

一个晚上整发财

编导： 王海生
时间： 现代
地点： 地头
背屏： 一片树苗，边上一棵大树
人物： 下洼子村村长。男，50多岁。西北小村村长
丁四虎： 下洼子村村民。男，40多岁
张彩彩： 下洼子村村民。女，40多岁。丁四虎二嫂子
李队长： 甘肃水投测量队队长。男，40岁。以下称：队
队员甲： 甘肃水投测量队队员。30岁。以下称：甲
队员乙：（此次得奖人员）以下称：乙
道具： 两盆金钱树，一个三角架测距仪，一把道具铁锨

（下洼子村村长打电话上）

村：啊，是我啊，我是下洼子村村长啊。谁打谁了？啊，好好好，马上到了！喂？

（三名队员从另一边跑着上，边跑边回头。一个扛着三角架。丁追上）

队：你再胡闹，我们打电话报警！

丁：（挥着铁锨）咋的？跟我玩呀！来来来，哼！敢杀牛敢杀羊！我刮过鱼鳞烤过腰子！迎面一铲哈！扫倒一片呀！虚晃一枪！你爷耍剑！哈哈过来。

村：丁四虎！放下！又犯浑是不是？！（夺下）啥事情么，你们几位是……

队：王村长，是我打的电话。我们是"引洮工程"……（前期测量估

损人员）他！把我们的人给打了！

村：你把人打了？

丁：没打。

村：铁锨抡起干啥呀？

丁：才艺展示！丁家铁锨。

村：说说到底咋回事啊。

（队长要讲，丁抢）

丁：你说啥你说，你说啥你说！推的又不是你！村长老哥，是这么回事。这一帮子是引洮工程队估损人员，他们要占我的地！（队长插：没想占……）你说啥你说，闭嘴！我说你们不要光撅着沟子扒着三角架子上往外瞄！（甲插话：不瞄准咋放线）你闭嘴！我就说你先过去数多少棵树！你闭嘴！

（队与队员都没有说话丁继续）我就伸出温柔的小手推他一下，能算打人吗。哼！

村：我了解一下情况，咋样的呀？

丁：就这样（丁扒着三角架，村长推，砰！丁啊的一声，捂眼睛）

村：四虎呀，这不算打人！

丁：（吃亏还嘴硬）不算打人！

甲：村长，你动作不对。推的是头。

村：过来，再演示一遍，你有理呀，你怕啥，来来。（丁捂着眼睛不想演，村长拉着又来一遍。这一遍丁的眼睛都青了）

村：四虎，再来一遍？

丁：还来啥呀还来，再来一遍我眼睛就碰瞎了。（众偷着乐）你让他们过去数我地里的树苗！要不然，哼，杀牛杀羊我刮过鱼鳞烤过腰子……

村：对不起啊队长，这打人的事儿你看能不能就不……

队：我们挨打，常事。算了。村长，这征地的事，我们和市政府有协议，你是第一责任人哪。再说了，我们没有说要征这块地啊，就移这一棵大树。（指地里的苗）你说这是咋回事？

村：对对对，我是第一责任人。这是咋回事来着？

丁：赔钱的事！！装不知道哪。敢杀牛敢杀羊……

村：你刮过鱼鳞烤过腰子！四虎啊，征地没你这一块。只移这树。

丁：动一锹土都坏了风水！我爷爷的坟还在那头哩。我是一个有涵养的人，我爷爷忍不住！活着时就是一个暴脾气。全部征，过去数树苗。

甲：村长，昨天我来时地里什么也没有，今天来一看，变成森林公园了呀。以为走错路了，正凑着这个测量镜瞄哪，过来照我后脑勺就是一下，磕着啦！都破啦，妈呀太猛了。

乙：你得管哪。一家人能一晚上就栽满地啊，肯定是全村都上了。说不定你就是个带头的。

村：我才明白，昨天晚上叫了一帮子人，到你家喝酒，你不是说为了配合"引洮工程"给你爷迁坟吗，原来你叫来栽树的啊！

（四虎拉村长到一边）

丁：村长老哥，你可是咱们村里人，不能偏着他们外地人！等把这些钱骗到手，我送你一个大礼！

村：这骗国家的事你也敢干哪？这是诈骗罪，犯法！你以为这是过路的司机哪。你说他，过路的大车轧死一条野狗，司机下来问谁家的狗，他过去，抱着狗就哭，说是轧死的他们家养的金钱豹！讹司机1200元。

丁：我以前只坑过过路的司机，这是第一次坑国家。村长老哥，我算过了，一棵树补200元，这一次能弄来国家十几万。一个晚上整发财！你站过，别说话！（指着村长的胸口）想想哎，我绊倒了两任信访局长！一个免职一个离婚！你老婆我嫂子可还年轻着哩。嘿嘿嘿。你们几个，过来，我是一个守法的公民，支持"引洮工程"，天水市快百万人都等着喝洮河的水哪！过来谈谈补偿的事！一棵200元，数数吧。

队：数啥呀，你这是啥时栽的？

丁：你管我啥时栽的？这个大槐树，我爷爷活着时也说不清是啥时栽的！地里长的，全得数！

甲：这树苗是哪来的呀。

村：对呀，是不是偷的？

（二嫂内应：树苗是我家的！上）

女：树苗是我家的呀。丁四虎，你挖我树苗给我钱了吗啊，一个电话也不打啊。今天上午在建场里的烧烤摊上正刮鱼鳞烤腰子哪！我的一个闺蜜给我说你把我的树苗全挖你地里了！！你是谁呀啊敢这么干。你算老几呀你！

丁：老四啊！昨晚我给你打电话了，打不通啊。

女：啊呸！你丁四虎的电话我敢接吗。以为你要诈骗我哪。今天早上为啥不打电话？

丁：今天早上手机就丢啦。

女：姓王的，别装好人，昨天我进城时树苗好好的，一个晚上就给弄到这里了，咋的，这树长腿了呀。（村长示意她找四虎，四虎拉她到一边）

丁：二嫂，别吵别吵，这里要修"引洮工程"，要拆迁要征地！你知道我们应该如何配套措施不？

女：你是个瓜的呀。拆迁马上盖房，征地马上栽树啊。

丁：树，栽你地里，不值钱，移这里，值了大钱了！咱两家分，一家一半！七八万块钱，你要不要？！要不要！

丁：要啊，兄弟，我的特点是二，不是傻。

丁：要钱还不赶紧闹。

女：咋闹，上访啊？

丁：上什么访啊，哭！

女：我天天刮鱼鳞烤腰子，哭不出来啊。

丁：这么着啊，我启发启发你！爷爷在地里睡着哪？

女：哭不出来。

丁：我二哥与你离婚。

女：哭不出来。

丁：七八万块钱没了。

女：（二嫂号啕大哭）我的爷爷，我给你栽的树国家要挖还不给钱，你老人家把他们三个都叫下去吧。

队：村长，看见没有，骗国家的工程款啊，国家投资###亿，我们水投公司贷款###亿，这是民生工程啊！你是第一责任人，你说咋办吧。

村：我有担当精神！！可队长，你不知道，我以后得在村里生活啊，这……我保持中立。

女：（哭）不给补偿……

队：国家征地啥时没有给老百姓补偿过！你这树明明是才栽的，能算吗？来，村长，你来看看，看看，这树根还露在外边，这里一个坑一把树苗！看看。

村：（把四虎拉到一边，二嫂跟着）说，咋回事？！你爷爷在地里睡着，你给你先人栽树这么栽啊，小心你爷叫你过去训话！

女：你起码把树根给埋土里啊，你自己说吧。

丁：唉，我交的那帮猪队友，不喝酒不帮忙，结果昨天晚上，喝高了，弄成这样了。今天怕是要赔本。

（其中一个队员喊：队长、村长，哈哈，这里还埋着两盆花儿）

（甲乙两人抱两盆金钱树上）

队：丁师傅，这不是花吗？

丁：啥花？它叫啥？

队：谁不认识啊，这是金钱树啊。

丁：是树嘛！两棵，400元！

队：盆也是地里长出来的呀。

丁：盆咋了？我们脚下的这片天河热土里就不能长出金钱吗？大家说对不对！

村：胡说八道！

（丁嘴里正叨咕，队员又喊：坑里还有一个手机，两格电池）

丁：呀，我的手机，哈哈哈，找着了。

（队长指着四虎和村长）

队：你们这是干啥呀，国家拆迁就连夜建房，国家征地就连夜栽树！国家没有亏我们老百姓啊。村长，你说咋办！

村：你，你干的这事我都看不下去了！你不管了队长，我们村里解决。

女：我的树咋办哪。丁四虎，你赔我的树苗……（吓得丁四虎欲跑，村长拉住）

村：树苗我找人给移栽回去。队长我保证以后再不给"引洮工程"添任何的麻烦。

队：洮河引水工程是为我们天水老百姓的生活生产引水啊。

村：领导你别说了，引水工程我们都知道是为了解决我们的饮水问题，他爷爷就在第一次洮河引水工程上干过，60年啦！我们天水的老百姓都盼着洮河的水能引过来啊，那时条件不好，没弄成啊。现在国家下定决心第二次开工引水啦。我，我真不知道该说什么好。来，你过来，你不是会哭吗跟你爷坟前哭去。

女：哭啥呀，哭树啊。

村：你哭啥树苗，你告诉你爷爷：洮河引水他们那一辈人没有干成，这一辈人干成啦！！

队：村长啊，他爷爷也在60年前的"引洮工程"上干过啊？

村：村里去的人多了！

队：全体立正！让我们向第一次"引洮工程"的人，向老前辈致敬！

（三个人脱下工程帽）

村：你看这……你们还在坟头……这……

队：应该的！我也想在我爷爷的坟前告诉他老人家啊，可我们全体工程人员没日没夜地干，走不开啊。这位是×××，他媳妇要生孩子，这位×××老人有病，他们都是"引洮工程"中立过功的人啊。

村：谢谢你们啊。

队：不用感谢我，我也是完成爷爷的心愿！村长，我也是甘肃人啊。我爷爷以前也是在"引洮工程"上干过，我们农民一定要支持水利工程啊，甘肃是我老家啊（慢起唱甘肃老家）。

丁：好！给我铁锹！

村：你有完没完！丁四虎！来，抡圆铁锹照我头上来！

丁：还闹啥呀，不是要移树么，这第一锹土得我来！

（众开心！）

（创作于2018年，天水水投首演）

夫妻检查站

人物：男农民、女农民，年纪相仿。

（幕启。男先女后上，男肩上扛一条长板凳，手中拿红绿色三角旗，不是真正指挥旗；可能是烂布凑的。女的怀抱一匣子）

男：哎，我这心里咋就跳得嗵嗵的，你看能成吗？

女：咋不成！现在撑死胆儿大的，饿死胆儿小的，还亏你念过几年书，你看人家大眼家，人家几家成立了联合检查站，那收入才好呢，光入不出！来，我接着，慢点，小心闪了腰。

男：（放）反正我心里不踏实。

女：怕啥？

男：怕啥？！要是碰上路片检查车不是麻烦了？

女：这世上的男人，就你没出息。叫你去学手艺，木匠、铁匠、油漆匠，学啥不好？偏偏出去个把月学个兽医，东洼庄叫你去医，还真敢上，人家的马不知得了啥病，硬说是上火了！一次给灌了40斤黄连上清丸，活活给灌死了。叫你去……

男：你还有完没完，这人有失手，马有失蹄，我看你的这个也不一定能弄成，报纸上都说了，这叫乱收费！懂不懂，还笑我哩。

女：啥叫乱收费，这道山上就有四家收费的，你算算！咱不管乱不乱，他敢我就敢！

男：名不正就言不顺。生娃下来，总得有一个名字。叫啥？

女：那你是文化人，你看，这个牌牌上写啥哩。

男：（拿过木牌）哎，就说我咋知道写啥哩。你看人家公家的，公路检查站！名正言顺，占一个"公"字！你叫个啥？

女：占个公字就成吗？

男：咋？你想出来了。

女：公路……重了，公家……不对，公、公母！

男：公母检查站？！咱俩不是人了。

女：男女检查站！

男：像个厕所。这样：夫妻检查站。

女：一听就是两口子！好。

男：名字定下了，你在老二家的联合检查站上工作过，人家都弄些啥名堂？

女：人家要过桥费、公路养护费、卫生费、洗车费、通行费，还有……对了，公路磨损费！

男：这不是瞎扯嘛，那个公路就是个磨的嘛。（猛然醒悟）你把收费的那个章子给我。（往章子上唾些口水，想找什么东西盖章看看）找个平一些的地方。手，伸出来，呀，不行，裂缝多了点。

女：这里光一点。

男：盖你额头上？

女：能看清就成。

男：好，盖一下。看清了，章子上刻的："自建公路收费处，下洼村村民委员会。"

女：行吗？

男：这还有啥说的！（手舞足蹈）看看，看看人家刘秘书，笔杆子就是硬。"自建公路"这个断语下得好，这公路从咱的责任田边上通过，可不就是自建公路嘛！高！高！两只母鸡没有白送。我写上，来，（秦脸韵白）"娘子，笔墨侍候"！（哼秦腔）好了！十五的晚上月呀月当空，夫妻两个伴光阴……

女：哎，这村民委员会是几级？

男：大概是九品吧，七品是县，乡是八品，村里应……

女：哎，娃他爸，车来了、车来了！

男：啊？！

女：车来了。

男：咋弄？

女：快挡住呀

男：对对对！快停下，停下！

女：回来、快回来！

男：又咋了？

女：你看那是啥车？小轿车！

男：小车不收费？那咱上公路上弄啥来了。

女：昨天晚上教了你大半夜，忘了？

男：噢，想起来了，小车不收，空车不收，救火车不收……

女：行行，行了。总而言之一句话：凡是当官的车一律不收。

男：记下了。

女：真记下了？这会子没车，你就在这山洼里，把我昨晚上教你的话再演习一下，到时候也就顺口了。你看你刚才那个挡车的架势，就像要乘车的样子。

男：演习一下，你给装个司机，咋样？

女：行。

（进行演习，举旗）

男：哎，娃他妈，这令旗上飘的这是个啥？

女：噢，忘了。这不是娃的背带裤嘛，不管它，你现在开始，我现在就好比是一辆车，来了，你咋办？

男：哼，咋办，你以为我这些年戏白看了！看我给你打扮一下：（两旗交叉背上，戏台步）"此路是我开，此树是我栽，要打此处过，留下买路财！！！哇呀呀，说是你……"

女：（掀起帽子）啊呸！

男：你唾我干啥？

女：你疯了。

男：咋了？

女：咋了！你以为这是劫道的？！

男：你干的这就是劫道的事嘛。

女：我教你咋说啊，说话要方巧！头一句：你的执照。

男：我不知道。

女：你的执照！要执照！

男：我的知道，我知道。

女：执照就是那个……那个本本嘛。

男：噢，你早说，记下了。

女：重来！

男：（挥旗）停车，过来，执照！

女：你把火药吃上了，拿过来，给你示范一下。

男：我当司机。

女：停下。师傅，你的执照。

男：这是啥检查站。

女：村民委员会检查站。

男：头回听说，都检查啥？

女：养路费。

男：交过了。

女：对不起，师傅，这是自建公路，这个有规定，一个吨位5元，你交20元。

男：凭啥给你交？

女：你这个师傅还够难缠的，因为你要经过我们的公路，我咋不收飞机的养路费呀，要不缴，你学个飞机飞过去！

男：这个……

女：看，这不就成了！你先背吧，我去看路上有没有车。

男：头一句，停下，过来，要执照，他要说没有，我就说罚款！（背诵）

女：娃他爸，快，快走！

男：拦，拦车去。

女：不，不是。快跑！

男：对呀，我是要快跑，你拉住干啥？！

女：往这边跑。

男：往那边是回家。

女：县上的联合执法队来了！摊子不要了，快跑，逮住就进去了。

（创作于1991年，获甘肃省文化厅、甘肃省群艺馆颁发甘肃省第五届故事、小品调演创作奖）

背后听真话

编剧： 王海生

时间： 现代

地点： 村委会

人物： 村长，村主任、司法调解员

郑新明，男，老大，40岁。大

郑新仁，男，老二，37岁。二

郑君悦，女，老三，32岁。三

马琪宝，女，老二媳妇，35岁。媳

父亲：65岁

母亲：64岁

场景： 村委会，一张大案子当办公桌，两把凳子。桌子上有电话

[桌子上电话铃响]

[村匆匆忙忙接电话]

村：喂，你好。啊啊，我是负责搬迁调解，你电话里说，啥事？

（电话声：事儿大了去了，当面都说不清楚，电话里能说清楚吗？有没有考虑当事人的感受啊！）

村：事儿大可以找专职律师嘛。

（电话声：找专职律师不得花钱吗？钱是大风刮来的吗？我到了！是你不？）

（三上场）

村：电话是你打……郑君悦，郑家老三！

三：村长大爸。

村：哈哈，刚才电话是你打的。啥事儿火这么大。

三：唉，不知道该怎么说呢。这里有其他人吗？

村：没人。调解员不翻闲话。

三：没人就好，背人听真话。

村：你不是在上海工作吗？调秦安了？

三：扎根上海！做投资银行！混得……副总。

村：有出息、成功人士。

三："南亩耕，东山卧，世态人情经历多。闲将往事思量过，贤的是他，愚的是我，争甚么！"

村：有才……狗狗娃，你说些我听得懂的吧。你要求调解啥？

三：（唱）"世上只有妈妈好……"真的假的？

村：不吟诗改唱了？！吃啥东西不干净了？

三：我们家那一片要拆迁，知道不？

村：城中村改造的大事……我还负责协调着哪。

三：补偿条件？

村：非常好！大家都高兴啊，你爸你妈那个乐得哟……叫下十几个老汉老婆子，跳舞唱戏的！拆迁户都是两套电梯房，南北通透双水双气……

三：俗，太俗了。怎么能要房哪？

村：觉悟太高，为裸拆，点赞！

三：我裸拆？要钱！要钱多好啊。

村：……不，不是一样吗？货币补偿好像也行。

三：可我那个二嫂子，天天鼓动我妈要房要房要房。最可气的，说我是出嫁了的姑娘，没资格分家产！！气人不。

村：这不是气人，是违法！！

三：你是调解员，劝劝我妈，把钱全给我。

村：你不是要钱，是要你妈的命。把补偿款全给你呀。凭啥？

三：我爸妈偏心眼儿。偏我大哥。

村：狗狗娃，你爸妈是偏心眼，可偏的是你！你大哥天天蹬个三轮送货着哩。你嫂子兴国广场边上卖麻辣烫手都……你算算，高中、大学、读研！你把钱卷走，干啥去？

三：投资啊，我是投行的！投资理财！

村：投资？那你爸妈咋办？

三：股东！分红（你大哥？）股东，分红（你二哥）股东，分红，全是股东！全是老板！全部分红！

村：全是股东！全是老板！全住窑洞里边数钱玩儿？！哈哈哈哈哈。

三：我大哥、二哥不是有房住吗？我爸妈到上海去，把补偿钱委托给我投资。假设国民收入增量为$\triangle Y$，家庭消费倾向为b，那么，根据投资乘数定理投资增加引起的最终国民收入的增加量为：$\triangle Y= \triangle I/1-b$。瞅我干嘛，噢，给你讲你听不懂。

村：嘿我的书念少了，你爸妈能听懂就行！你们一家人谈啊。

三：我想谈啊，大哥说听爸妈的，二哥说听他媳妇的。爸妈听你的！你调解吧（老二两人声）呀，我二哥二嫂来了。

村：找你的，你们谈谈啊。

三：我躲一下，听听他们俩想干嘛。背后听真话！知道吗？！

村：我这就是村委会，往哪里躲？！

［二哥二嫂上时，三躲案子底下］

二：村主任，村主任。

村：哟，郑新仁家两口子。什么风把你们二位吹我这里了？

媳：邪风！我家老三，煽动我妈要货币安置！你给我先调解一下，你要是调解不好，我就找一个律师，铁嘴钢牙的，我要打官司！

二：啊？告谁啊？告爸妈啊！！？

媳：告谁？我能告爸妈吗，我要告了爸妈在秦安县还咋活呀。走上街，还不让人呸死呀。

二：告老三！

媳：告老三有用吗？

二：那就不告老三。

媳：告谁？

二：你说了算！

媳：我的命苦，嫁了个不像男人的你。

村：你家里好着呢，有车有房。

媳：还有两个儿子哪，一个上了小学了，一个都断了奶了！两个儿子娶媳妇房子咋办？

二：……你看着办。

媳：妈的房子拆迁、政府补了两套房子！两套现房！

村：考虑得太长远了。房子全给你？那……不合适！那房产证写的是你妈的名字。

二：骂谁啊？！我妈的名字。

村：没有……是不是你妈的名字啊？！

媳：当村干部的有没有点素质。

村：换文言的……你母亲的。

媳：再骂人就先告你。

村：我……我……不说了。你准备告谁？

媳：告政府，要求三套房。

村：你咋不要求十套？

二：政策变了？

媳：讽刺听不出来吗？政府的人向政府说话。

村：我向良心说话！县上为了这块老区旧房改造花了多少钱你知道吗？

媳：我只知道我要三套房！爸妈一套、大哥一套、我们一套。

二：要是还是两套房子咋办？

媳：爸妈一套，我们一套。

二：大哥情况困难……

媳：你——离——婚——后——情况更困难！！

二：我……

村：现在的女人太猛了，说离就离啊。

媳：一个出嫁了的姑娘想分爸妈的财产，我就不答应。

村：你也是出嫁的姑娘，娃那几个舅舅也是这话么？

媳：我……我……你是个干啥的呀？好管闲事是不是。

村：我是村长，还是调解员。人说清官难断家务事，但今天这事儿，嘿嘿，我还真想说说。人呢，不能太自私。

媳：就我一个人自私吗，老三为啥扭住要钱不要房？

二：她要投资。

媳：你还是那么青涩可爱瓜得心疼，因为分的房子在秦安，她搬不走！

二：媳妇，闲话传得远。

媳：传得远，就是她在场，还是这个话。

［爸妈上］

（爸：老二家两口子咋会来村委会嘛？

妈：老二媳妇天天打听签字房子扯到离婚了，唉。）

媳：快点，躲起来，躲！

二：躲啥？

媳：听爸妈背后说些啥！背后听真话！快，案子底下！

进！

［三人尴尬了］

村：老哥老嫂子好。

妈：老二两口子没来吧？

爸：你看没来吧，我的几个娃娃都听话！！

村：你拆迁合同签了吗？

妈：噢，合同没有签，都有私心。

村：你当着他们的面说商量啊。

妈：不敢，都是我生下的，手心手背！（爸的唢呐声起）我背着孩子给你说真话。我们住的院子你去过，晴天一院土，下雨两脚泥。房子就不说了，最羞人的是，每天早上起来在巷子口厕所门前排队上厕所啊。盼着这辈子能住一个楼房，我三个娃娃三个心思，啥时能齐心啊。只要准备拆迁盖楼，住的人就狮子大张口！连夜加高加大，原来汽车进出的巷道，只能进自行车了。加盖不了的，上访打闹。你能吹一点欢快的不？！

爸：你能说些高兴的不？

村：咱们沾了政府大光了，这几年，精准扶贫、医疗保险、农村养老保险，征了地还有失地保险，城中村改造，一家两套房，花了国家多少钱！共产党真好（爸欢快的唢呐声）咱们的未来会更好。

妈：太远的我不敢想，现在就好得很！我天天跟他还有一大帮老哥老姊妹转悠着哩，一天河边，一天凤山！我扭，他爸吹唢呐！腰腿扭酸了，一压电钮，就上了电梯房了，可现在，老三要分钱，老二要分房。我不敢提住楼的话了，不敢想了！合同我今天下午去签，两套房老大老二住去，我和他爸爸再租一间平房。钱是好，得自己挣，占便宜能发财啊？！唉，你见到我的几个娃娃，劝劝。

村：你说得对。钱得自己挣！都靠国家光荣吗？吃老的不丢人吗！给家乡不做贡献占县上的福利好意思吗？老人辛苦了一辈子，政府拆迁上电梯房小的钻到里头能睡觉了吗？！老大两口子帮着老二娶媳妇、帮着老三读大学，自己租的房，骑个三马子天天送货忍心吗？私心太重不怕变驴吗？

父母：几个娃娃听不着，你白吼。

村：我相信他们都听到了！而且还是跪下听的！老哥老嫂子你们回去。

［老大上］

大：爸妈，娃说爷爷奶奶到这里来了，你们到这里干嘛呀。三轮车在外面，回家吃饭。

妈：给老二老三打电话，我忘了拿手机，都回家吃饭，我做的酸辣肚丝汤！

［打，案子底下响，村示意别打，用自己遮掩］

［爸又给老二打，案子底下响］

［老大明白了，欲掀起来。村止。老二欲接看媳妇，老三终于接了电话］

大：老三，你在哪呢？

三：在……在背后听真话。

大：听完哪……

三：听完真心话，感觉……没脸见爸妈。

大：没啥，一家人。小时候藏猫猫就钻桌子底下，现在还没改。出来！

[三人羞涩出]

三：爸妈大哥，我不争了，一套爸妈住一套你住。别租房了。

爸：老二，你说哪？

二：我也同意……媳妇你定。

爸：你是不是个男子汉？！啥事儿都听媳妇的！

二：爸，我别的地方没学爸，这样子是学你的。

媳：我想通了，爸妈住一套，大哥住一套。

[妈掉泪乐了]

村：这样多好，家和万事兴！老嫂子咋还哭了哪。

妈：高兴的！扭上回家！

众：在唢呐声中欢跳下。

（完）12月11日午夜于秦安，四稿定稿于天水

村史馆开张

编剧、导演：王海生

时间：现代
地点：下洼子村史馆门前
人物：村长，男，50多岁
小广播：女，50多岁
老书记：男，70多岁
捐手电姑娘：女，十几岁
修理地球：男，50多岁
周总：男，50多岁

［在音乐声中，村长喜气洋洋上］

村：全体村民们，大家好啊。百年奋斗路，启航新征程。在实现整体脱贫之后，我们下洼子村迎来了又一件大喜事：下洼子村史馆要开馆啦！！村委会决定，各家各户都把有纪念意义、有教育意义、有收藏价值的物品捐赠出来，展示下洼子村在奋斗过程中的贡献和农村发生的巨大变化，教育下一代村民。请有捐赠物品的人上台！（大伙冲上，围着村长喊着要捐）啊？！别吵，这么多人啊。一个一个来。小喇叭你捐啥呀？

小喇叭：村长你看这是啥？广播！那年咱们下洼子村全通了广播，我们围在一起听。

（录音：东方红乐音＋中央人民广播电台！中央人民广播电台！现在是"报纸和新闻摘要时间"）

（众：东方红，是北京的声音，是党中央的声音）

小喇叭：我国夏粮又获得大丰收！（众欢呼）

大庆油田又打出高产油井！（众欢呼，后茫然）

村长，大庆在哪儿啊？

村长：我去过县城，大庆在哪儿我没去过呀。这个广播太神奇，什么都知道。

一青年：（喊）广播上说了，高考恢复啦！我能考大学啦！

另一青年：（喊）广播上说啦，农村要实行联产承包责任制啦，土地承包啦，太好了！太好了！！

村长：一个小小的广播，把党中央的政策同一时间传遍了祖国大地。

甲妇女：后来有了收音机，有了电视机，现在有了手机嘛。真是方便。

村长：但广播是我们这一代人永远无法泯灭的记忆！收下。

下一位。小姑娘，你拿着啥呀。

小姑娘：我奶奶的手电筒。

〔众：手电筒谁家没有啊，手机上都有这个功能，不要〕

小姑娘：我奶奶说这是我们下洼子村的第一个家用电器。我奶奶刚结婚那一年。我爷爷去县上开三干会，花了四块钱买了一个手电筒。那天晚上，天也是这么黑，我爷爷悄悄拿出了手电筒，唰！！全村人都惊呆了。（这是什么呀）

我爷爷摇着，晃着，哎！这边！哎！这边！

大家慢慢地围过来，都想摸，我爷爷说了：不准摸，小心电着！那天，我奶奶好开心啊。

第二天，我爷爷出门开会，我奶奶偷偷拿出了手电筒，摸着摸着，手电筒亮了，（吹）吹不灭（打）打不灭（捂）被子捂一会儿，呀，还是不灭，她急了，塞到水桶中，还是亮着。我奶奶真吓坏了，用布包好塞进了箱子里。

第三天晚上我爷爷拿出来还想夸耀……

村长：咋了？

小姑娘：坏得能倒出水来。可笑不？

村长：孩子你不能笑话你奶奶，她那时不识字，没有知识啊。可你奶奶她供你爸爸在我们村第一个考上大学，她办的养鸡厂为学校捐了十万元，说一定要让孩子好好读书，建设家乡。收下，下一位。

［众争，忽然有人喊老书记来了］

老书记：下洼子的乡亲们大家好啊。（老书记好啊）好，我想下洼子啊，从微信中知道了咱们下洼子村成立了村史馆，我就想捐赠一个物件啊！

村　长：哈哈，你十几年没来啦，来就来呗还……啥物件啊，在哪儿啊？

老书记：村口，太重，我扛不动。

（电视机？农用车？大卡车！不是……你把高铁拉了一节？！）

村　长：是一辆自行车。嘻！都不要吵，听。

老书记：1962年麦收时，我陪着县交通局的梁工程师来检查交通情况。

村　长：那时全是土路，检查啥呀？

老书记：我们俩骑车路过下洼子村，就在你们下洼子村的后面那个陡坡上。

村　长：胡家大坡！咋啦？

老书记：那坡又颠又陡啊，车速越来越快，越来越快（下坡骑车状）啊啊啊啊……

村　长：快刹车啊！

老书记：我一捏手闸，砰！自行车闸皮就飞了，自行车失控了……

村　长：你快下来啊。

老书记：我下得来吗我？

村　长：完了！

老书记：正在这时候，一个下洼子的村民站在悬崖边上，拿着一个扁担，我冲他喊：快救命！一扁担撬倒五块钱！五块钱！快啊，只见那人操起扁担，砰——啊——！

村　长：到崖底下了？

老书记：贴到崖上啦。

村　长：嘿嘿嘿，好人得救了。

老书记：我过去拿他手，说谢谢你啊，他一伸手，手心里五块钱。我问这是啥意思？他说：刚刚撬倒了一个，五块钱的！这不是钱还没装进去你就下来了吗！干部，我问一声啊，后面还有没有要撬的？要不我吃完饭再等着？

村长：哈哈哈，前面是梁工程师！

老书记：就是他。他一直想给咱们村修一条路，唉，没钱呐。你们村现在的公路，就是他去世前设计好的啊！这几年脱贫攻坚，公路，都村村通了！

村长：老书记，下洼子村现在啊，路是水泥路。小车7辆，大货车7辆，三马子42辆。这个自行车，就是我们交通变化的见证啊。我代表全体村民收下了，下一位。

（周总上）

村长：哎，周总，大家欢迎周总！你可是咱们村里的大老板！捐多少？

周总：今天我不捐钱！捐多少钱，也有花光的时候，只要有吃苦耐劳的货郎精神，我们下洼子永远也不会穷！！这个货郎鼓，伴着我们几个货郎，进青海、闯西藏、上新疆。它是我们货担精神的象征！

村长：说得对啊。收下！

（修理地球者挤出来）

修理地球者：捐一把铁锨。

村长：你把这叫铁锨？这就是个鲁智深的兵器——月芽铲！

修理地球者：有故事！我高中毕业没考上大学回到村里，老支书问我能干啥？我说：我啥都能干，"你给我一个杠杆，我能撬动地球！"。老支书说：给你一把铁锨，你先修理地球。

众：哈哈哈哈！

修理地球者：我拿着这把铁锨翻地，修渠，栽树。四十年了！下洼子村山青了、水绿了、果树满山了，我也老了，铁锨磨成铲铲了。它是我们这一代人实干的见证！收下。

村长：咋写？铁锨还是铁铲？

修理地球者：这把上都包浆了，值钱。

村长：明白了。把玩四十年包浆铁锹一把！收下。

（众快速轮流闪上）

众人甲：村长，这是下洼子村第一份扶贫手册！

众人乙：这是下洼子村第一份产业发展计划。

众人丙：这是扶贫第一书记苗华走时留下的摄像机。他说把下洼子村的每一个变化都拍给他。

众人丁：酸菜缸抬来了。

……后面滚着个碌碡。

……磨盘在后面。

……我们村的旱船也过来啦！

抬花轿去……

村长：乡亲们，一个小小村史馆装不下我们下洼子村在党的领导下，自立更生、艰苦奋斗的记忆，放不下我们由穷变富的见证物品！我们应该记住村里的奋斗史、发展史，这是物质的，还有非物质文化遗产，也要展示出来，把捐赠的花轿，挂满村里的特产，把旱船装饰上我们的生活，脸上写满我们的自信。舞起来！

（《在希望的田野上》的音乐中，女人纺线，四个男人劳动耕作）

（周总领货郎携鼓上：买针线——换颜色嘞！！！——货郎进村了！

（号子）党的政策好，货郎各省跑，任何苦都不是苦，咱心中有父母！女人倚门望，咱们在西藏，乌稍岭的风，祁连山的狼，挡不住秦安货郎担，披星戴月回家乡！挡不住秦安货郎担，艰苦奋斗建设家乡。

（在音乐中，旱船姑娘顶着旱船扭来了；帮船姑娘边唱边扭。第一段唱词）

清清爽爽的水呀

明明朗朗的天

水绕青山叫天水

瓜果飘香的花果山

花牛苹果是呱呱叫啊

吃着特别甜
大地湾里桃花艳
你说美观不美观

起起伏伏的山
郁郁葱葱的川
金黄金黄的黄土地
东方微笑的麦积山
欢声笑语的农家院
那个是花园啊
绿水青山小江南
就是金山和银山
众：开馆啦！！！！

（剧终）

舞台歌舞剧

美丽的天水我的家园

（二人转打神调）

填词：王海生

演出时间：2006年春节财政晚会

（男）拜年哪！村长我呀……心喜欢哪哎嘿哎嘿呀。
（男女）我二人心喜欢，
站在了，天水市秦州剧院舞台前，
送走了鸡年迎狗年，
今天村里来联欢，
深施一礼拜个年，
送上几句好祝愿，
祝大家，在狗年，
一帆风顺二龙腾飞三阳开泰四季保平安。
唱一段满族神调，
把我的家乡表一番哪哎嘿哎嘿呀。
（男）我的家乡在渭水边，
地处甘肃最东南，
陇海铁路从这里过，
310国道在城边，
四季分明气候温和，
人称甘肃小江南，
（男女）两区五县民族多啊，
本是民族的大家园，

滋养着人口三百四十万哪哎嘿哎嘿呀。

（男）天水的水，天水的山，

天水的人物辈辈传，

有圣人，有先贤，

忠臣孝子数不完。

传说在那上古年，

天倾西北地陷东南，

一下塌了半边天，

这么大的石头往下蹿，

女娲炼石补了天，

从此才风调雨顺五谷丰登四季保平安。

（女）我问女娲娘娘住哪山，

（男）老辈人们众口传，

都说祖籍是秦安，

（女）你说此话我不信，

（男）我说此话你不信，

举个实例你听心间：

从天水过秦安，

五营有个大地湾，

距今七千八百多年前，

（男女）别处人们吃生肉，

我的祖先就会烧砖哪哎嘿哎嘿呀。

（男）伏羲一画开了天，

中华文明从此肇启，

天水就是伊甸园，

（女）伏羲教人结渔网，

教会农桑学种田，

分礼数，订法律，

婚丧嫁娶订得全，

（男女）中华文明的火种顺着渭河往下传。
传过秦川八百里，
传过潼关到河南，
山东河北全传遍，
一路传播到了朝鲜哪哎嘿哎嘿呀。
（女）说先贤，道先贤，
天水的名人数不完，
文臣清廉名声好，
武将舍命保江山，
有才女、有烈汉，
他们的事迹天下传。
（男）祖先的事儿说过去，
转眼到了两千零六年，
天水的儿女活跃在改革开放的第一线，
把家乡旧貌换新颜，
（男女）几届领导筹划好，
儿女个个做贡献，
几大产业齐发展，
财政收入翻了个番哪哎嘿哎嘿呀。
（男）一方水土一方人，
天河注水得地名，
四条河流分纵横，
盘绕陇右四条龙，
（女）天水城叫龙城，
繁衍生息一辈一辈都称龙的传人。
（男）生的男儿体魄健，
能文能武样样全。
（女）养的女儿水灵灵，
美丽动人天下闻。

（男）不信你往台上台下看，

除了我全是美女和俊男哪哎嘿哎嘿呀。

（男）说完了水再说山，

黄土高原山连山，

山坡牧童吹晚笛，

山上山下冒炊烟，

（女）大关山、小关山，

往东一路到秦川，

（男）北边有个六盘山，

西边横着祁连山，

秦岭是南方北方分界线。

卦台山、大像山，

麦积山更是闻名世界的东方艺术雕塑馆。

（女）小陇山植物最齐全，

那是我家的后花园。

（男女）本应该说到这儿就算完，

请朋友们来点掌声掌声掌声掌声……掌声咋还不整哪，

我把天水的旅游景点报一番哪哎嘿哎嘿呀。

（男）陇上名城天水市，

这几年，面貌改变得确实不一般，

楼房高，马路宽，

要看风景上南山，

南山顶上南郭寺，

千年松柏是奇观，

谈对象在藉河边，

要去敬神玉泉观，

伏羲庙里拜祖先，

麦积山上看雕塑，

静土寺中可参禅，

要去游泳到温泉，
学个狗刨儿也不难，
要看草原到张川，
做小买卖到秦安，
水濂洞大像山，
甘谷辣椒映红了半边天。
（女）有个地方一定得去看看，
就是农业高新技术开发园，
那可真是不一般。
天是那么样的蓝，
地是那么样的宽，
水是那么样的绿，
菜是那么样的鲜，
排排的大棚连成片，
生产鲜花在车间。
（男女）今天的时间有限说不完，
欢迎各位朋友们，到我的家乡旅游观光投资兴业请你来看看！唱了一段美丽的天水，我的家园 哎嘿哎嘿呀！

下洼子村里要改选

（秦腔唱段）

村长：（唱）（苦音二六）
轻风吹
月光明
打谷场上
人影憧憧
村里今晚要改选
我把心迹表一番
为家乡曾把心操碎
为家乡我把汗流干
为家乡我百十里外背鱼苗
为家乡陇山脚下牧牛整三年
白天操劳在田园
夜晚协调在村办
雾笼梨园随鸡起
月挂枝头抱锄眠
退伍回家二十载
看今日麦浪滚滚丰收望
瓜果飘香人人脸上泛红光
刚刚奔上康庄道
大展宏图慨而慷
平地一声惊雷响
改选村长打谷场

乡亲们啊……

（滚白）你问这家乡的山山水水、花花草草、沟沟淖淖哪里没有村长的汗？你问这乡里男男女女、老老少少、乡里乡亲谁人不知村长贤？

（转快板）

今日改选我同意！要把这花草树木都算全！一风刮过你细看：树木摆动算招手，麦穗摇曳算同意，竹子不动又不摇，那是举手投我票！

哈哈哈！哇呀呀呀，说是你们来数票哇！！！

胭脂河畔

眉户（或歌舞）小品

编剧： 王海生

（天幕中光渐起。黎明。）
（合唱起）
合：朝霞映红了小关山，
唤醒沉睡的胭脂河畔。
牛儿悠闲羊儿撒欢，
勤劳的人又开始新的一天。
（牛群舞蹈队上）
（牛舞男青年扮，女青年服装下青草上花儿。牛吃草撒欢舞）
（音乐落时一小羊上，羊儿叫着奔向牛群，牛——哞！推出，小羊再叫：唵——唵我找妈妈。
牛男：小羊你看我是你妈妈吗？我要是能下奶给你吃，那真叫牛！众牛哈哈哈哈，牛男：公母都闹不清。小羊急得抹泪，众牛：那是你妈妈。
（齐技术员来啦）
（音乐起，齐上）
齐：（唱）我的家乡在关山草原，
胭脂河水把我陪伴，
上大学乡亲们都为我捐款，
五十、一百充满善念，
羊羔跪乳是把母亲感念。
学成归来报答乡亲理应当然。（众重复唱后两句）

齐：（白）小羊过来，（亲亲）你吃母亲奶都跪着，真懂事儿，去吧，找你的羊妈妈去吧。我得先清圈、给另外三头牛检查哪。（小羊：咩，它欺负我。齐：一会儿给它打针！牛男狂奔远）

众女：玉娟姐——！玉娟姐姐，今天可是六月六，我们胭脂河畔最最热闹的一天，一年一次的花儿会！走，我们都一起去吧。（众女七嘴八舌劝）

齐：你们去玩吧，今天我还有好多事情哪。

众女：走吧，你要不去，那些男青年都和谁对歌呀。齐说她不会唱，众女调侃说要对象。齐假装生气。众女说，你不去，他们可都来啦！咱们躲起来！

（牛男众）

（合唱）

对面的女孩看过来

看过来 看过来

寂寞男孩情窦初开

需要你给我一点爱 爱爱

我左看右看

上看下看

原来每个女孩都不简单

我说最爱 玉娟最美

玉娟最美

（众男白：今天我们都是奔着齐技术员来的，比赛一下！能折上这朵花儿的才是攒劲少年！）

少年甲：我先来！

众男：凭什么你先来？

少年甲：我帅气！你厨师、你装修、你打工、你摆摊都来蹭爱情？

（那你干什么呀？）

哥们儿现在搞艺术！瞧瞧这长相、这气质！现在拼的就是颜值！

（众男）唉——

少年甲（得意）（唱）
山里头有名的是昆仑山，
花里头最好数牡丹，
谁能配上你，
那就是我这样的英俊少年。
（众女叽叽喳喳，不让玉娟对歌。甲女嘴快说她来对花）
甲女：（唱）
哎——黑鸡下的白鸡蛋，
洋芋开花赛牡丹。
霜地里闪亮像宝石，
里面可能是驴粪蛋！
（众人哈哈大笑，少年甲讪笑退后。齐嗔甲女）
少年乙：光长得好看顶个啥用！男人嘛就得有钱！（众：土豪！）站一边去！瞧我的。

（唱）
骏马就要配雕鞍，
玉瓶插花才好看，
靓女不嫁穷光蛋，
我家钱财上千万，
十几间店铺在雁滩。
开的宝马戴的是钻，
姑舅亲戚都是官。
嫁给我只愁钱儿多得花不完。
（白）玉娟，嫁给我吧！哈哈哈！
齐：（唱）
左一个钱、右一个钱，
你就是一个钱串串。
哪份家业是你创，
哪份工作你会干，

帮过多少村里人，
　　你为社会做过什么贡献？
　　（众女众口：就是嘛。一人富不是本事，全村共富才是本事。富二代嘛。玉娟姐要嫁的是人又不是钱。对了，玉娟姐，你心里面的标准是什么样子的，我们帮你找！）
　　齐：（白）哼，才不和你们说哪。
　　众女：你不说我们都知道！
　　齐：知道什么呀？
　　众女：知道你喜欢那个没有考上大学的、吃苦耐劳创业的、挣了钱帮助乡亲的、把自己的技术教人的、瓜不棱登、不言不语、热心帮人的马海子！
　　齐：他……他……帮助乡亲们还不好吗？
　　甲女：他呀就是一斤的瓜十六两的皮——
　　齐：咋说？
　　甲女：瓜得实实的！
　　齐：（偷偷笑）不胡吹不务虚是真诚。
　　甲女：挣得越多、帮的人越多，他帮助过的都开双排座哩，他还开个三马子！
　　齐：他对别人都这么好，对我能不好吗？
　　众女：他好好好！你们快看，马海子来啦，我们走吧。
　　众牛男：等等一起走！
　　（众仍回牛男、众女回花草）
　　（合唱）
　　关山草场绿，
　　晴空水洗蓝，
　　女孩心事藏心底，
　　只对风儿言。
　　齐：（唱）学成归国四个月，
　　一共见过三回面。

从小到初中,
都是一个班。
我把大学上,
他跑货郎担、
打小工、开商店、
养牛养羊、从小到大一点一点吃苦耐劳多少熬煎。
在我出国那一天,
他送行到车站,
悄悄塞进背包两万元。
这一桩桩、一件件,
都浮现眼前。
(众合:一桩桩一件件,浮现在眼前)
恨他爱我不对我明言;
恨自己抹不开姑娘的羞面。
(马上)
马:(唱)
这个世界变化大,
农村越来越发达,
电脑电视把外面信息传达。
高速公路村村通,
电商购物在手掌中,
开小车住楼房,
谁说我们原是乡里人。
国家关心农村人,
大力开展精准扶贫,
我岂能只顾自己发财、不管不顾、看我长大、亲如一家的村里人——
(众唱)困难时,穷帮穷,
致富不忘村里人,
吃苦耐劳能脱贫,

小康还要项目撑。

马：（唱）

到如今，

大数据、大流通，

小本生意在底层，

尽管我是高中生，

现代管理弄不清。

玉娟虽然回到村，

只怕心早就飞入城，

从小我俩有感情，

可眼下差太多，

我就是个望着天鹅的乡里人。

打定主意找玉娟，

只问技术管理这些事，

打死也不谈感情！

众牛：（唱）

谈感情、谈感情！

生个小牛是成功！

马：（瞪眼）

（唱）

你们唉你们，

感情这事很复杂。

牛众：（唱）

人的事情咱搞不清！

（白）走，吃草去。

马：（白）齐玉娟！齐玉娟！

齐：哎呀，是马总、马社长、马带头人！什么风把你给吹来了呀。

马：天天看你在这么多养殖场来回跑，怕打扰你。

齐：马海子！以为我不知道哪，这几天跑到城里干嘛去啦？

马：找人去了。气人，见一个谈一次，见一个谈一次，谈了几个，全黄了！

齐（悄）活该！

马：玉娟你嘀咕什么？

齐：哼！哼哼。就你这一身浓郁的牛粪味儿，不黄也熏黄了！洗洗、再带上一束花呀。单膝下跪才行！

马：（纳闷）我聘个总经理还要下跪？！

齐：啊？！不是找媳妇啊，嘻嘻，为啥聘不到人？

马：（唱）嫌给工资低、

嫌住在农村、

嫌养殖基地味道浓。

想搞对象看不见女娃的影影。

齐：噢。嘻嘻，你这么些年没找对象没结婚，以为你是在等哪位心上人！原来打光棍是这个原因！

马：我……我……不想提起这些事情……

齐：这有什么不好意思的。你不开口，咋样谈到对象嘛。这样我……我帮你吧。说，看上谁了？哪个村？叫什么？说嘛！

马：嘻！谈不成！差距大，怕丢人。

齐：（唱）怕丢人怕丢人，

你把自己藏太深。

世上只有两个人，

一个男人一个女人，

天下只有藤缠树，

见过几回树缠藤，

你不开口追求她，

她会误会是你相不中。

（一牛对一牛：亲爱的，没有我们直接。我爱你哞——哞，另一牛：滚！）

马：（唱）

她要热心当媒人，
哪知她就是我的意中人。
这个事情难开口，
我爱的是她，
她介绍别人。
西厢记、崔莺莺，
张生娶红娘，
莺莺倒是局外人！
（众合后两句）
（白）（急）不说了。请你帮我，你拿我开什么心？！
齐：（偷乐）好吧。还是那些臭毛病：脸爱红！养殖合作社不是很好的嘛，你还要聘什么人？
马：谋事要长远，天晴要备伞！养殖场要上规模大发展就得聘人才来管理。股东多、规模大，牛羊成群后我管不住了！玉娟看在老同学的面上，出些主意？
齐：啥方面？
马：先说技术方面吧。
（唱）为啥公的老打架，（公牛反应）
为啥母的不吃草，（女草反应）
母的多重才多产，
公的多重才出栏？
齐：（唱）首要问题告诉你，
牛羊公母要分栏。（牛男：反对！女草：赞成！）
马：分栏？在一起感情好吧？
齐：哼，距离产生美。笨蛋。（牛男：哞——和母牛距离，美就没了！齐和马共同轰牛男）
马：为什么？
齐：呀，你想想嘛，不管分开多远、多长时间，你和你恋人好长时间没见面，一见更亲热嘛。

马：你说的那是人。我问的牛！

齐：我是对牛弹琴。感情相同。

马：明白了！分栏，哪怕一头在国内一头在国外，那种感情永不变。对吧？

齐：（嗔痴）我才回国，什么意思？我是按头算啊？！

马：错了错了，你别生气了。（擦汗）

齐：（假装生气）还问我什么？

马：嘿嘿嘿。

齐：嘿嘿嘿，光知道傻笑。

马：玉娟，别生气。我问你什么是产业链？咋规划产业链？

齐：有进步。哎，你说说。

马：县里让我制定一个产业规划书，给补贴！

齐：制定产业发展规划？首先你的第一产业吧？

马：养牛放羊…算吗？

齐：对啊，属于第一产业。

马：蒙对啦？！哈哈。

齐（瞪）第二产业哪？

马：什么产业？提示……

齐：第二产业也叫加工工业。马：（挠头）杀牛宰羊？

齐：（笑了，说）粗是真粗，也对。

齐：第三产业咋规划？

马：几道题？比老师还严格。我就顺着往下说吧，豁出去了：第三产业是吃牛肉喝羊汤！

齐：（笑得花枝乱颤）海子海子，你再不提高管理水平，再不改农民意识，咋把产业做大做强啊。

马：我没吹牛皮。

齐：你是没吹牛皮，你出的是洋相！想聘请人，对吧？

马：对对对。

齐：你聘去。

马：（唱）

大材我也（齐）聘不起，

中材不愿（齐）到村里，

两眼摸黑（齐）找谁哩，

找个人才（齐）不容易，

我我我想聘玉娟，

话到嘴边（齐）又咽回去！

（女草慢慢站齐后，牛男慢慢站马后。合唱：

爱在心里口难开，

女孩儿的心事最难猜，

哥哥脸面拉不开，

玉娟大胆去表白。

齐：你真是气死人！笨蛋，我等着哩——！

马：玉娟，你愿意应聘？

齐：（期待）愿意是愿意，你聘我干啥哩？

马：（唱）

睡梦之中在寻你。

齐：

（唱）我在你面前站着哩！

马：

（唱）聘任你当总经理！

齐：还有哪？

马：啊？一个职位你不干？

齐：嗯。

马：再加一个合作社的副主任！

齐：不满意。加！

马：还加？玉娟，你到底干几个职位啊，我我……唉！

齐：你你你……聘我有没有诚意？我等着哩！

马：（搔头）（唱）

再加加加加加加、

再加……

这个摊子就全给你!

齐:

(两个牛男过来:你比牛还笨!哞——那女娃娃想要给你当个媳妇哩!笨笨的男人哟。众大笑)

马:玉娟。

齐:海子。

马:玉娟——我爱你!

齐:海子,我愿意!

(牛舞男、女舞花,全上。一段欢快喜庆的合唱中,马给齐戴上柳梢编的花环。剧终)

(结尾合唱)

胭脂河畔传佳话,

共同致富开新花。

精准扶贫大开发,

和谐幸福农民家。

(《胭脂河畔》入选2019年甘肃省文艺百粒种子计划)

小说篇

小桃（上）

儿时的天
湛蓝如洗
偶尔有浮云掠过
哪怕乌云布满
乌云的上面
永远是蓝蓝的天
　　　——村长寄语

小桃比我小一岁。那时玩"过家家"时，她经常当我"媳妇儿"。

我说经常是因为村里的孩子是分群的，只有在她归我们这一拨"领导"时。

小桃家共七个孩子，五女两子，小桃行五。她的父母都是老实巴交的农民，待人极是谦和。说来也怪，虽然这两口子长相都是平平，但几个孩子却一个比一个水灵！村里人开玩笑说，两大坨牛粪上长出了几朵花儿。除了老大老二年龄比我们大外，其余几个都是连着生的，都跟我们天天在一块儿玩耍。

小桃家不在我们的巷子里，离着我家也就是百十步。门口有两棵很高的杏树，边儿上还有两株很大的牡丹花，院落不大，但很是整洁，在墙脚下还有两丛毛竹。那时，我们都觉得小桃他们家不像是庄户人家，后来才听人隐隐约约说起，小桃妈妈的娘家算是大户人家出身。

我爷爷上过好几年的私塾，和她爷爷能说得来。小桃的爸爸跟我爸爸关系很亲，他们两位是村里公认的种田的"把式"，每年过春节时，她爸爸总是提着一把茶叶到我家里来，拢上火盆，和我爸爸盘坐在炕上，一边煮茶，一边闲话家常。她爸爸经常到我家里来，也很是喜欢我，来了就逗我说话儿。

小桃妈妈也常常到我家里来，只是来的时候经常是下雨天儿，生产队不出工的时候。在换季节的时候帮我妈妈拾掇衣服什么的，全是些针线活儿。但小桃很少到我家来玩，她非常胆小。

但爱玩是孩子的天性，没有伴儿的孩子是孤独的。小桃也和同龄的伙伴一样，喜欢在一起玩儿。只是她从不主动找我们，她总是看到我们全都出来了，她才慢慢地溜达过来，看来的小伙伴越来越多，她脸上慢慢变得越来越自然。

乡下人起得相当的早，一般早上五点半到六点时就出工了，那正是我们睡得正香的时候，到了八点多，女人们从地里回来收拾做早饭。早饭就是菜团子和面汤。早上九点左右，太阳暖和些了，吃完了早饭的小伙伴们陆陆续续地从家里出来了。

乡下的孩子是不愿意待在家里的，大人们全都去地里干活儿了，老人们有的去放羊，有时去村头闲聊，即便是在家，也懒得去管我们。孩子们第一个集中地是生产队的场院里。

村里的孩子上学是很晚的，一般在十岁左右才上学，像我这样上学早的只是个例外。村里孩子上学晚，一是因为大人们并不重视孩子的学习，只要认得几个字就成了，学习成绩再好，最后还是个农民。二来，大人们也没想让小孩子一定要念到什么样的程度，有力气就得到生产队里干活儿了。

村里与我差不多大小的女孩子有十几个。随着年龄的增长，慢慢地都不能上学了，不是因为自己不想入学，而是家长不让。小学毕业后，平均都是十五六岁了，帮家里干几年活儿，十八九岁上，全都得出嫁了。上了村里的中学的，只有三个，而到高中时，只有一个！小桃也不例外，只是，她只念书到了四年级就再也不愿意去学校了。

没有入学时，我们小伙伴常去的地方是村头的破庙和大场院里，有时，人少了就三三两两地分开了，各自到自家院子前去玩了。我家在巷子的中间，门前有好几棵大柳树，树冠很大，树荫下面非常凉爽，我和小桃在没有上学之前，经常在这里玩儿。这是一条大路，路上黄土很深，随手一划拉，就是一大堆。堆起来的黄土，非常非常的细，像面粉一样！有时，我们身上划伤或者是打架流血了，用黄土一捂，一会儿就不流血了，等干了自然就掉了，不会感染，也不会留下难看的疤。我们是黄土地的孩子，在黄土中生，在黄土里长，黄土和我们的皮肤一样！

一群孩子，一堆黄土。每人轮流往黄土堆上一坐，会留下一个屁股的原模型！然后围拢过来，细细地看，谁的屁股大，谁的"小牛牛"大。

有一次，我用黄土堆砌成周围几个山的模型，正招呼周围几个小伙伴过来看，没等叫来几个人，小桃蹲在上面一泡尿，把两座山冲得平平展展的了，让我狠狠地抓住她头发，压在尿上闻味儿，小桃哭哭啼啼地跑进去叫我妈出来，告了一状，妈妈要打我，可没有追得上。等我回来时，我妈给了小桃一把黄豆吃哪。

还有一次，小桃看见堆起来的黄土上，落下了几片树叶，正趴在边儿上吹哪，我过去照着那堆土，一脚踏下去，轰！哈哈哈，就像那炸开来一样，再一看，小桃的头上，脸上，嘴里全是黄土塞满了！眼睛也让黄土迷住了，想哭也哭不出来了，等小桃把嘴里的土掏出来，哭丧着脸找大人告状时，我早跑得没有影儿了。

同村差不多一般大的孩子们分成两拨儿，一拨儿是以老三为头儿，一拨儿是一车姓男孩子为头儿。两拨男孩子经常开仗。那时，我们打架可不像现在的小孩，一言不和就是一刀！这在我们那时，是不敢想象的！

男孩子们喜欢打架，有一个重要的原因：为"观众"而战！

"观众"就是同村里的那些女孩子。

其实，那时的我们，没有现在的小孩子这么早熟，完全是蒙昧无知，混混沌沌。男孩子、女孩子之间没有什么神秘可言！从一开春后剜苣蓿芽儿开始，整整一个夏天和一个秋天，十一二岁以下的孩子，没有人能穿上衣服的，全是精光的，女孩子与男孩子不同的是，她们每人有一个肚兜兜。没有一个小孩知道男人与女人之间，将来会发生什么样的事儿，全不知道！

我们真的不知道"媳妇"意味着什么，也压根儿不知道"过家家"的实质是什么，只是一种模仿游戏而已。

但在我们的世界里，无论男孩女孩，特别崇拜强者，也特别想被其他小伙伴崇拜。正是因为崇拜，孩子们才拉帮结伙；正是因为想被别的伙伴崇拜，所以孩子们之间总是发生着冲突与整合。

老三是孩子们中的强者，因为我们这一拨儿最爱打架，打架时胜的次数也最多。加上老三经常敢去偷生产队的东西，比如苹果、毛豆角、玉米棒子或者是其他能吃的东西，所以，小桃和其他的女孩子们也都爱跟着我们这一拨儿。

小桃常常受那些坏小子的欺负。小孩子们斗嘴最有意思，叫着父母的名字或者是父母的绰号，这就算是骂人啦，嘴笨点儿的一看事情不妙，撸胳膊挽袖子就开始要揍人了。

每每到了这时，小桃总是显得特别紧张，自己又不敢骂，只好坐在地上哭泣。这时总是我出面拉小桃，哄着她，不让她哭。老三也真是有意思，谁惹了他他就揍谁，但很给我面子的。一是我们两家只隔一墙，二是我能搞到他搞不到的好东西！

那时我们没有玩具，所有的玩具全得自己动手。我们的玩具基本上分为两大类，一类是泥巴捏造的如小车，埧，还有草编的玩具。第二类就是活物了，如小松鼠呀，小麻雀呀，小蚂蚱啥的。这些东西，对我们来说，手到擒来！可我们那时最稀罕的东西是商店或者药铺里的那些小瓶瓶，尤其是塑料制品！小伙伴们这时只能让我去弄啦，因为药铺里有我一位远房的姥爷！最疼爱我了，每次空了药瓶子，全给我攒着哪，有一次，他悄悄地叫我过去，给了我一去玻璃针管，那针管的前面套针头的玻璃折掉了，不能用来注射了，可好玩儿了！抽上水，照着小伙伴的脸，一推！吱的一声，弄一脸水！我只玩了一天，老三跟在我后面，颠儿颠儿的，跟屁虫似的，讨了一天的好，晚上我借他去玩儿了，第二天上午，他可得意了，老四提个水罐子给他供水，让他抽满了往小伙伴身上脸上喷！正喷得高兴哪，谁知道太用劲了，一下子就把针管的前面捅透了！老三急眉赤脸地过来给我告饶，说了一大堆他以后给我赔偿的话，我也不敢真跟他急，毕竟他是头儿，我要经常和小桃玩儿，还得仰仗他哪。

我们的世界是大人无法懂得的。

我们可以围着一个蚂蚁窝看整整一个下午；可以守候小半天为捉到一只蟋蟀；在收割完麦子的地里，赤着脚来回围捕一只蚂蚱，而不顾小脚丫子刺得鲜血直流；为了得到半颗糖果而哭闹打滚；为了能和小伙伴在一起玩儿，而受骗上当去偷家里的鸡蛋、甘心情愿地听孩子头的差遣。大人们不知道我们为啥哭天抹泪，为啥笑逐颜开；不知道我们为啥一会儿好得蜜里调油，一转眼又将一个揍得鼻青脸肿！春天，脱掉了棉衣裳的小孩子们游荡在地里，拣野菜、拾羊粪；夏天，我们在河里游水，从墙缝中掏麻雀，在地角上掏松鼠，在树荫下和尿尿泥来捏玩具，三五成群地偷偷溜进地里去摘可吃的东西；秋天，每人一个小篮子在空荡荡的地里拣柴火，割青草，在雨中顶着大人的草帽，光着一双小脚，纵情玩耍；冬天，天冷时盘腿坐在暖暖的炕上学大人编草鞋草帽，或者用光溜溜的石子玩"抓五子"，在雪地里堆雪人，抓起白白的雪，用小手捏紧了，灌进小伙伴的衣领中，一旦天放晴了，三五成群地又到还没有化雪的地里，挖甜菜根去了。我们，就是整天游荡在这块大地上的小小精灵。

小桃（中）

少年不解风情事
掷情爱
追逐假名
愧对前盟
天涯咫尺
隐姓埋名
——佚名词

我入学后，每天去学校上课。不去上课的学生，背个书包散兵游勇一般，跟着那些没有上学的孩子照样在玩儿。乡下，也没有钟表，只是以太阳到东山的高度来确定时辰。每天学生们稀稀拉拉地到校后才开课，每天上午三节课，下午两节课，下午放学很早。大约就是四点钟，也没有自习，更没有晚自习，学校里本来也没有电灯。

放学后，一边打打闹闹往家去，一边到处找小伙伴儿，看看他们都在什么地方，在玩儿什么。1972年那年，在村里药铺的边儿上又开了一商店，那时叫"合作社"，原来一直这么叫，直到上了高中才弄清全名：供销合作社！从此，我们又多了一个聚集地点！哈哈哈。

合作社里最吸引我们的，是糖！水果糖，我们叫"洋糖"。一个个都伸长脖子往那箩筐里瞅着，在心里盘算着哪种糖更甜。

老三又学会了一样手段，隔三岔五地开除那些家里情况稍好点的小伙伴。开始我不明白，后来也得了甜头了。原来开除是假，要是小伙伴再想入伙，得去偷家里的鸡蛋，悄悄地到合作社里换糖吃！一次老三找上了小桃和她弟弟的碴儿，小桃真的去家里偷了一个鸡蛋，分糖吃时，只给她分了一颗，而她弟弟没有，小弟弟哭着回家告发了，小桃的妈妈狠狠地把她打了一顿，并限定她不能再跟着我们玩儿。隔了好几天，我才敢去她家约她，她妈妈看见是我，给我说："你们在一搭里玩行，别骗她偷家里的东西。那个女子，是个实心蛋蛋子，没长啥心眼儿，迟早让人骗走了哩。"我答应着，又领着她玩去了。

回来后，我给老三说："小桃妈妈生气了哩，说了再不让她跟我们玩儿了。"老三说，"这次分糖没有分好，都是那个合作社的老汉！前几天一颗鸡蛋换七颗洋糖，这次才给六颗嘛，本来有她弟弟的，唉，少了一颗，分不过来了！以后再不让小桃出鸡蛋了，嘿嘿，我想到了一个好办法了！"

过了一些日子，老三给我们开了个会。说是村上的大人敬神，咱们也要学敬神哩，我们弄不清咋个敬法。老三说，"你们看过那庙里供的娘娘吗？大人们都把好吃的端进去，供下让娘娘吃哩，娘娘吃了就保佑了咱们村啦。从现在起，每月咱们都要想办法敬一次神！"

我们听得一头雾水，但头儿说了敬神，咱不敢不随啊。再说了，村里的大人真的是每月偷偷地往庙里去敬神，那时候，这是严禁的事儿。

孩子们有一个特点，越是大人不让我们做的事儿，我们兴趣越大！越是大人们也神神秘秘的事，我们的好奇心越大。一听老三这话，呼呼啦啦往村头的破庙去了，到了那里找了一块大石板，青石的那种，本是破庙里的底墙，就算是供桌了。

接下来，老三说要选一个娘娘哩："没有娘娘咱们供谁呀？选一个女子娃上去当娘娘！"小伙伴们一听要选一个娘娘，全拿眼睛瞅着小桃。小桃一看大伙儿都瞅着她，脸唰一下红了，死活不当娘娘！老三说："不行！你不当娘娘，我们就把你开除了！以后不让你跟着我们玩儿了。你当不当？"我把小桃哄到边儿上，悄悄地说："你瓜娃娃一个！当了娘娘，你还能吃上好吃的呢！"老三是威逼利诱，我是哄骗，总算让小桃答应了当娘娘的事。

接下来，我们分派几个小伙伴去家里偷鸡蛋和水果，偷来的鸡蛋由老四到合作社去换糖，偷来的水果直接就供到大青石上了。一切齐备了，小桃让我们给摁到那个大青石上坐下了，小伙伴们吃三喝五地跪了一地。接下来是跳神了，老三的几个"高参"在那里乱晃一气，好像真是来神了那样，后来老三偷着给我说，你背过书没有，有背会的在这里念一段儿，时间要长些，短了不像哩！我正在背，小桃忽然说："我不坐了，这石头凉得很！"老三大喊一声："娘娘不能动！"小桃吓得呆坐在那里了，然后老三嘴里念了一串连他自己也听不懂的咒语，再喊："大家给娘娘磕头！"仪式总算是结束了！

仪式结束了，可献给娘娘的东西可没分结束。其实，老三哪里是来敬娘娘的，就是找个事由来吃好吃的。供上的供品，给了小桃两颗糖，他自己先装上两个苹果，其余的全是两人三人分一个苹果或者分一颗糖。

这样每月敬神的事一直干了一年多。供品一开始还有人敢偷家里的鸡蛋和水果，后来再也没有人敢偷了。小伙伴们只好自己想办法了，随季节的变化而变化，啥果子熟了就摘啥。从桑葚、桃子、杏子、苹果、核桃，到了冬天，什么水果也没有了，我们就拣松子。学校的院子里有几棵松树，本来庙的周围全是松树，可为了建校舍和操场，砍掉了不少，但还有十几棵松树。冬季放假后，学校里没有人，上树对我们来讲，那真是非常简单的一项活动，一个个像猴子一样，一会儿就打下来很多，回去后烧烤一下，掉出的松子非常好吃！每人装上一小兜兜来献娘娘，只是苦了小桃，冬天的青石板上可真的很凉。

这样的日子过得很是平静。

一天接着一天，一月又是一月。

村里除了下乡的干部和几个月才来一回的电影放映员以外，再没有外人。

我放学后每天去找小桃，有时候去地里拔草，有时就在巷子里跳方格，要不就是踢毽子，玩泥巴。偶尔也去偷些东西吃。村子就是那么大，小伙伴也就是那么多，一年四季除了上学或者生病外，天天在一起玩儿。

大人们每天都在上工，在一起的时候说些今年的收成会怎么样，雨水会怎么样之类的事儿。在大人的眼中，每天都差不多。

我们不知道疲倦，也不理解乏味。中午太阳照得毒了，就坐在树荫下边，玩着玩着，累了困了，就躺在土里睡着了。太阳照着，山风吹着，小虫子不停地在我们身上爬来爬去，在不知什么叫愁苦的玩闹嬉戏中，我们，一天天在长大。

小桃入学时，我已是三年级了。我们在那一年同时穿上了衣服，不再光着身体了。小桃的新花布衣服是她入学时，她妈妈给她做的。我的衣服是妈妈把棉衣抽了绵花和里子改成的，尽管是旧的，但我非常高兴。

上学后的我们不能再像在村里那样无拘无束了。那时的村学，男女生之间的界线划得非常清晰，男女生是不能在一起玩儿的，即便是像老三那样胆儿大的，在学校里，也不敢越雷池半步！老师看哪个男孩子上课不老实，左顾右盼，立即给他安插一女同学坐他边上，这一招立竿见影，再瞧那男孩子，规规矩矩，目不斜视啦。

放学后，我还是和小桃在一起，要么去山上拔草，要么在一起跳方格，抓五子。有一天我俩去拔草，在半人高的玉米地里，她突然说："你先到那边去！不准回头看！"我说："为啥呀？"她说："我要解手。"我哈哈地笑了，我说："才穿上裤子半年，就这样哪，你的光屁股我又不是没见过。"她的脸色沉下来了："以后你就是不能再看到我的光屁股！你去不去？不去，我就回家。"我一看不对头，乖乖地到地边上去了。

穿上了衣服，告别了童年。

告别了童年的我们，没有隔阂，但有了距离。

田间地垄，经常可以看到我们在一块儿拔草干活，但再没有玩闹嬉戏；村里村头，经常碰到，但少了亲昵的话语。

学校里，男孩子们可以玩到疯癫的程度，但从不与女孩子说一句话，课桌中间的那道深深的刻痕就是一个明证，学校土墙周围，画着：×××是×××的女人！就是一个男生与一个女生因为说话而被记录的羞辱。这里还是农村，这还不是一个开放的年代。

在乡下，人们给孩子订亲很早，一到十四五岁，家家的大人开始张罗着给娃娃订亲了。订亲在我们那地儿用一个字："占"。订亲叫：占媳妇。嘿，虽是一字，但显得极为霸道。

1976年，父亲在灰县两当一带讨要了三个月的饭，回来后，我爷爷给我父亲提起，村里谁家谁家已经给娃娃订了亲，谁家的女子已经有主啦。

言下之意，我父亲自然明白。但我猜想，刚刚讨饭回来的父亲，给我占媳妇的心劲儿松动了不少，一个要饭的家里，占得起一个媳妇吗？父亲没有回应爷爷的焦虑，家里难啊。

这年发生了一件事。

小桃的姐姐与同村的林源也是订的娃娃亲。要在这年的春节前后结婚。就在这时，村上的老支书从公社里好不容易争取了一个到城里当工人的名额。到城里当工人，这可真是非常难得的机遇！村里人人都盯着这美事哪，按照文化程度排下来，村里让林源去。这一消息很快就全村传遍了！知道肯定是林源要去城里当工人了。大人们吃完了晚饭全到林源家祝贺了。大人们蹲坐在地下，一边抽着旱烟，一边啧啧地赞叹他家交了好运。

第二天，林源就去了公社填表了。可事情忽然发生了大的变故，公社里否决了村里的推荐！理由很简单：社会关系复杂。

那个年代里，干什么事，都要通过政审一关，当兵、当工人、当小学教员，这么说吧，只要是干公事，都要通过政审一关。小桃的姐姐与林源只是订了亲，但并没有结婚，可那也算！村里好些人都看在眼里，劝林源先退了这门亲算了，等以后到了城里当了工人，再结婚不迟啊。要么干脆退了，反正只是订亲了，又没有结婚。能当个工人，就再也不会挨饿了。

小桃的爸爸妈妈听到这一消息，两个人从大喜又跌进了大悲之中，自己受委屈不算，又株连到了晚辈，两人伤心落泪之余，商量了一阵子，还是自家先提退婚的事吧，这样面子上看好一点。两人晚上到了林源家，林源一看是自己未来的老丈人，一时不知道说什么才好。小桃爸爸先开了口："我们想好了，那个事就算了吧，你还是奔前程要紧，收的礼钱我们全数退还。娃娃呀，我们不怨你。"林源的父母也不好意思再说什么。

林源抱着头蹲在地下，半天没有吱声儿，小桃的爸妈起身来要走，林源站起来了，双手一拦，对着大伙儿说："我想明白了，工人哪，我不当了！如果二老能同意，我还是要春节前后结婚。"四位老人和大伙儿全惊得呆住了。

老支书这时进来了，林源的话他也听到了，他把小桃的爸妈支了出去。回过头来给林源说:"娃娃,五年没有给村上这指标了,你要想好哩,可是一辈子的事。你这一开口,工人就是别人的了,村里的小年轻可都眼巴巴地盯着哩。"说完了,也看着林源。

林源的父母这时真的心里如打翻了五味瓶,亲家是个好人,为了林源,上门来提退婚的事,答应吧,村里的人会怎么说这事儿,不答应吧,儿子的前程就算是毁了,老支书一席话可是句句掏心窝子了。唉了一声,坐在炕上等着儿子自己办了。

林源说:"我不去了!"说这句话时,说得真诚而无悔。

老支书说:"明天一早你再给我一个话吧,时间紧啊。想去还是你的,没有人说啥闲话。不去了,就当个农民吧,天底下的农民可是一大荐子人哩。"说完就走了。

林源第二天一早就给老支书回话了。认亲,不当工人。

那一年年底,小桃的姐姐出嫁了。

翻过了年,我上了初中。

过完了清明,开始种玉米时,村里的几个知青要返城了。

来了五个,四个接了通知的,逃命一般走了,只有一个发疯一样地吵闹,但公社的回答是不能更改的:成分高,等下一次!

由于1976年全年没有一点收成,1977年的三月份家家断了粮。小桃的爸爸决定要出门讨饭了,临走那天晚上,他找到了我父亲,他说:"这次我出去了,怕得几个月,今年村村没有收成,怕要去远一点的地方去要饭,不知道还能不能回来。别的,我不操心,是死是活,全看命了!小桃一天天长大了,我就想着把她托给你娃娃,那俩从小在一起耍大的,不会欺负她,到你家,我放心哩。"父亲也极为伤感,就过来跟我爷爷商量。

小桃（下）

> 小小子儿，坐门墩儿
>
> 哭哭啼啼，要媳妇儿
>
> 要媳妇干什么
>
> 点灯说话，吹灯作伴儿
>
> ——儿时歌谣

那天晚上，我正在爷爷那里睡觉。听到父亲的声音，就爬起来了。父亲也没有避开我，跟爷爷说了小桃爸爸的意思，还说等着回话儿。

爷爷一听连连赞许。奶奶也帮着说小桃的好话。三人正在合计着礼钱该当多少才合适，从哪里来这些钱，爷爷说园子里还有几棵大槐树，那是爷爷和奶奶以后要背走的棺木，"娃娃的事要紧，先就卖了吧。"爷爷这样说着。

听着爷爷奶奶与父亲的盘算，我心里说不出的味道。不知是喜是愁，是酸是甜。在乡下给娃娃占媳妇是父母的事，娃娃是没有选择权的，好多人到了结婚的年龄才知道自己的媳妇在哪个村，叫什么名儿。恋爱是奢望，要恋爱，行，结婚后慢慢恋去。用乡下人常用的一句话：几十年还不够你恋吗？好多人直到了结婚那一天，才知道了自己的另一半是个啥样儿，性格脾气啥的一无所知。就像是推牌九，你两张牌，我两张牌，那时啪的一翻！凑成天牌是天牌，凑成地牌是地牌！能找到一个像小桃这样性格相貌的女子，那可真是"先人的积修后人的命"！可一想起了跟着妈妈讨饭的日子，伸着一双冻得馒头一样的小手，站在人家门前讨要，妈妈花白的头在地下不停地磕着……想起林源、知青……这样的日子，离我那么的近！我突然打断了爷爷奶奶和父亲的说话："我不娶小桃！以后我……要从山里出去！"

爷爷和爸爸一听，当时就怔了一下。爷爷笑一声："你个狗狗娃，知道个啥。我早就思谋着给你占小桃哩，方圆周围几个村里的女子，都不如小桃那女子出脱哩。能占那样一个女子，是你娃的福气哩，现在小桃她爸亲自说上门来了，你个嫌个啥哩！"我第一次犟了爷爷的话："我长大了要干公事哩，你看……林源。"

父亲从来没有用那样的眼光看着我。

想了想，父亲跟爷爷说："那以后再说吧。我跟小桃的爸爸说去，就等他要饭回来后再定吧，也不急在这一时。唉，我怕我养大了一个白眼狼！"

第二天，我在学校里碰到了小桃。我估摸她根本不知道她爸爸到我家提亲的事！在操场上我故意走过她的身边，悄悄地问："你爸爸走了吗？"她一愣，很快地点了点头，就快步跑开了！看着她远的背影，我心中一阵阵地抽搐，我不敢想如果她知道了这件事，会怎么想！是悲凉还是酸楚，还是……如果村里人知道了这件事，不光小桃她和她们家抬不起头来，我会不会也背上一个骂名啊。我想走出山里，那只是一个十二岁的小男孩的天真想法，祖祖辈辈都是农民，在这片黄土地上生，黄土地上埋！我们的宿命就和脚下这厚重的黄土地一样！也许林源的选择是对的，我们不能离开这片黄土地！坐在教室里的我，心里一忽儿想到这里，一忽儿又想到了那里。谁能告诉我一个正确的选择！

最担心的事情终于发生了，在小桃爸爸离开村子讨饭十天后，小桃爸爸求亲的事和我父亲和爷爷奶奶商量的事村里人全知道了！这件事成了小小村落中的头条新闻。而且越传越玄乎，最后的版本是：小桃的爸爸要小桃到我家做童养媳，而我是以死相抗！村里人这样传说着，学校里也是这样传说着！村里的大人和小孩见了我，忽然用一种非常奇怪的眼神看我，看一眼后马上闪开了。学校的墙上也很快刷出了这一则新闻。

小桃是从学校同学的嘲讽声中知道的。她哭着从学校跑回家，一头扎到炕上，几天不吃不喝，小小年纪的她受不了这样的羞辱。在她的心中，这羞辱不是来自学校的同学，不是来自村民们的指指点点，而是来自我的背叛！

此后的几个月里，村里人再没有见过小桃。

小桃一直在家里，不出门了。十一岁的小桃，天天在家里帮着妈妈料理家务，喂猪养蚕。

有一天，妈妈借故到小桃家里去，小桃的妈妈对我妈妈说："老嫂子，这女子现在一天不说一句话了，本来胆小腼腆，现在这一变故，心里吃了事了。唉，不成就不成啊，为啥要说得全村都知道哪。我们原以为全村只有你们一家人不嫌弃我们，以为两个娃娃的事情能成，所以他爸和我动了这个心思，看来我们在村里是活不起人了！"妈妈搭讪了几句，红着脸儿出来了。

我好几回在村里碰到小桃妈妈，远远地躲开了，我无法面对小桃的妈妈，甚至小桃的家人，我都觉得无颜以对。

到了麦收时节，小桃的爸爸终于回来了。他和我爸爸两个男人，在地头上说了半天的话，直到天快落黑了，爸爸回来了，闷头吃完了饭，只说了一句："亏了先人了哩！"

我知道，我和小桃再没有可能了。无数次我路过小桃家门口，盼着她能从门里出来，却又怕她出来！

我还是天天去上学。

在村里，我成了另类的人。同学们很少再和我玩儿，小伙伴的队伍也解散了。到了1979年春天，老三应征入伍了。到了麦苗返青的时节，我听到了一个消息，村里好几家家道还算殷实的人家，都到小桃家求亲，小桃的爸爸妈妈不敢做主了，问了小桃，小桃就是不吭声，连着好几家求亲的，小桃全都拒绝了。她爸爸说："小桃，我们知道因为那件事，伤了娃的心了，可这几家的人也不是不地道的人，娃娃你也认识，你这家不聘，那家不去，眼看着一天天地长大了，总是要出嫁的呀。"小桃只冷冷地丢下了一句话："我不愿意再留到村里！"从此，村里再没有人有勇气踏上他们家的门。

1979年的夏天，我初中毕业了参加了中专考试，预选通知书来了，高于录取分数四分，可一直等到高中开学了，也没有录取通知书寄来。我从乡亲们眼睛里读出的是两个字：活该。

高中在镇上，离村里有十三里山路，中间还有一条河。我每天五点钟起来，晚上七点多才回到村里。有一天中午，从学校门出来，看见小桃往镇上去赶集，我忽然心血来潮，快跑几步，赶到了她的前面，她一见到我，慌张地左看右看，脸颊涨得通红。我说："你是来赶集啦。"她嗯了一声，低下头不说话了。我也不知道说啥才好，我们相对无言地站着。忽然小桃抬起头说："我舅舅家在镇上，听我舅舅说，你没有走成，是因为让镇上的人顶走了。"我吃惊地瞪大了眼睛："不会吧，这只是传言罢了，你也信啊。"她说："信不信反正你没有走成啊。你每天起得那么早，路上怕有狼哩，你要不要找房子住下念书啊，你是个念书人，你一定能念成书的！我舅舅家有房，你想住吗？"我摇了摇头。她叹了一口气说："那你好好念书去吧，我去赶集了。"我呆呆地站在那里，看着她远去的背影，心中怅然若失。

　　到了高二，离高考只有一年了，我只得在镇上找了一家住下读书。当然不是小桃的舅舅家，因为，我没脸去住。这一年相当紧张，我也十天半月回一次家，直到高考结束，我再没有见过小桃。

　　录取通知书寄来了。家里人都很高兴，我是村里第一个恢复高考后考上的学生。快到报到的日子了，爸爸说："娃娃，你要离开村子了，去村里人家看看吧，离家那么远，半年才能回来一趟，应该去看看村里的长辈的！"我答应了一声，忽然转身问了爸爸一声："家家都去吗？"爸爸一愣，忽然冷冷地一句："你说哪。"我听懂了爸爸话里的话，只好挨家挨户地去辞行。

　　到了小桃家的门口时，已是天挂黑了，梭巡了好半天，终于硬着头皮走进了小桃家。

　　我已经有四年没有踏进这院落了！院里黑黑的，静静的，墙角下的竹子已经长得又高又密，院子里又开了一小块苗圃，栽了好多的花。北屋上房屋里有灯光，厨房里还有人在忙碌。我径直地走到了上房，进去一看，是小桃的爸爸和妈妈正在炕头的油灯下盘腿坐着。我叫了一声，小桃的爸爸和妈妈惊得呆在了那里，直到我说了来意，他爸爸从炕下跳了下来，边招呼我坐，边问："你吃过饭了吗？我让她们给你做饭去！"我推托说家里都吃过了。又推他还坐到了炕上，我挂搭在炕边沿上。小桃妈妈说："听说了，都听说了。你有福气哩。啥时候走啊，都准备好了吗？你妈眼花了，给你的被子啥的都缝好了吗？唉，我也是好长时间没有去过了。"我说："都收拾好了，后天我就走了！小桃的爸爸忽然从炕上站了起来，在炕柜上翻了一阵子，拿着四块钱说："唉，狗狗娃，这四块钱你带上！西安那地儿生活怕是费钱哩，你不要嫌少啊。"我红着脸推辞着，小桃爸爸说："你今天能来到我家里，我高兴哩！我家里虽是穷日子，穷惯了！你要出远门了，花钱的地方多着哩！拿上啊。"小桃妈妈也劝着，看着两个真诚的老人，我羞愧的无地自容。厨房里早已没有了任何的声音，我知道小桃的弟弟和几个姐姐全站在了院子里，当我红着脸收下了钱，告辞出了上房，小桃他们全家送我出了院子，我没有看到小桃。

临走那天，村里很多人送我到了村口。有村里的老人，还有儿时的伙伴，却独独不见小桃的身影。哥哥背着行李，我们俩往镇上去乘车。在等车时，高中的几个同学与我寒暄着，我突然看到了小桃！她远远地站在售票房的屋檐下，看着我这边，我借故向她那边走去时，小桃却一扭身快步离开了。那天恰是逢集，她快步淹没在了赶集的人群之中。直到车开，我再没有看到小桃的身影。

第一个寒假回家时，没有见到小桃。我向妈妈悄悄地问起她，妈妈说："你还说哩，那女子越来越好看了，村里人争还争不上哩。只是那娃还是不说话，唉。"翻过年的第一个暑假，我没有回，到村里的副业队上做工去了，直到年底我才回到了家。我还是只能问妈妈小桃的情况，妈妈说："小桃订了亲了。女婿是镇上的，听说是小桃舅舅给做的媒。哎，你看，我头发脱得很多，都快挽不成髻了，我想钩一个网子，可眼花得啥也看不清，是小桃给我钩了一个网子。唉，我是没有享这样的儿媳妇的命啊。"我听着妈妈絮絮叨叨地说着，又问妈妈："小桃问到我吗？"妈妈反诘："问你干啥？！人家现在有主了，问得着你吗？你是公家的人了，心野了，人大了，还记小桃干嘛呀。唉——只要我不死，我等着看你能娶一个玉皇大帝的三女儿回来哩！"我勾下头，心中酸楚。妈妈看不清我的表情，也无法理会我的心情。长叹一声，还在絮叨着："还用小桃问啊，我在她跟前说的全是你的事。"

1983年是包产到户后的第三个大丰收年。暑期回家来，听说好多伙伴要趁着这一好年景娶媳妇。跟仓收拾新房时，我去帮工，跟仓忽然莫名地说了一句："哎，你知道不，小桃今年年底也要出嫁了。"他看我低头不语，就没有再说下去。第二天，我就收拾好了镢头，去挖地了。我从来没有干过那么多的农活。一个成年人一天能挖七八分的坡地，家里的十亩麦田，一个暑假全让我挖遍了。到了返校时，我手掌里全是血泡。

到1984年春节前两天，我才从学校回来。再问起小桃，妈妈只说了一句："嫁人了。"快嘴的嫂子说："那天我们都去了，小桃给妈妈敬了好几杯酒，没想到妈妈能喝那么多的酒哩。那么多的嫁妆，听说全是小桃一个人做的，呀，那个针线活做的，啧啧！是婆家用拖拉机接走的，拖拉机头上绑着那么大一朵红布扎的花。一直到巷子口，小桃还是哭着哩。人家镇上人的排场大哩，咱都没有见过！小桃嫁到镇上肯定享福去了哩。"看着我们都没有人哼声，才讪讪地不说了。

父亲问起下半年毕业后能分到啥地方，我说可能只有两个地方，一个省城，一个市上。父亲问："一个月工资有多少？"我说可能就是三十几块吧。父亲说："够吃饭吗！现在乡下也是天天吃白面，城里工作？还不是个虚名啊。"我看父亲这一天说的话多，问了一声："爸爸，小桃爸爸后来再来过我们家吗？"嫂子说："小桃出嫁前还来看过妈妈哩！"哥哥瞪了一眼，她再不说了。从此，小桃的话题，在我家成了一个谁也不说的话茬儿。

春节期间，儿时的伙伴们又聚到一起喝酒聊天，老四好喝酒，弄了一些乡下人常喝的便宜酒，请我们十几个去聚聚。几瓶酒下去，都有点高了。说着过去谁谁的故事与笑话，说着说着，老四忽然扭脸过来："哎，你到底说过那句话吗？"我装聋作哑问啥话呀，他说："就是不娶小桃那话？"跟仓知道这话不能在我跟前说，就打岔嚷着喝酒喝酒！人家都出嫁了，说那些干啥！谁知老四喝得差不多了，偏偏牛劲儿上来了，拦也拦不住："我今天就是要问问大学生！你球个毛的！说了没有？"我酒劲儿也上来了，脸色也变了，腔调也变了："说了！我说过那话，咋了！！我那时知道个啥？你们又知道个啥？现在想看我笑话啊！！"跟仓一看我眼泪下来了，一把拖开了老四，说："老四不是那个意思啊。一起长大的，大家都盼着你们能成亲啊，唉，大过年的，说这些干嘛。喝酒喝酒！唉——么好一个女子，便宜了镇上那个狗日的了！！喝酒！"见大家都心情不好，没有再喝了。我端起一杯酒："来！让大家祝小桃生活幸福！"一扬脖子就喝完了。老四在院里听见了，跳着脚吼："你别学城里的那一套！祝个狗屁！虚情假意的，什么东西？！"跟仓叫骂："你个松东西，不说话会撑死你不！回家回家。"大家都不欢而散。

我不知道是怎么跟跄着回家的。但心里明白，大伙都赞同老四的话，老四骂的是小伙伴们要骂的话。我又何尝不是这么在心里骂自己的。

在家里再没有出门，一直到了正月二十几，离家返回了学校。半年后，我毕业分配到了天水，工作以后每年回四次家，后来结婚、生子。但再没有小桃的任何消息。

1995年夏，跟仓来我家。他现在在村里挑头唱戏了，到城里置办行头，顺路来看看我。我俩说着说着，就说到了小桃。我给他说十几年没有小桃的消息了！跟仓长叹一声，说起了小桃：

"前几年小桃挺好的。女婿家里条件很好，是个独子。小伙虽是初中毕业，但毕业后一直跟着别人在兰州收猪贩猪，学会了做生意，攒了一些钱。和小桃结婚后，回到了镇上，家里又给添了些本钱，购买了一台手扶拖拉机，在乡下收猪贩猪，为人勤快，态度谦和，不欺诈乡下人，所以他收猪时，人们都喜欢把猪交给他。每十天半月就到村里来了，我们都挺熟悉的。他很疼小桃，小两口过得很好。他在外面跑收购，小桃在家里收拾家务。过门三年后，生了一个女子，隔年又生了一个，还是个女子。女婿家里也是单传，公公婆婆盼着生一个儿孙哩，乡下的纯女户可以生到三胎。1990年，小桃怀了第三胎，可生下来，又是一个女子！一家人的脸上全挂上霜了，女婿也像霜打的茄子，蔫儿了。但女婿并没有怨小桃，只是天天唉声叹气的，叹命不好。不久又偷着怀了第四胎，他女婿说了：'生！还是要生，罚！款我也缴！'这次还真的生了一个带把儿的！一家人高兴得了不得！他找人在镇上批了一块宅基地，从老院里搬出来了，想自己盖个小二层，家里是不缺钱的。可谁知道第二年春天，女婿的拖拉机翻了，自己伤了还不算，车上捎带了两个人也伤着了。家里花光了所有的钱，总算是把事情了了。她女婿的腿脚伤得挺重的，到现在还是走路不利索哩。盖小二层的钱没了，只好住在一个临时盖的房子里。女婿好了后还想再弄本行，可小桃说啥也不同意他再开手扶拖拉机。再说也没有本钱了！小桃每天天不亮就起来打锅盔饼，让女婿到街上摆摊子去卖。这样已经两年多了。她女婿还在到处借钱，想买一辆农用三轮车，还干那营生。我看啊，过几年小桃的二层能修起的。哈哈，不要生气啊，我看你不如她女婿哩，他能挣钱，你除了会摇个笔杆子，会干嘛呀？哈哈哈。"跟仓下午就回去了。

　　1996年春节，我领着孩子回老家去过春节。过完春节后要返回市上，在镇上的车站上等公共汽车。那几天下过雪，天还是阴阴的，风中还夹着雪花。车站上挤满了要出门的人，可车老等也等不到。问了车站的工作人员，回答上肯定来车，但时间不定，等着吧。

　　等车的时间过得很慢，百无聊赖。儿子在车站的院子里与一小女孩玩石子。我怕人多踩踏了孩子，就站在几步远的地方瞧着。两个小家伙玩得正起劲儿，我也纳闷儿，这个不认识的孩子，一玩起来就成了朋友，还玩得那么起劲儿。小女孩也不嫌地下还有雪水，一会儿蹲着，一会儿坐着，两个小手全是泥巴。一会儿，看到一个女人跑了过来，一把拉起在地上正玩儿的小女孩，大声地喝骂她，还照着屁股两巴掌！我也过去拉儿子起来了，劝她不要打娃娃了，小娃娃嘛。她弯下腰去拍干净小女孩子身上的泥土后。她抬起头来时，愣住了，死死盯着我看，轻声叫出了我的名字，我也呆住了，是小桃！

　　眼前的小桃变化太大了，原来又黑又粗的长辫子不见了，剪成了短发，被风一吹，显得有些零乱。脸色没有儿时的水灵，显出了苍白。整整十五年没有见过她了，脸庞还是那么美，身上穿着很朴素，脚下一双自己做的平跟鞋，这意外的相逢反倒让我们都觉得有些局促。她问："这是你的娃娃吗？"我说："是，四岁多了。这个女孩子是你老几，老三吗？"她说："是老三，最不听话了，一会儿就跑出来了，在家不好好待！走吧，我家离这里很近，去吃一点饭吧！"我说："车快来了，还是在这里等车吧。"

她态度却很坚决，一定要我去，说是如果车来了，她在家也能看得到。我和她拖着两个孩子朝她家走去。我边走边想，如果不是两个小孩子又玩在了一起，还真的见不了面，又感叹这命运的安排。

她比小时候话多多了，一边走，一边不停地问我的孩子，又去摸他的小脸蛋。瞧瞧他又瞧瞧我，说哪儿哪儿像我。只走了几十步就进了一个院落。院的正北面留下了一个地基的圈梁。西边是两间小平房，东边用砖围成了一个小花园。雪后的花园显得很是萧条。肯定是小桃收拾起来的，她爱花儿。进了屋里，还有三个小孩，全是炕上玩儿，看见进来了生人，不说不笑了，静静地瞅着我们。我问："你男人哪？"她说："出去收猪了，他要修那上房哩。劝也劝不住！你现在在城里工作，是啥工作啊，累不累啊？"我说："就算是一个算账的吧，你还好吧？"她一愣，笑起来了："乡下人有啥好不好的，比以前好多了哩。"边说边要收拾给我做饭吃，我说别麻烦了，她说："你还从没有吃过我做的饭哩。"我再没有挡她，看着她在那里忙着和面。大女儿出门去看车了，我坐在炕沿上逗几个小孩玩。就在她擀面的时候，大女儿进来说车到了。她慌得不知所措。我站起来对她说："小桃，我得走了。"她从一个缸里拿出了两个厚厚的锅盔馍塞给了我。说："这是我做的，你路上带着吃吧啊。"我知道她的脾气，不收她会生气。没有推拒，我揣在怀里，拖着儿子就走出了小桃的家。这时雪又开始下了。

小桃抱着一个，后面跟着三个，送我到了车上。汽车开动了，小桃站在风雪之中，不停地擦拭着眼睛。车在山上盘旋，透过车窗，我想尽力辨认小桃母女的身影，可眼前一片晶亮，泪水早已蒙住了我的眼……

十二年又过去了，我再也没有见过小桃，也没有她的任何消息。

"村长"创作谈

"村长",秦安莲花乡人。

国家注册评估师、会计师职称。

业余一直从事艺术创作。主要作品有《钓鱼》(独角戏)、《夫妻检查站》(小品)、《美丽的天水我的家园》(二人转)、《村长开会》、《村长剪彩》(独角戏)等。其中独角戏《钓鱼》获1990年全省职工文艺会演优秀节目奖,《夫妻检查站》获得1991年甘肃省戏剧小品调演创作一等奖,《村长开会》获得了全省农民文艺会演一等奖,《村长剪彩》获得了全省社区文明成果展演一等奖。

问:你是什么时候开始独角戏的创作与表演的?

答:我创作独角戏其实挺早。我是一个业余文艺爱好者,参加工作后,因为爱唱歌,也跟着老师业余时间学习过声乐。真正搞创作,是受到现在是我师父的石国庆老师演的《王木犊》系列独角戏的影响。应当说,这种作品风格、演出形式对我后来的创作影响很大,以致好几年的创作与表演一直脱不开这条路子。那时,我以模仿为主,也没有意识到这种单纯的模仿是否有出路,所以也没有严格地要求过自己。后来1987年、1988年,我在天水群众艺术馆的佟杰、李建军、戴珍月等老师的指点下,开始接触到各类群众性的曲艺类节目创作与表演。如果没有群艺馆各位老师的指点,可能不会有后来的一系列创作,尤其是佟杰老师,对我帮助很大,后来,我和佟杰老师合作创作了小品《军礼》。这个小品的成功,是我创作中的一次转折,也树立了信心。

问:那小品《军礼》就是你第一次在全省戏剧小品中得奖的作品?

答:第一次得奖的其实不是《军礼》而是《钓鱼》。那时有全省职工文艺会演,是全省各大工矿企业的业余会演。《钓鱼》是我创作表演的,但这个作品我说过了，还是在走模仿表演之路。而在此之后，就开始了我创作与表演中的转型。

问：我觉得，作为一名财会人员，他的工作特点与思维方式可能与舞台表演似乎差距很大，你又是如何解决这一问题？

答：你说得很对。财会人员的工作性质要求严谨细致，思维方式都是理性的，而文艺作品的创作与表演是感性的，是对生活的感性提炼与升华。但这也并不矛盾，理性细致地观察正是创作与表演需要的，是创作的基础。理性的思考，感性的创作，激情的表演。

问：《村长开会》《村长剪彩》两部作品，获得了很大的反响，得到了群众的喜爱。《村长开会》获得了全省农民文艺会演一等奖；《村长剪彩》获得了全省社区文明成果展演一等奖。那么当初是在什么样的情况下创作"村长系列"的？对村长人物的设计是什么？

答：最近几年里，也写过不少的小品，但总觉得不是太满意。2006年，国家取消农业税，这件事是中国历史上的一件大事。对于我们这样一个农业社会来讲，对于中国的农民来讲，都是不可想象的。那时我就想写一个作品来反映这样一件大事，但如何从作品中反映？以什么样的形式来反映？我想了很久，决定还是用我最熟悉的"独角戏"来反映，在用什么人物的问题上，似乎用"村长"来表现更顺一些，用村长传达中央一号文件来贯穿始终，用艺术的手法，用喜剧的手法，贴近农村生活，用了大量农村的真实生活，来讴歌党的农村政策，反映改革开放30年来，在中国农村发生的巨大而深刻的变化。比如这一段：

"这次我作为代表，参加了市上开的农村工作会，啊，这是个总结会，也是个传达贯彻中央一号文件精神的会，啊？还免了些啥？呸！一斤的瓜十六两皮，没瓤！只有个皮厚！现在'皇粮'都给你免了！你两个娃的学费、书本费、学杂费都免了，公家向你要的全都免了！你问你爸你爷你先人去，看看哪一辈子人没有缴过'皇粮'！啊，从三皇五帝到如今，哪朝哪代把农民的'皇粮'给免了！要饭的朱元璋当了皇帝，给农民收得更多。共产党把你娃真个好得很！掌到手里怕摔（ban）了，嚼到嘴里怕咽了，你还问把啥免了，把我的村长给免了！你干！"

《村长开会》中将目前支农富农政策、提高农民素质、发展现代农业等等国家的"三农"政策都用喜剧的手法给予了歌颂，也对农村里一些等靠要思想的人比如作品中提到的"南房娃"给予了讽刺。

《村长剪彩》是"村长系列"的第二部作品，是为改革开放30周年而创作的。《村长剪彩》用30年前与30年后的对比，来反映农村发生的巨大变化。比如割资本主义的尾巴与现在办养猪场，以前的通讯与现在人人都有的手机，等等。截取的只是一个村长剪彩时一个小段，但反映的是改革开放30年来的变化。从生活中来，反映生活，所以得到了人们的喜爱与欢迎。

《村长开会》是反映党的农村政策，《村长剪彩》反映农村30年的变化。目前创作完成正在加工的还有三部"村长系列"。《村长的烦恼》讲村里的和谐，《看电视》讲农村文化生活的贫乏，正在创作的《村长主婚》要反映城乡差距的缩小。这些，都是真实的事例，是生活中正在发生的、活生生的事例，所以，这样的作品，我认为是有生命力的。

关于"村长"的形象设计。我国农村中没有"村长"一职，所以，"村长"是一个虚构的人物。在现实中，也许是村主任或者村支书这一类吧。"村长"在村民的心中，他就是一个"官"，一个现实管理村务的"官"！但在高一点的眼光看，"村长"也是一个农民，正是这种双重的人物关系，为创作，为独角戏提供了极为丰富的色彩。

这个双重的、可以这样也可以那样解读的人物，是创作中极为重要的一个支撑点。"村长"说错了，那是因为他只是一个农民；村长说对了，那因为他是一个"领导"；村长发脾气了，那叫个性；村长"狗狗娃长、狗狗娃短"地哄你了，那叫平易近人。找到这样一个创作与表演的落脚点，我想了近一年时间。

关于这个人物定位。我只想定位在一个这样的形象上：热情为村民办事，积极肯干，但文化素质并不高。虽然有时还有点粗鲁，但绝不想丑化"村长"这样一个艺术形象，这符合当前西北农村中的实际情况。

问：能谈谈这次曲艺"牡丹奖"提名的事吗？

答：这次得奖真的非常意外。曲艺"牡丹奖"是中国政府奖，与戏剧

"梅花奖"一样。在舞台表演奖类中，是两朵花——梅花与牡丹。"梅花奖"颁给中国最优秀的戏曲演员；"牡丹奖"颁给中国最优秀的曲艺演员。

我说我从入围到提名，连自己都感意外，绝非矫情作态！别说我不是优秀演员，我，压根儿就不是演员！！第六届中国曲艺"牡丹奖"合肥赛区的52个入围节目中，只有我一个人是业余的。

所以，我非常感谢评委的赏识。在合肥场的评委有七八位我连姓名都不知道，也没有见过面，因为评委与老艺术家并没有住在奥体中心的宾馆。

19日下午到达合肥的奥体中心泓翔宾馆后，一看拿到的节目单就傻眼了：只有区区几个提名奖能晋级决赛，参赛演员之多、节目之丰富，远远超出我的想象！而且一些非常知名的老艺术家都报名参赛表演奖：刘兰芳老师、姜昆老师、赵炎老师、田立禾老先生、侯长喜老先生、戴志诚、赵津生、陈寒柏、李伟建、武宾……哪个不是大师级的？

问：是不是感觉没戏了？

答：嘿嘿嘿，是。是这种感觉，但那几天忽然也心情开朗了、畅亮了。反正没希望了，还不如把自己的最好状态拿出来，呈现给评委和合肥的观众哪，你说是不是？我抽签是第四场第二个节目，与刘兰芳老师同台！说心里话：一个业余的，能与刘兰芳老师同台就脸上光芒万丈啦。哈哈哈，村长官话版的《村长剪彩》就开锣了。

演完之后是21日晚上八点十分。马上打电话订好了第二天返程的机票。原因很简单，两个版本：

对外说法：单位有急事。

自己知道：到此为止。

22日比赛还在继续。

23日下午评奖，晚上颁奖。

24日中午，从网上得知获得提名。

24日晚上：大醉。

问：祝贺你。那么，提名之后"牡丹奖"的评选程序是什么？

答：获得提名才能进入8月底的北京终评。终评出十名曲艺"牡丹奖"表演奖。9月初南京颁奖晚会上公布吧。不知道，也不想知道。到这里我已经颠儿颠儿的了，嘿嘿嘿。知足了！！

问：以后的创作安排能谈谈吗？

答：一个小村庄，能折射出一个大社会！生活中的喜剧，在天天上演，只要认真观察生活、反映生活，就一定能创作出更多更好的作品来。

村里的故事我一定会继续写下去。

村长是我。

我是村长。